老人与海

The Old Man and The Sea

[美] 海明威◎著　麦　芒◎译

天津出版传媒集团
天津人民出版社

图书在版编目（CIP）数据

老人与海 / （美）海明威著 ；麦芒译．-- 天津 ：天津人民出版社，2016.5（2018.9 重印）

ISBN 978-7-201-10251-1

Ⅰ．①老… Ⅱ．①海… ②麦… Ⅲ．①长篇小说—美国－现代 Ⅳ．①I712.45

中国版本图书馆CIP数据核字（2016）第073549号

老人与海

LAO REN YU HAI

出　　版　天津人民出版社
出 版 人　黄　沛
地　　址　天津市和平区西康路35号康岳大厦
邮政编码　300051
邮购电话　（022）23332469
网　　址　http://www.tjrmcbs.com
电子信箱　tjrmcbs@126.com
责任编辑　刘子伯
印　　刷　三河市京兰印务有限公司
经　　销　新华书店
开　　本　880×1230　1/32
印　　张　8.5
字　　数　255千字
版次印次　2016年5月第1版　2018年9月第2次印刷
定　　价　28.00元

前言

《老人与海》是海明威（1899—1961）的中篇小说。海明威是美国作家、记者，诺贝尔文学奖获得者。主要作品有《太阳照常升起》《永别了，武器》《丧钟为谁而鸣》《老人与海》。

《老人与海》讲述了一位古巴老渔夫与一条巨大的马林鱼在险滩激流中进行长时间奋勇搏斗的故事。

消瘦憔悴、皱纹很深的古巴老渔夫圣地亚哥，在一个充满着欢乐的小男孩马诺林的帮助下出海打鱼。可怜的老渔夫一连八十四天都没有钓到一条鱼，但他仍不肯认输。终于在第八十五天，他钓到一条体重巨大的大马林鱼。在没有水，没有食物，没有武器的情况下，老人仍然死拉着那条大鱼不放。经过两天两夜之后的激烈博斗，他终于弄死了它。

圣地亚哥带着大鱼回归途中，遭到了鲨鱼群接二连三地围攻，他在与鲨鱼群的搏斗中毫不示弱，发誓要跟它们斗到死。他拖着疲惫的身体，奋不顾身地迎战鲨鱼。虽然他的大鱼还是被吃了，但鲨鱼们不是被他打得死亡便是负伤。

可令人痛心的是，大鱼最后还是被吃光了。最终，老人筋疲力尽地拖回一副鱼骨头回到家中。

《老人与海》是一部融信念、意志、勇气与力量于一体的书，它让人懂得了人要拥有打不垮的精神。虽然圣地亚哥最后遭到了无可挽救的失败。但他却获得了精神上的胜利。他没有屈服于现实，无论何时，他都有勇气进行奋勇抗争。大马林鱼虽然没有保住，但他却体现了永不服输的斗士精神和积极向上的人生态度。

海明威不仅描写了老人的刚强坚韧，而且用细腻的笔触道出了老人的心理诉求，那就是对真情的渴望，以及对美好事物的向往。小男孩马诺林是老人唯一的朋友，他们两人相互依存，相互照顾。他帮助圣地亚哥完成了由个人英雄主义向团结互助精神的回归。

《老人与海》是根据真人真事写的。海明威移居古巴后，认识了一位老渔民。一天，他捕到了一条大鱼，结果在归途被鲨鱼袭击，最后只剩下了一副骨架。海明威立刻察觉到这个素材极其吸引人，他产生了创作的冲动，很快写出了《老人与海》。

《老人与海》中，海明威的写作风格简洁质朴、明快有力。他的笔调潇洒自然，没有刻意渲染，但却能精准地刻画出人物的内心世界，使全文极具文学意蕴，具有一种无可抗拒的美。

《老人与海》是海明威思想艺术的结晶，使他获得了世界声誉，为他赢得了1954年诺贝尔文学奖。

海明威的文字清新，充实饱满，真挚动人，非常具有立体空间感，也具有丰富隽永的内涵，对美国文学界产生了重大影响。

海明威提倡隐晦的写作形式，反对主观性地直接评议人物。他常用含蓄的语言塑造人物，用简洁的形式表达情感，因而，他的小说在表面上不动声色，但内里却是炽热如火。

海明威被誉为美国的精神丰碑。他的笔锋刚硬，一向以“文坛硬汉”著称。他敢于打破传统，不断创造新的风格和手法，对世界文学界影响巨大。

目录 Contents

老人与海

他是一位老人，独自在湾流中的一条小船上钓鱼，到今天已经过去八十四天了，但是一条鱼也没逮住。最初的四十天里，有一个男孩子陪着他，跟他学习捕鱼的本领。但是才过了第四十天，那个孩子的父母对他说，老人现在简直是倒霉到了极点。所以孩子听从了父母的吩咐，上了另外的一条船，并在第一星期就捉到了三条大鱼。孩子看到老人每天回来的时候，船总是空的，心里感觉非常难受，他总是走下岸去，帮老人拿卷起的钓索，或者是鱼钩、渔叉，还有绕在桅杆上的帆。帆上用面粉袋打着补丁，看起来就像一面标志着永远失败的旗帜。

他的脸颊上有些褐色的斑点，那是在热带海域太阳反射所形成的皮肤癌。褐斑从他脸庞的两侧一直蔓延开来。他的双手经常用绳索拉大鱼，留下了很深的伤疤。但都是些陈年老伤，没有一处是新的。它们古老得就像是无鱼可打的沙漠中被侵蚀的地方一样。

他身上的一切都显得那么的古老，除了那一双如海水般湛蓝的眼睛，充满着喜悦与不屈。他们两个人把小船停泊好，走上岸的时候，那个孩子对他说："圣地亚哥，我又可以陪你出海了。我家挣到了一些钱。"

老人教会了那个孩子捕鱼，孩子非常爱他。

"不！"老人说道，"你遇到了一条交好运的船，和他们继续待下去吧。”

“但是你是否还记得，有一次你八十七天都没有钓到一条鱼，但是却在接下来的三个星期里，每天都逮到了大鱼。”

“我记得。”老人说道，“我知道你不是因为没有把握才离开我的。”

“是爸爸让我走的。因为我是他的孩子，所以不能不听他的。”

“我知道。”老人说道，“这很正常。”

“爸爸他没有多大的信心。”

“是啊！”老人说道，“但是我们有，不是吗？”

“对！”那个孩子说道，“我能请你去海滨饭店喝杯啤酒吗，之后再带着这些家什回去。”

“为什么不去呢？”老人说道，“我们都是打渔人吗！”他们坐在饭店的露台上，许多渔夫拿老人开玩笑，但他却并不生气。一些年长的渔夫看着他，心里感觉很难受。但是他们并没有表露出这一点，只是礼貌地说起洋流，谈论着他们传送吊索的深度，天气一向晴朗，还说起他们的见闻。那天捕鱼成功的渔夫早已经回来，剖开他们捕获的马林鱼，并且把它们展平放在两块木板上。木板每头儿站一个人，他们踉踉跄跄地抬着木板送到鱼房去，等着冷藏库来把这些鱼运到哈瓦那的集市。那些捕到鲨鱼的人们就去小海湾另一边的鲨鱼加工厂，把鲨鱼悬挂起来进行处理加工。取出肝脏，切掉鱼鳍，剥掉鱼皮，把新鲜的肉切成条状以备腌制。

每当刮东风的时候，鲨鱼加工厂就会沿着海湾送来一股腥味儿。但是今天只有那么淡淡的一丝，并且逐渐消失。因为风向转到了北方。因而露台上面阳光明媚，天气宜人。

“圣地亚哥。”那个孩子说道。

“哦。”老人回答说。他一只手正端着酒杯，好像在想着很多年前的事情。

“我去弄点儿沙丁鱼给你明天吃吧？”

“不，你去打棒球吧。我划船还可以，再说罗赫略会帮着我撒网的。”

“我真的很想陪你一起去，就算不能，我也特别想多少为你做点事情。”

“你已经请我喝了一杯啤酒。”老人说道，“现在你已经算是个大人啦。”

“你第一次带我出海时，我有多大？”

“那时候你五岁。你还记得吗？那一天我把一条活蹦乱跳的鱼拖上船去，它险些把船撞得粉碎，你还险些丢了性命。”

“我还记得它的尾巴拍打着船舷，座板也断裂了，还有用棒棍抽打的声响。我还记得你把我扔到船头，那里有湿湿的钓索卷儿，我感到整条船在颤抖，听见你用棍子啪啪地打鱼的声音，就像是在砍倒一棵树，我还记得那时候我浑身散发着一股甜滋滋的血腥味儿。”

“你是真的记得那回事儿，还是因为我不久前刚跟你说过这事儿？”

“我记得我们见面后的每一件事。”

老人用他那双饱经风霜但目光坚定的眼睛充满爱怜地望着他。

“倘若你是我的儿子，我一定会带你出去闯一闯。”他说道，“可你是你父母的孩子，而且现在又跟了一条交好运的船。”

“我去给你弄沙丁鱼来好吗？我还知道去哪里能弄到四份大鱼饵呢。”

“我今天还剩下些，我把它们放在盒子里用盐腌好了。”

“那我给你拿四条新鲜的吧。”

“一条就够了。”老人说道。他的希望和信心从来没有离开过，一直都在，但此时却又像微风初起时那么鲜活了。

“拿两条吧。”孩子说道。

“那就两条吧。”老人终于同意了，“你不会是去偷吧？”

“我倒是想那样做，”孩子回答说，“但是这些是我买来的。”

“谢谢了。”老人说道。他心地单纯，不知道什么时候居然变得这么谦卑了。但是他知道他已经变得谦卑了，明白这并不可耻，也并没有给尊严带来什么影响。

“看看这洋流，明天准会是个好天气。”他说道。

“你要去哪儿？”孩子问道。

“要去远方，等转了风向再回来。我准备天亮前就出发。”

“我也要努力想办法让船主人也驶到远方。”孩子说，“那么，如果你真钓到大鱼了，我们还能赶去帮你的忙。”

“他不会想去特别远的地方。”

“是啊！”孩子回答说，“但是我能看到一些他看不到的东西，比如有只鸟儿在空中盘旋，或者在海豚消失后他才发现。”

“他的眼神不好吗？”

“他差不多快瞎了。”

“这就怪了。”老人说，“他从没捕过海龟，那东西才伤眼睛哪。”

“但是你在莫斯基托海岸捕了这么多年的海龟，可你的眼力却还是那么好。”

“我可是一个不寻常的老头儿。”

“那你现在是否还有足够的体力来应付一条大鱼呢？”

“我觉得还是可以应付的，而且还有很多窍门呢。”

“我们把这些家什拿回家吧。”孩子说道，“这样我就能用渔网去逮沙丁鱼了。”

他们从船上把家什拿出来。老人肩扛着桅杆，孩子拿着木箱，里面放着缠得十分紧密的褐色钓线圈儿、鱼钩和带柄的渔叉。小船的下面藏着那个用来盛鱼饵的盒子，那里还有当大鱼被拖到船边的时候用来收服它们的棍子。尽管知道没人会来偷老人的东西，但还是把桅杆和那些粗的钓索带回家好些，要知道露水对这些东西很有害，而且，虽然老人坚信这里没人会偷他的东西，但他认为，把一把鱼钩跟一支渔叉留在船上对别人来说实在是一种不必要的诱惑。

他们一起顺着路来到了老人的小屋，门开着，他们就一起进了屋，老人把绕着帆的桅杆顺着墙斜放着，孩子把木箱以及其他的家什放在它的旁边。桅杆跟这屋子的房间差不多一样长。小屋是用一种大棕榈树被称作“海鸟粪”的坚韧苞壳做成的，屋里边有一张床、一张桌子、一把椅子和泥地上的一处用木炭烧饭的地方。在用这结实的“海鸟粪”的硬纤维展平叠盖而成的褐色墙壁上，挂着一幅彩色的耶稣圣心像和一幅科布莱圣母像。这是老人妻子的遗物。曾经这墙上还挂着他妻子的彩色照片，但后来老人把它取下了，因为老人看了会觉得自己太孤单，它如今在屋角隔板上，在他一件干净的衬衣下面。

“有什么可吃的吗？”孩子问。

“还有点儿鱼煮黄米饭。你想要吃点儿吗？”

“不了，我回家去吃。要我帮你生火吗？”

“不用了，等会儿我自己来生。要么就干脆吃冷饭算了。”

“我把渔网拿去好吗？”

“当然好啊。”

其实并没有渔网，孩子还记得他们是什么时候把渔网卖掉的。但是他们每天总要说一遍这样的谎话。鱼煮黄米饭也是没有的，关于这一点孩子也知道。

“八十五是个吉利的数字。”老人说道，“你想不想看到我逮到一条去掉下脚还有一千多磅重的大鱼？”

“我拿渔网去捕沙丁鱼去，你坐在门口晒晒太阳好吗？”

“好吧，我有一张昨天的报纸，我来看看关于棒球的消息。”

孩子不知道昨天的报纸是不是也是个幌子，但老人把它从床底下取了出来。

“这是佩里科在酒馆给我的。”老人解释说。

“我弄到了沙丁鱼就回来。我要把你的鱼跟我的一块儿冰镇着，等明早就可以分着吃了。等我回来，你给我讲一讲棒球的消息。”

“扬基队绝不会输的。”

“但是我怕克利夫兰印第安队会赢。”

“相信扬基队吧，我的孩子。别忘了那了不起的迪马吉奥。”

“我担心底特律老虎队和克利夫兰印第安队。”

“当心一点儿，要不然你连辛辛那提红队跟芝加哥白短袜队都要感到担心啦。”

“那你就好好看看，研究研究这报纸，等我回来了给我讲讲。”

“你觉得我们应该去买张末尾是八五的彩票吗？明天就是第八十五天了。”

“可以啊。”孩子说，“但是你上一次创的纪录是八十七天怎么办呢？”

“这样的事情不会再发生第二次。你觉得能弄到一张末尾是八五的吗？”

“我可以去订一张试试。”

“一张彩票二点五美元，谁会借给我们这笔钱呢？”

“这个很简单，我总是可以借到二点五美元的。”

“我看没准儿我也能借到。只不过我不愿意借钱。第一步是借钱，下一步就该讨饭了。”

“注意保暖，老爷爷。”孩子说道，“别忘了，我们这还是在九月份呢。”

“正是大鱼露面的月份。”老人说道，“在五月，人人都能当一个好渔夫。”

“那我现在去捕沙丁鱼了。”孩子说道。

等到孩子回来的时候，太阳已经下山了，老人却已经在椅子上睡着了。孩子从床上拿来一条旧军毯，铺在椅背上，盖住了老人的肩膀。这两个肩膀挺怪，人非常老迈了，但是肩膀却依旧是强健有力，脖子也依旧很壮实，而且当老人睡着时，脑袋朝前耷拉着，皱纹也没有那么明显了。他的衬衫上不知道打了多少个补丁，弄得就好像他那张船帆一样，这些补丁被阳光晒得褪成了许多深浅不同的颜色。老人的脸看起来很苍老，他闭着眼睛，脸上没有一点生气。报纸平摊在他的膝盖上，在晚风中，靠着他的一条胳膊压着才没被风吹走。他还光着脚。

孩子撇下老人自己走了，等他回来时，老人还在熟睡着。

“你醒醒吧，老爷爷。”孩子说着，把手搭在老人的膝盖上。

老人睁开了眼睛，他的神志仿佛正从老远的地方回来。过了一会儿，他的脸上露出了笑容。

“你拿来的是什么东西？”他问。

“是晚饭。”孩子说，“我们来吃饭吧。”

“我还不太饿。”

“赶快来吃饭吧。你可不能只打鱼不吃饭啊。”

“我以前就这样啊。”老人说着，站起身来，把报纸折好，随后又去叠毯子。

“把毯子披在身上吧。”孩子说道，“只要我还活着，你就绝不可以不吃饭就去打鱼。”

“那么就照顾好自己，祝你长寿。”老人说，“晚饭吃什么？”

“有黑豆米饭，油炸香蕉，还有些炖菜。”

孩子把这些饭菜放在双层铁饭匣里，从露台饭店拿过来的。他口袋里面还有两副刀和汤匙，并且每一副都用餐巾纸包着。

“这是谁给你的？”

“马丁给的，他是那儿的老板。”

“我必须去谢谢他。”

“我早已经感谢过他啦！”孩子说道，“你用不着再去谢他了。”

“我一定要给他一块大鱼肚子上的肉。”老人说道，“他这样帮助我们也不是一两次了吧？”

“我想是这样的。”

“这样的话，除了鱼肚子肉之外，我还应该再送他一些其他的东西。他对我们真的很关心。”

“他还送了我们两瓶啤酒。”

“我最喜欢罐装的啤酒了。”

“我知道，不过这是瓶装的阿图埃伊牌的啤酒，我还得把瓶子送回去。”

“你做得真周到。”老人说，“我们来吃饭吧？”

“我从刚才就一直要让你吃哪！”孩子温和地对他说，“不等你准备好，我是不会打开饭盒子的。”

“我现在都已经准备好了。”老人说道，“只是需要一点儿时间洗洗手和脸了。”

你要去哪儿洗呢？孩子心里想着。村里的饮用水供应点在大路上第二条横路的转角处。我应该给他打些水来的，还应该带块肥皂和一条干净毛巾。我怎么这么粗心大意呢？我还应该再给他弄一件衬衫，准备一件过冬的夹克衫，还有鞋子和毯子。

“这炖菜美味极了。”老人说。

“给我讲讲棒球的消息吧。”孩子请求老人说。

“在美国联赛中，正如我已跟你说过的，那是扬基队的天下。”老人兴奋地说。

“但今天他们输了。”孩子对他说。

“这并不代表什么，那个了不起的迪马吉奥又恢复本色了。”

“他们队里应该还有其他的能手吧？”

“那是当然，不过有了他就不一样了。在另外一个联赛[①]当中，布鲁克林队对阵费拉德尔菲亚队，我一定会支持布鲁克林队赢。不过我还怀念着迪克·西斯勒和他在那老公园里打出的那些好球。”

“这些好球还从来没有其他人打过。他是我见过的人中击球最远的人。”

“你还记得他过去常来露台饭店吗？我想和他一起出海钓鱼，但是我胆子太小了，不敢向他开口。所以我要你去说，谁知你的胆子也那么小。”

“我知道，那是个遗憾。他本来是有可能跟我们一块儿出海的。那样的话，我们会一辈子都记得这事儿的。”

“我特别想带那了不起的迪马吉奥一起去钓鱼。”老人说道，“因为听说他父亲也是一个渔夫。可能当初也像我们现在这样贫穷，他肯定会理解我们的。”

“那个了不起的西斯勒的爸爸从来没有过过苦日子，而且他爸爸像我这么大时就在大联赛里面打球了。”

① 指另一大联赛，全国联赛，这两大联赛每年各通过比赛选出一个胜队，于十月份在双方的场地轮流比赛，一决雌雄，名为“世办大赛”。

“我像你这么大时就已经在一条去非洲的横帆船上当一名普通水手了，我还曾看见过傍晚的时候狮子来到海滩上咧。”

“我记得，你曾跟我说过。”

“那我们是要说非洲呢，还是说棒球呢？”

“那还是说棒球吧，”孩子回答说，“给我讲讲那个了不起的约翰·J. 麦格劳的事情吧。”

“他过去有时候也会经常到露台饭店来。可是他一喝酒，就态度粗暴，出口伤人，性格倔强。他脑子里面想着棒球也想着赛马。至少他口袋里总是揣着赛马的名单，而且还经常在电话里提到好多马儿的名字。”

“他是一个很好的经理。”孩子说道，“我爸爸觉得他是最好的。”

“这是因为他经常来这儿。”老人说道，“如果多罗彻每年来这里的话，你爸爸肯定就会觉得他是最好的经理了。”

“说真的，哪一个才是最好的经理呢，是卢克还是迈克·冈萨雷斯？”

“我觉得他们两个人不相上下。”

“不过我觉得最好的渔夫是你。”

“不，我知道还有比我强的。”

“在哪里？”孩子说道，“好渔夫有很多，了不起的也有。但是顶呱呱的却只有你一个。”

“谢谢你，你说得叫我很高兴。我希望不要来一条太大的鱼，叫我对付不了，那样就证明我们讲错啦。”

“只要你还像你说的那样强壮，这样的鱼是不会出现的。”

“我也许没有我自以为的那样强壮了。”老人说道，“不过我有很多窍门，而且我也有决心。”

“你现在该去睡觉了，这样明天早上才会有精神。我要把这些东西送回露台饭店。”

“那么祝你晚安，早上我会去叫醒你。”

“你就是我的闹钟。”孩子说。

“年纪就是我的闹钟。”老人说，“为什么老人会醒得那么早呢？难道是要让白天长一些吗？”

“这我不知道。”孩子说，“我只知道少年睡得沉，起得很晚。”

“我记着的。”老人说道，“到时候我会准时去叫醒你的。”

“我不愿意让船主人来叫醒我，这样就显得我比他差劲了。”

“我明白。”

“那么就好好睡觉吧，老爷爷。”

孩子出去了。刚才他们在吃饭的时候，桌子上没有点灯。于是老人就脱了长裤，摸黑上了床。他把长裤卷起来，再把那张报纸塞在里面当作枕头。他用毯子把身子裹住，躺在弹簧垫上铺着的旧报纸上。

没过多久他就睡着了，梦见了自己小时候曾经看到过的非洲，那长长的金色海滩和那白得耀眼的白色海滩，另外还有高耸的海峡和那褐色的大山。他如今每一天晚上都回到那道海岸边，在梦中听到海浪拍岸的隆隆声，看到土著居民驾船穿浪而行。他睡着时闻到甲板上的柏油和填絮的气味，还闻到早上从陆地上吹来的风所带来的非洲的气息。

通常是老人一闻到陆地上刮来的风，就会醒过来，随后穿上衣服去叫醒那孩子。但是今天晚上陆地上的气息吹来得太早了，老人在梦里知道时间尚早，因而就继续做梦，他看到了群岛上的那些白色顶峰从海面上升起，随后又梦见了加那利群岛的每一个港湾以及锚泊地。

他不再梦见风暴，不再梦见女人们，不再梦见伟大的事件，不再梦见大鱼，不再梦见打架，不再梦见角力，也不再梦见他的妻子。他现在只会梦见一些地方以及海滩上的狮子。它们在暮色当中就好像是小猫戏耍着一样，他爱它们，就像爱这孩子一样。他从没梦见过这孩子。他就这样醒了过来，通过敞开的门，他看了看那外边的月亮，摊开那条长裤穿上。他在小屋外面小便后，就顺着大路去叫醒那个孩子。因为早上的寒气，他不禁一直打着哆嗦。不过他知道哆嗦一阵之后就会感觉到暖和了，而且要不了多久就要去划船了。

孩子住的那所房子的门没有上锁，他推开门，光着一双脚，悄悄地走了进去。从外面射进来的残月光线下，老人可以清晰地看见孩子在外面一间的帆布床上熟睡着。他轻轻地握住孩子的一只脚，直到孩子醒来，转过脸来看着他。老人冲他点了点头，孩子从床边椅子上拿起他的长裤，坐在床边上穿裤子。

老人走出门去，孩子在他身后跟着，还是睡眼惺忪，老人伸出胳膊搂住他的肩膀说："对不起啊。"

"哪里！"孩子说道，"男子汉就应该这么做。"

他们顺着大路向下朝老人的小屋走去。黑暗中，有些光着脚的人在走动，扛着他们船上的桅杆。他们走进了老人的小屋，孩子拿起装在篮子里的钓索卷儿，还有渔叉和鱼钩。老人把缠着帆的桅杆扛在肩上。

"你想喝咖啡吗？"孩子问道。

"我们先把家什放在船上，然后再喝吧。"

他们在一家早上就营业的供应渔夫的小吃店里，喝着盛在炼乳瓶里面的咖啡。

"你昨天晚上睡得怎么样，老爷爷？"孩子问道。虽然让他完全摆脱睡魔还不大容易，但至少现在已经清醒过来了。

"我睡得很好，马诺林。"老人说道，"我感觉今天挺有把握的。"

"我也是一样。"孩子说道。"现在我应该去拿你我用的沙丁鱼了，还有给你的新鲜鱼饵。船主人会拿那条船上的家什，他从不让别人帮忙拿任何东西。"

"我们就不一样了。"老人说，"你还只有五岁的时候我就让你帮着拿东西了。"

"我记得！"孩子说，"我马上就回来。再来一杯咖啡吧。我们在这里是可以赊账的。"

孩子光着脚在珊瑚石砌的小路上走着，他朝着藏鱼饵的冷藏库走过去。

老人慢腾腾地喝着咖啡。这是他今天一整天的饮食，他知道应该把它喝了。好久以来，吃饭使他感觉厌烦，所以从来都不带午饭。他只在船头放了一瓶水，一整天只需要这个就足够了。

孩子这时带着沙丁鱼以及两份包在报纸里的鱼饵回来了。他们顺着小径走向小船，脚下能感觉到嵌着鹅卵石的沙地。他们抬起小船，让它滑到水里。

“祝你好运，老爷爷。”

“祝你好运，”老人说道。他把桨上的绳圈套在桨座的钉子上面，身体向前用来抵消桨片在水中所遇到的阻力，并在黑暗当中划出港去。其他的海滩上也有船只在出海，老人听到他们的桨落水以及划动的声音，尽管这时候月亮已经到了山后面，但是他还是看不清楚他们。

偶尔会听见一条船上的人在说话。但是除了桨声之外，大部分船只都是寂静无声的。这些船只一出港口就分散开来，每一条船都朝着他们认为能捕到鱼的那个海域驶去。老人明白自己将要驶向远方，因此把陆地的气息抛在了脑后，划进海洋上的清新空气当中。他划过水里的一片渔夫们叫作“大井”的水域，看到果囊马尾藻闪耀的磷光，因为那里水深突然达到七百英寸，因而海流击打在海底深渊的峭壁上面，激起了旋涡，因而各种鱼儿都聚集在那里。像海虾和可以用来作为鱼饵的小鱼都聚集在那里，在那些深不可测的海底洞穴当中，有时候还有成群的鱿鱼，它们总是在夜晚的时候浮到紧靠海面的地方，所有在那里转悠的鱼类都会拿它们当作自己的食物。

在黑暗当中，老人感觉到黎明在慢慢降临。他听到飞鱼出水时的颤抖声，还有它们在黑暗当中凌空飞翔时挺直的翅膀所发出的咝咝声。他非常喜欢飞鱼，因为飞鱼是他在海洋上的主要的朋友。他替那些鸟儿伤心，尤其是那些柔弱的黑色小燕鸥，它们不停地飞翔，一直在觅食，但是基本上都是一无所获。所以他觉得，除了那些猛禽以及强壮的大鸟之外，鸟儿的生活真的要比我们人类过得还要艰难得多，既然海洋这么残暴，为什么像海燕那样的鸟儿却是生来这么的柔弱和纤巧？虽说海洋是仁慈的、美丽的，但是她也可以变得那么的残暴，又来得那么的突然，而这些飞翔的鸟儿，从天空中降下觅食，发出一阵细微的哀鸣，柔弱得天生就不适合在海上生活。

一想到海洋，那些喜爱她的人们总是会亲切地用西班牙语称她为la mar。有时候，那些喜欢海洋的人们也会说她的坏话，并且总是拿她当女性看待。有一些年轻的渔夫，用浮标当做钓索上的浮子，并把鲨鱼肝卖了好价钱之后还置备了汽艇。这些男性把海洋称作是el mar。他们总是以一个竞争者或一个去处，甚至是当作一个敌人的形象来提起她。但是老人一直拿海洋当作女性，她给人或者不愿给人莫大的恩惠，如果她干出了任性或者是缺德的事情来，那是因为她实在是由不得自己。他心里想，月亮对于她起着影响，就好像是对一个女人那样。

他十分从容地划着，对他来说一点儿都不吃力，因为他能很好地把它保持在自己的最高速度范围以内。除了水流偶尔打个旋儿之外，海面总是平坦无浪的。因为洋流的原因，帮他省了三分之一的力，天逐渐亮起来了，他发现自己已经划到比预想当中要更远的地方了。

我在这海底的深渊里面转悠了一个星期都一无所获，他心里想着。今天，我要找到那些鲣鱼和长鳍金枪鱼群所在的位置，说不定还会有条大鱼跟它们在一块儿。

没等到天色大亮，老人就放出了一个个鱼饵，让船顺着海流漂去。有一个鱼饵下沉到四十英寸的地方，第二个鱼饵就在七十五英寸的深处，第三个跟第四个各自在一百英寸和一百二十五英寸深的蓝色海水当中。用新鲜沙丁鱼做的鱼饵每一个都是头朝下的，钓钩穿进了小鱼的身子，扎好缝牢，这样钓钩的全部突出部分，弯钩以及尖端，全部都包在鱼肉里。并且每一条沙丁鱼都是用钓钩穿过双眼的，这种鱼的身子在那突出的钢钩上形成了半个环形。这样一来，钓钩的每一个部分都会叫一条大鱼感觉香喷喷的。

孩子给了他两条十分新鲜的小金枪鱼（也叫“长鳍金枪鱼”），在那两根最深的钓索上面，这两条小金枪鱼正像铅锤一般被挂着，而在另外的两根上面，他悬挂了一条蓝色大鳜鱼和一条黄色金银鱼，虽然它们已经被使用过了，但是依然完好，而且还有诱人的沙丁鱼给它们添上香味和吸引力。每根钓索都像一支铅笔那么粗。一端缠在一根青皮的钓竿上，如此一来，只要鱼在鱼饵上一拉或者是一碰，就能够使钓竿下落，而且每一根钓索都有两个四十英寸长的卷儿，假如有需要的话，它们还能够牢系在其他备用的卷儿上面，这样的话，一条鱼能够拉出三百多英寸长的钓索。

这时候老人紧盯着在小船边上的那三根钓竿，看一看有没有动静，一面慢慢地划着，好让钓索始终保持上下笔直，停留在合适的深处。天已经大亮了，太阳随时都会升起来。

淡淡的太阳从海上升起，老人看到了其他的船只，低低地挨着水面，距离海岸不是很远，和洋流的方向垂直地展开着。这时候太阳越发地亮起来了，明亮的光线照在水面上，不一会儿太阳从地平线上完全升起来了，平坦的海面把阳光反射到他的眼睛里面，剧烈的刺痛使他不敢朝太阳看上一眼，他低头看着水面，观察着那几根始终下垂到黑洞洞的深水里面的钓索。他把钓索垂得比任何人都要直，这样，在黑洞洞的湾流中的每一层，都会有一个鱼饵刚好在他所希望的那个地方等待着在那里游动的鱼。别的渔夫是让钓索随着洋流任意漂浮着，有的时候钓索只是在六十英寸的深处，但是他们却自以为那是在一百英寸的深处呢。

但是，他心里想着，我要准确地保持它们在合适的深度。或许只是我的运气不好吧。但是谁知道呢？也许今天就会转运的。每一天都是一个新的开始。走运自然是不错，但是我宁愿做到准确无误。这样的话，当好运气来临时，你就有所准备了。

现在的太阳已经比两个小时前上升得更高了，他朝东望的时候阳光也不再那么得刺眼了。眼前只能看到三条船，它们看起来划得特别低，远远停靠在接近海岸的水面上。

我这大半辈子，初升的太阳总是刺痛我的眼睛，老人心里想着。但眼睛仍然很好。在晚上，我可以直视太阳，而且不会有这种眼前发黑的感觉。阳光即使在晚上也要强一些。但是却只有在早晨让人感觉眼痛。

就在这时，他看到一只军舰鸟在他头顶上挥动着它那又长又黑的翅膀在天空中飞翔。它突然之间挥舞着双翅俯冲，然后又盘旋起来。

“它抓到了什么东西了？”老人大声地说道，“它不仅仅只是找找罢了。”

他朝着那鸟儿盘旋的地方慢慢地划了过去。他从容地划着，一点儿也不着急，始终使那些钓索保持上下笔直的姿态。虽然他的速度要比看到鸟儿时快些。但是他还是朝着洋流慢慢地靠近了，这样，他依旧可以用正确的方式捕鱼。

军舰鸟在天空中飞得比刚才高一些了，然后又盘旋起来，这时的翅膀则一动不动。它随即又突然俯冲下来，老人看到飞鱼跃出了水面，拼命地在海面上飞。

“鳅！”老人叫道，“是大鳅。”

他取下双桨，从船头下边拿出一根细钓丝！钓丝上面系着一段铁丝导线和一只中号钓钩，他把其中一条沙丁鱼挂在上边用作鱼饵，把钓丝顺着船舷放到了水里面，然后把另一端紧系在船艄的一只螺栓上。然后他给另一根钓丝也装上了鱼饵，把它缠好放在船头的下面。他又接着划起船来，注视着那只正在水面上低飞的长翅膀黑鸟。

他望着那只鸟儿正出神时，它又突然朝下俯冲，把翅膀朝后掠起，随后猛地展开，一直紧追飞鱼，但都没有抓到。老人看到那些大鳅紧跟在脱逃的鱼后边，把海面搅得波涛翻滚。鳅在飞逃的鱼下边冲破水浪穷追不舍，等到飞鱼一掉下，就快速地钻进水中。这真是一大群鳅啊，他心里想着。它们分布得很广，飞鱼几乎没有可以逃脱的机会。那只鸟也不能幸免于难了。飞鱼对它而言个头太大了，并且速度也非常快。

他看着飞鱼一次次地从海水里面跃出来，而那只鸟儿一次次地失败。那群鱼肯定已经从这附近逃走啦，老人想。它们逃得实在是太快了，应该已经走得很远了。但是说不定我可以逮住一条掉队的，说不定我一直期望的大鱼就在它们这附近呢。我的大鱼一定在某一个地方啊。

现在天空中的云块就像山冈一样耸立上升着，海岸就只剩下一条长长的绿线，在它的后面是一些灰青色的小山。这时的海水已经是深蓝色的了，而且深得都成紫色的了。他仔细俯视着海水，只看见深蓝色的海水里面闪烁着点点红色的浮游生物，阳光在水里面折射出了奇异的光彩。他盯着那几根钓索，看着它们直直地没入水下面看不到的地方，他看见如此多的浮游生物十分高兴，因为这说明这里有鱼。太阳此时升得更高了，阳光透过水面变幻出一种奇异的光彩，这说明天气十分晴朗，陆地上空云块的形状也变得更好看了。但是这时候那只鸟儿估计一点儿也看不到，水面上除了几摊被太阳晒得发白的黄色马尾藻，还有一只紧紧靠着船舷漂动的胶质的浮囊呈现出紫色的僧帽水母，它的外形使它闪现出彩虹一样的颜色。它朝向一边，然后竖直身子。它就像一个欢乐的大气泡一样在水里浮动着，而那些有一米多长的厉害的紫色长触须则拖在身体后面。

“水母！”老人说道，“你这个婊子。”

他从轻轻荡起船桨的水面上向下望去，看到一些颜色跟那些拖在水中的触须相近的小鱼，它们在触须之间游动，也在漂浮的气囊所形成的阴影下面游动着。毒素对它们不起作用。但是人就不行，当老人把一条鱼拉回船上时，有些触须就会缠绕在钓丝上面，那么紫色的黏液就会随之附在钓丝上边，那么他的胳膊和手上就会出现伤痕还有疮肿，就像是被毒漆树或者是栎叶毒漆树感染了一样。可是这水母的毒素发作起来相当快，痛起来就像鞭子抽一样。

这些看起来像彩虹一样的大气泡很漂亮，但是它们却是海洋里面最具有欺诈性的生物，所以老人很乐意看见大海龟吃掉它们。海龟看到了它们，就从正面进攻，然后就闭上眼睛，这样，海龟就从头到尾完全被龟壳保护着，就能把它们连同触须一起吃掉。老人很喜欢看海龟把它们吃掉，喜爱在风暴过后在海滩上看到它们，也喜爱听用自己长着老茧的硬脚掌踩在龟壳上面的时候它们啪啪地爆裂的声音。

他特别钟爱绿色的海龟和玳瑁，它们看起来形态优美，速度很快，价值也很高。他对那种又大又笨的虫携龟则流露出一种善意的轻蔑，黄色的甲壳，奇怪的做爱方式，还有在开开心心地吞食僧帽水母的时候会闭上眼睛。

尽管他曾好几次乘船前去猎捕海龟已经是很多年前了，但他并不认为它有什么神秘的。他真的替所有的海龟感到难过，甚至是那些长得和小船一样长、重达一吨的大棱龟。大多数人对海龟都是残酷的，因为它被剖开、杀死以后，心脏依然还能跳动好几个小时。但是老人想，我也有这样一颗心脏，并且我的手和脚也和它们的是一样的。他为了可以使自己的身子长力气会给自己吃一些白色的海龟蛋。他通常会在整个五月份都吃白色海龟蛋，这样的话到九、十月份，他的身体就会强壮得可以逮到地道的大鱼了。

他每天还可以从不少渔夫放家什的小屋中的一只大圆桶里面舀一杯鲨鱼肝油喝。这是免费开放的，想喝的渔夫都可以去。大部分的渔夫受不了这种味道。可是也并不会比让人摸黑早起更觉得难受了，并且它对防治伤风流感特别管用，对眼睛也有好处。

这时老人抬头向上望去，看到那只鸟儿又在空中盘旋了。

“它找到鱼啦！”他大声说道。这时没有一条飞鱼冲出海面，而且也没有小鱼四处逃窜。但是老人望着望着，只见一条小金枪鱼突然跃到空中，一转身，就头朝下掉到了水里面。这条金枪鱼在阳光照耀下泛着银色的光芒，等到它落入水中之后，一条接一条的金枪鱼就从四面八方的水中跃出，翻搅着海水，跳到很远的地方去捕食小鱼。它们正绕着小鱼转，追赶着它们。

若不是它们游得太快的话，我定可以赶到它们中间去的，老人心里想着，他看着这群鱼把水搅出了白色的泡沫，看着那老鹰俯冲下来，一头扎进在惊慌之中被迫浮出水面的小鱼群中间。

“这鸟儿真是个好帮手。”老人说道。就在这时，踩在他脚下的那根细钓丝绷紧了，原来是他在脚上绕了一圈，他放下双桨，感觉到小金枪鱼紧紧地往回拉着钓索。他越是往回拉，钓丝就越是颤抖得厉害，他看到水里蓝色的鱼背和金色的两侧，紧接着把钓丝呼地一甩，鱼越过了船舷，掉在船里面。鱼躺在阳光下的船艄上，身子很结实，长得就像一颗子弹，一双痴呆的大眼睛瞪着，尾巴迅速地拍打着船板，砰砰作响，逐渐地耗尽了力气。老人出于善心，击打了它的头部，老人把它放到船舷背阴的地方，鱼的身体还是一直不停地颤动。

“长鳍金枪鱼！”他大声说道，“它足有十磅重，是最好的鱼饵啦。”

他已经不记得从什么时候开始自己喜欢自言自语了。以前当他自己独处时会唱歌，那时候在小渔船或者是捕海龟的小艇上值班掌舵时，有时候会在夜里唱歌。他好像是从那孩子走了以后，剩自己一个人的时候才开始自言自语的，但是他记不得了。他和孩子一起捕鱼的时候，一般只在必要时才说话。他们在夜里说话，或者是遭遇了坏天气，被暴风雨困在海上的时候。通常认为在海上没有必要的话就不要说了，这被看成是种品德，老人一直以来就是这样认为的，也是这样做的。但是现在他有好几次都把心里想说的话说出声来了，因为他的话不会影响到其他人。

“要是有人听见我在这边自言自语，那他肯定会认为我疯了。”他说道，“但是我知道我没有疯，所以也就不用理会那么多了。有钱人在船上有收音机可以和他们说说话，还可以给他带来关于棒球赛的新闻。”

现在并不是应该想棒球赛的时候，老人想。现在唯一能想的一件事情是我生来是要干什么的。那个鱼群周围很可能有一条大鱼，老人想。我只是逮住了一条失散的，正在吃小鱼的金枪鱼群当中的一条。但是它们正快速地游向远方。今天凡是在海面上露面的都快速地朝东北方向游去了。难道是一天的这个时候就应该是这样的？还是有我不明白的天气征兆？

他现在已经看不到海岸上的那一道绿色了，只能看到那些覆盖着积雪的青山，山峰上空像是高耸着雪山一样的云块。此时海水的颜色非常深，阳光在海水中呈现出彩虹色。由于太阳已经升到了头顶上空，那不计其数的斑斑点点的浮游生物，全都看不到了，眼下老人只能看到蓝色海水深处巨大的七色光带，还有他那几根钓索，笔直地垂在一英里水深的地方。

渔夫们把所有这种类型的鱼都叫作金枪鱼，只有当售卖它们或者是拿来换鱼饵的时候，才会叫它们各自的名字。这时候金枪鱼又沉到水里去了。阳光开始变得灼热了，老人感觉到脖子上热辣辣的，汗水一滴滴地溻湿了他的背。

我可以随着波浪自由漂浮，他想着，可以预先把钓索在脚趾上面绕上一圈，要是睡着的话，一有动静就能够把我弄醒。今天就是第八十五天了，我要好好钓鱼。

就在他正盯着钓索的时候，其中一根露在水面上的绿色钓竿，猛地朝水里面一沉。

“来啦！”他说道，“来啦！”他一边说一边收起双桨，一点儿也没有碰到船舷。他伸过手用右手的大拇指和食指去轻轻地拉钓索。他感觉到钓索并没有往回拉，所以就十分轻松地握着。这时钓竿又动了一下。这一次是试探性的，拉得不紧也不重，他就完全了解这是怎么回事了。在水面以下一百英寸的地方，有一条大马林鱼正在吃一条被包住钩尖和钩身的沙丁鱼，这个手工制的钓钩是从一条小金枪鱼的头部穿出来的。

老人轻轻地握着钓索，用左手把它从竿子上面轻轻地解下，并让钓索在手指之间滑动，好让鱼感觉不到有一点点的牵引力。

他心想，在离岸那么远的地方，又长到现在这个月份，个头儿肯定不小。吃鱼饵吧，鱼啊，吃吧。请你吃个够吧。多么新鲜的鱼饵啊，但是你啊，在这水下六百英寸的漆黑的冷水里，在黑暗中再绕一个弯子，回来的时候把它们吃了吧。

他感到一次微弱轻巧的拉动，紧接着是一次比较猛烈的拉动，这一定是因为它很难把沙丁鱼的头从钓钩上面扯下来。之后就没了动静。

“再来一次吧。”老人说道，“再绕一圈，闻一闻这些鱼饵吧。它们难道不是很美味吗？那就趁现在把它吃了吧，回头还有条结实，冰凉，鲜美的金枪鱼呢。鱼儿们，不要害羞，赶快把它们吃了吧。”

他把钓索夹在大拇指跟食指中间等待着。同时也盯着其他的那几根钓索，因为这鱼很有可能已经往上游去，或者是向下沉去了。然后又是同样轻巧地一拉。

“它回来吃鱼饵的。”老人说道，“祈求上帝让它咬饵吧。”

可是它终究没有再来。它最后还是游走了，老人没有感觉到一点儿动静。

“它不可能游走的。”他说道，“上帝知道它不会游走的，它只不过是正在那里绕弯子哪。或许它以前上过钩，还有那么点儿印象。”

接着他感到钓索轻微地动了一下，他兴奋极了。

“它只不过是转了个身。”他说道，“它一定会来吃鱼饵的。”

这轻微的一拉，使他很高兴，随后就感到有一种很有分量的难以置信的猛拉。这是因为鱼本身的重量才会这样的，所以他就松开手让钓索往下滑，一直往下滑，并从那两卷备用钓索当中的一卷上放出钓索。钓索从老人手指间轻轻地往下滑去，尽管他的大拇指和食指给钓索施加的压力小得几乎无法察觉，但他仍能感觉到很大的重量。

“多么好的鱼儿啊。”他说道，“它正斜叼着鱼饵，并随着它游动。”

他心想，它一定会翻身把饵吞下去的。但是他并没有说出口，因为他知道，一桩好事要是被说破了，也许就不会发生了。他很清楚这条鱼有多大，他能想象到它嘴里横衔着金枪鱼，在黑暗中游走。这时他感觉到它停下来不动了，可是分量还是没有变。紧接着分量不断加重，他就再放出一点钓索。一时间，他加强了大拇指跟食指上的压力，于是钓索上的分量增加了，直达水下。

“它咬饵啦！”他说道，“现在就让它美美地吃一顿。”

他让钓索在指间朝下溜，同时伸出左手，把两卷备用钓索的一端紧系在旁边那根钓索的两卷备用钓索上。他现在已经准备好了。目前除了正在使用的那个钓索卷儿之外，他还有三个四十英尺长的卷儿可以备用。

“再多吃一点吧。”他说，“美美地吃吧。”

把它吃了，这样能让钓钩的尖端扎进你的心脏，把你弄死，他想。轻松愉快地浮上来吧，让我把渔叉刺进你的身子。得了，准备好了吧，你吃的时间已经够长了吗？

“好了！”他大声喊道，用双手使劲猛拉钓索，收回了一公尺，然后又接连几次猛拉，使出胳膊上的全部力量，拿身体的重量作为支撑，挥动双臂，轮换地把钓索往回拉。

但是一点儿作用都没有。那鱼只顾慢慢地游开去，老人无法把它往上拉一英寸。他这钓索很结实，是用来钓大鱼的，他把它套在背上猛拉，由于钓索绷得太紧，上面居然溅出水珠来。随后它在水里发出一阵拖长的嗞嗞声，但他还是攥着它，在座板上死劲儿撑住自己的身体，仰着上半身来抵消鱼的拉力。船儿慢慢地向西北方向驶去。

大鱼在一刻不停地游着，鱼和船在平静的水面上慢慢地行进。另外那几个鱼饵还在水里，没有什么动静，用不着应付它们。

“要是那孩子在这儿就好了。”老人说出声来，“我正在被一条鱼拖着走，成了一根系纤绳的短柱啦。我是可以把钓索系在船舷上，可是这样的话鱼儿就会把它扯断的。我得使劲地牵住它，必要时要放出钓索。谢谢老天，它还在朝前游，而不是往下沉。”

如果它下决心要往下沉，那我该怎么办呢？我不知道。如果它潜入海底，安静地死在那儿，我该怎么办呢？我不知道。总之我必须做点什么，我能做的事情还多着呢。

他攥住了勒在背脊上的钓索，紧盯着它直往水中斜去，而小船则不停地朝西北方驶去。

这样它会没命的，老人心想。它不能一直这样做。然而四个钟头过后，那鱼照样拖着这条小船，一刻不停地向大海游去，老人则依旧紧紧攥着勒在背脊上的钓索。

“我是在中午钓上它的。”他说道，“但到现在都没能见到它。”

他在钓上这条鱼之前，早把草帽拉下，紧扣在脑瓜上，现在脑门被勒得特别痛。他还觉得口很渴，所以就双膝跪下，小心地不去扯动钓索，尽量朝船头爬去，伸手去取水瓶。他打开瓶盖，喝了一点儿，然后倚在船头上休息。他坐在取下帆的桅杆上，竭力不去想任何事，只是忍耐着坚持下去。

等他回顾背后时，陆地已远得不见一丝踪影了。这没有关系，老人想。我总能够靠着哈瓦那的灯火回港的。还有两个钟头太阳就下山了，也许不用等到那时候鱼就会浮上来的。如果它没有浮上来，也许会随着月出浮上来的。要不然，就会在日出时浮上来。我的手脚没有抽筋，我感到身强力壮。不过，它的嘴巴给钓住了啊。拉力这么大，该是一条多大的鱼啊，它的嘴肯定是死死地咬住了钢丝钓钩。真希望能够看到它，可以知道我这对手是什么样子的，哪怕只一眼也好。

老人凭着观察天上的星斗，看出那条鱼整整一夜始终都没有改变它的路线及方向。太阳下山之后，天气转凉了，老人的背脊、胳膊以及衰老的腿上的汗水全都干了，他感到自己在发冷。白天，他曾把盖在鱼饵匣上的麻袋取下，摊在阳光下晒干。太阳下山后，他把麻袋系在自己的脖子上面，披在背上，并且小心地把它塞在自己肩上的钓索下边。有麻袋垫着钓索，他就可以弯腰向船头靠去，这样简直可说很舒服了。这姿势实在只能说是多少叫人好受一点儿，可是他自以为已经很舒服了。

我拿它一点儿没办法，它也拿我没办法，他想。只要它一直这样干下去，双方都毫无办法。

有一回他站起身来，隔着船舷小便，抬眼望着星斗，核对他的航向。钓索从他的肩上一直钻进水里，像一道磷光一样。此时鱼和船的行动放慢了。哈瓦那的灯火也不太辉煌了，于是他明白，海流一定是在把他们带向东方。如果我就此看不见哈瓦那炫目的灯光，那我们一定是到了更东的地方，他想。因为，如果这条鱼的路线没有变的话，我准会好几个钟头内都看得见灯光。不知道今天的棒球大联赛结果如何，他想。干这行要有台收音机就好了。他想，老是惦记着这玩意儿。想一想你正在干的事情吧。你哪能干蠢事啊。

接着他说：“要是那孩子在就好了。他可以帮帮我，也能让他见识见识这种光景。”

上了年纪的人不应独自一个人待着，他想。不过这也是避免不了的。为了保存体力，我必须在金枪鱼坏掉之前把它吃掉。记住了，哪怕只吃一点点，一定要在早上吃。记住了，老人对自己说。

夜间，两条海豚游到小船边来，他听见它们翻腾及喷水的声音。他能辨别出雄海豚发出的是喧闹的喷水声，雌海豚发出的是喘息般的喷水声。

“它们都是好样的。”他说道，“它们嬉耍，打闹，相亲相爱。就像飞鱼一样，它们都是我们的兄弟。”

接着他就怜悯起这条被他钓住的大鱼来了。它是出色的，也很奇特，有谁知道它的年龄有多大呢，老人想。我从未钓到过这样强悍的鱼，也从未看见过行动这样奇特的鱼。也许它太机灵，不愿跳出水来。它只要跳出水面，或者是来一个猛冲，就能把我搞垮。不过，也许它曾上钩过好几次，所以知道应该如何搏斗。它哪里会知道它的对手只有一个人，而且还是个老头儿。不过这条鱼有多大啊，如果肉质好的话，在市场上可以卖多大一笔钱啊。它咬起饵来像条雄鱼，拉起钓索来也像雄鱼，搏斗起来一点儿也不惊慌。不知道它有没有什么打算，还是跟我一样的不顾死活？

他想起有一回钓到了一对大马林鱼当中的一条。雄鱼总是让雌的先吃，结果那条雌鱼上了钩，它发了狂，惊慌失措但又绝望地挣扎着，不久之后就筋疲力尽了，那条雄鱼始终待在它身旁，在钓索下面窜来窜去的，陪着它在水面上一起打转。雄鱼离钓索好近，老人生怕它会用它的尾巴把钓索割断，这尾巴就像大镰刀一样的锋利，大小形状全部都和大镰刀差不多，老人用手里的鱼钩把雌鱼钩了上来，用棍子去揍它，握住了那边缘如砂纸似的轻剑般的长嘴，不断地朝它头顶打去，直到它的颜色变成跟镜子背面的红色差不多才停手，然后让孩子帮忙把它拖上了船，那时，雄鱼一直待在船舷边上。随后，当老人忙着解下钓索、拿起渔叉的时候，雄鱼从船边高高地跃起，看看雌鱼在哪儿，又落入水中，钻到深水里去了，它那一双淡紫色的翅膀就是它的胸鳍，大大地张开着，于是它身上全部的淡紫色的宽条纹都露了出来。它真美，老人回忆着，就那样始终待在那里不肯离去。

它们这情景是我看到的最伤心的了，老人想。孩子也很伤心，于是我们请求这条雌鱼原谅，马上把它宰了。

“要是那孩子在这儿就好了。”他说道，他把身体靠在船头边缘那已经被磨圆的木板上面，通过勒在肩上的钓索，感受到这条大鱼的力量，它现在坚定地朝着它既定的路线稳稳地游去。

由于我干下了欺骗它的勾当，它不得不做出选择了，老人想。

它所选择的是待在黑暗的深水里面，远远地避开一切圈套、罗网和诡计，而我所选择的是赶到世界上谁也没有到过的地方去找它。现在我们俩从中午起就拴在了一块儿，而且我们俩谁都没有来帮忙。

也许我不该当渔夫，他想。然而这正是我生来就应该干的行当。我一定要记住，天亮之后就吃那条金枪鱼。

离天亮还有点时间，有什么东西咬住了他背后的一个鱼饵。他听到钓竿啪地折断了，于是那根钓索越过船舷朝外直溜，他在黑暗中拔出鞘中的刀子，用左肩承担着大鱼所有的拉力，身子往后靠，倚着木头的船舷，割断了那根钓索。然后把另外一根离他最近的钓索也割断了，摸黑把这两个钓索的断头系在一块儿。他用一只手干着，十分娴熟，在牢牢地打结的时候，为了避免移动，其中一只脚踩住钓索卷儿。他现在有六卷备用钓索了。他刚刚割断的那两根有鱼饵的钓索各自有两卷备用钓索，再加上被大鱼咬住鱼饵的那根钓索上的两卷，它们全部都接在一起了。

天亮之后，老人想，我一定要回到那根把鱼饵放在水下四十英寸深的钓索边上，把它也割断了，接在那些备用钓索卷儿上面。我将丢掉两百英寸优质的卡塔鲁尼亚钓索，另外还有钓钩以及导线。这些都是可以再置备的。万一钓上了其他的鱼，却把这一条大鱼搞丢了，再到哪里去找呢？我还不知道刚刚咬饵的是什么鱼呢。很有可能是一条大马林鱼，也有可能是条剑鱼，或者鲨鱼。我根本来不及仔细思考，我不得不赶快把它摆脱掉。

他大声地说道："真希望那孩子在这儿。"

可是孩子并不在这里，他想。你只有自己一个人，你现在最好还是返回到最末的那根钓索边，不管是否天黑，把它割断了，系上最后那两卷备用钓索。

他就这样做了。在黑夜中干活很是困难，有一回，那条大鱼跳动了一下，把他拖倒在地，脸部朝下，眼睛下面被划了一道口子。鲜血从他脸颊上淌下来。但还没等流到下巴上就已经凝固了，干掉了，于是他挪动身子回到了船头，倚在木船舷上歇息。他拉好麻袋，小心地把钓索挪到肩上另一个地方，用肩膀把它固定住，小心地试试那鱼拉拽的分量，然后把手伸进水里测试小船航行的速度。

不知道这鱼为什么刚才突然摇晃了一下，老人想。可能是钓索在它高高隆起的背脊上滑动了一下。它背脊的疼痛当然及不上我的。然而不管它力气有多大，终不会永远拖着这条小船跑吧。眼下已经扔掉了所有会惹出乱子来的东西，我却还有很多备用的钓索，还能有什么要求呢?

"鱼啊……"他轻轻地说道，"我跟你奉陪到死。"

依我看，它也要跟我奉陪到死的，老人心想，于是他等待着天亮。现在正当破晓前的时分，天气很冷，他把身体紧贴着木船舷取暖。它能熬多久，我就能熬多久，他想。天色微微亮起来了，钓索伸展着，通到水中，小船平稳地移动着，初升的太阳一露面儿，阳光就照射在老人的右肩上。

"它在向北走。"老人说道。海流会把我们远远地向东方送去，他想。希望它会沿着海流拐弯，这样的话就说明它越来越觉得疲乏了。

太阳升得更高了，老人发觉这鱼并没有越来越疲乏。只有一个有利的征兆——钓索的斜度说明它正在较浅的地方游着，这并不意味着它会跃出水来，但它也许会这样。

"主啊，让它跳跃吧！"老人说道，"我的钓索足够长，可以对付它。"

也许我把钓索稍微拉紧一点儿，让它感觉到痛，它就会跳起来，他想。现在已经是白天了，那么就让它跳吧，这样的话它会把沿着背脊的那些液囊装满空气，就没法沉到海底死掉了。

他动手拉紧钓索，可是自从钓上这条鱼以来，钓索已经绷紧到快要折断的地步，他就向后仰着身子拉，感觉到钓索硬邦邦的，就知道没有办法拉得更紧了。我千万不能猛地一拉，他想。每猛拉一次，鱼钩割出的口子就会加大，等它当真跳跃起来，也许就会脱钩。反正太阳已经出来了，我觉得会好过些，这一回我不用盯着太阳看了。

钓索上挂着黄色的海藻，老人明白这只会增加大鱼的阻力，乐得让它挂着。在夜里大放磷光的，正是海湾里的黄色马尾藻。

“鱼啊！”老人说，“我喜欢你，也很佩服你。可是不等今天天黑，我就要杀死你。”

希望如此，他想。

从北方来了只小鸟朝着小船飞过来。那是一只鸣禽，在水面上低低地飞着。老人看得出来，这只鸟已经非常疲乏了。

鸟儿飞到船尾，在那里歇息。然后它绕着老人的头打个旋儿，最后落在了那根钓索上面，它觉得那儿更舒服一些。

“你多大了？”老人问那只鸟儿，“这是你头一回出远门吗？”

老人说话的时候，鸟儿望着他。这只鸟儿太疲倦了，连绳子牢不牢也没心打量，单把两只脚钩紧了钓索，身子却在晃荡。

“这钓索很牢靠。”老人对鸟儿说，“太牢靠了。一夜都没有风，你不该这么累啊。鸟儿们现在都是怎么啦？”

还有那些鹰要到海上来拦截它们呢，他想。但他没有把这个告诉那只鸟，反正它也听不懂，并且用不了多久它就会知道老鹰的厉害。

“好好地休息吧，小鸟。”他说，“然后再出海，向所有男人，或者鸟儿、鱼儿那样，试试你的运气。”

他的脊背僵硬了一夜，现在正痛得厉害，说话使他振奋起来。

“鸟儿，要是你高兴，就留在我家吧。”老人说，“很抱歉，我不能趁眼下刮起小风的当儿，扯起帆来把你带回去。可我总算有一个朋友跟我在一块儿了。”

就在这时，鱼身忽地一歪，连带把老人拖倒在船头上，要不是他撑住了身子，放出手里的一段钓索，很可能就被拖下海了。

钓索突然晃动时，那只鸟飞走了，老人连它走都没见着。他小心地用右手摸摸钓索，发现手正在流血。

“什么东西伤着鱼了。”老人说，把钓索朝回拉，看能不能叫鱼转回来。当他将线拉得快要绷断的那一刻，他却稳稳地把线握住了。他把身子往后仰，靠在拉紧的钓索上。

“你现在感觉痛了吧，鱼儿。”他说，“说实话，我也一样。”

他掉头寻找那只小鸟，因为他本想留它作伴。偏偏鸟儿已经飞走了。

你没待多久，他想。除非你上了岸，不然你去的地方会更加艰难。我怎么让大鱼那么骤然一扯，把我的手就给划破了呢？我准是变得越来越笨了。要不然，也许是我只顾着看那只小鸟，想着它的事情。现在我应该专心自己的活儿了，得把那金枪鱼吃下去，免得力不从心。

“要是那孩子在这儿，还有一点盐就好了。”他说。

他把钓索的重量转移到左肩，小心地跪稳，在海水里面洗手，他把手浸在水里一分多钟，看着血液在水里面漂开去，看着小船移动时海水不停地拍打着他的手。

“它游得慢多了。”他说。

老人本想把手在盐水里浸得更久些，但他担心鱼又突然猛拉，于是站起身来，振作精神，举起那只手，朝着太阳。不过是被钓索勒了一下，手上的皮肉割破了。但那是手上最常用的地方。他知道在这事儿了结之前还得用这双手，不想还没有动手就负伤了。

“现在——”手晒干以后，老人说，“我得把小金枪鱼吃掉。我可以用渔钩把它钩过来，在这儿舒舒服服地吃。”

老人跪下来，用鱼钩在船艄下面钩住了那条金枪鱼，始终避开那几卷钓索，把它朝自己拖过来。他再次用左肩扛住了钓索，顶在左手和左胳膊上，然后从鱼钩上把金枪鱼取下来，把鱼钩放回原处。他用一个膝盖压住鱼身，把它从头到脚纵向剖开，割下一条条深红色的鱼肉。这些肉条呈楔形，他从紧靠脊骨的地方一直切到鱼肚子边上。他一共割下了六条，摊在船头的木板上面，在裤子上擦了擦刀，拎起鱼尾巴，提起鱼骨，扔到了海里。

“我想一整条我是吃不了的。”他说着把其中一条用刀横切成两段。他感觉到钓索一直紧拉着，同时他的左手也抽筋了。这只手紧拉着沉重的钓索，他很不耐烦地看着它。

“这算是什么手啊。”老人说，“你乐意抽筋就抽吧，抽成只鸟爪子，对你不会有什么好处的。”

快点，他想，望着斜向黑暗的深水里面的钓索。快把它吃了，这会让你的手有力气的。你的手并没有过错，而且你跟大鱼对峙了好些钟头了。但你是要奉陪到死的，现在就把金枪鱼吃了吧。

他拿起一片鱼，放在嘴里，慢慢地咀嚼，并不是很难吃。

好好地吃吧，他想，把汁水都吃掉。要能加点酸橙、柠檬什么的，或者来点儿盐蘸着吃就更好了。

“手啊，你感觉怎么样了？”他问那只肌肉抽搐，快像僵尸一样僵硬的手，“我要为你再吃些鱼下去。”

他把剩下的那片也吃了，仔细地嚼着，然后把鱼皮吐出来。

“现在好点儿了么，手？是不是还没到时候，说不上来？”

他又拿起一整条鱼肉，嚼了起来。

“这条鱼很强壮，气血也好。”他想，“我很幸运抓到了它，而不是鳅。鳅吃起来太甜了。这鱼差不多没什么甜味，营养还全部都保存着。”

除了实用，别的都没有什么意思，他想。要是有点儿盐就好了。不知道剩下的鱼肉会不会被晒干变臭，尽管我不饿，还是吃光的好。那鱼这时候又平静又安稳。我把这些鱼肉全部都吃了，就有准备了。

“忍耐一下吧，我的手啊！”老人说，“我这么做都是为了你。”

可惜我没什么吃的喂那条大鱼，他想。它可是我的兄弟。可我必须把它杀死，我必须保持精力才能做这事。他慢慢地专心地吃掉了全部楔形鱼条。

他直起腰来，在裤子上擦了擦手。

“行了！”他说，“我的手啊，你现在可以放掉钓索了，我会只用右臂跟它干，直到你不再抽筋为止。”他把那根本来被左手攥着、坠得很沉的钓索，现在用左脚踩住，上身朝后仰，用自己的背部来承受那股拉力。

“天主保佑我，让手快别抽筋了吧！”他说，“因为我不知道这条鱼还要怎么着。”

不过大鱼好像很镇静，他想，而且像是照它的计划行动。可是它有什么计划，我又有什么计划呢？因为它的个头大，我的计划得随它的计划而变化。它要是跳起来，我倒是可以叫它送命。但它始终待在下面不上来，那么我也就只好奉陪到底了。

他在裤子上擦了擦抽筋的手，想疏松一下手指，但是手却张不开，也许随着太阳出来它就可以张开，他想。或许等那条身强力壮的生金枪鱼在我肚里消化了，它或许就能够张开。要是我非得用这只手，那么我就不惜任何代价把它张开。可是我现在不想硬把它打开。让它自行张开，自动恢复吧。毕竟昨天夜里因为要把那些钓索割断了重新连在一起，我叫它太受累了。

他目光横扫海面，明白此刻自己是多么孤独。可是他能够看到深色海水深处的七色彩虹，看见钓索在往前伸展，看见平静的海面上波涛奇怪地起伏。此刻，信风刮得云块积聚起来，他朝前望去，看见一群野鸭越过水面，忽而被蓝天衬托得历历分明，忽而影影绰绰，因此他明白，一个人在海上绝没有孤单的时候。

老人想到有些驾着小船出海的人，驶到望不见陆地的地方会感觉害怕，他明白在天气会忽然变坏的那几个月里，他们感觉到害怕也是有理由的。但是如今刚好是刮飓风的月份，只要飓风没来，这样的月份是一年当中最好的。

果真要有飓风，而你又下了海，那总能在好几天前从天上看出征兆的。在岸上，人们是看不到的，因为不知道该看什么，他想。

陆地上也会出现异常，云的样式就会不一样。不过目前是不会刮飓风的。

他望了望天空，只见白色的积云已经形成，像一堆诱人的冰淇淋，而在高高的天空，羽毛般薄薄的卷云铺在九月间高高的天空中。

“微风来了。”他说，“鱼啊，这样的天气对我比对你更有利。”

他的左手还在抽筋，但是他正在慢慢地把它张开。

我讨厌抽筋，他想。这是跟自己的身体过不去。要是食物中毒，当着别人大肚子或者呕吐是很丢脸的。可是抽筋，在西班牙语中称作是calambre，那就是丢自己的脸，尤其是孤身一人的时候。

那孩子要是在这里，就可以替我揉一揉，从前臂一直朝下，给它舒舒筋，他想。不过，手会张开的。

过了会儿，他还没看到水中钓索的倾斜度发生改变，右手就已经感觉到了拉力的变化。然后，他俯身朝着钓索，左手快速有力地拍打着大腿的时候，看到倾斜的钓索在慢慢地往上升起。

“它就要上来了。”老人说，“手啊，快点，请快点张开。”

钓索不断缓慢地上升，然后小船前边的海面跟着突起，鱼也露头了。它不停地冒出来，水从它身体上向两边直泻。阳光下，大鱼显得光闪闪的，头部和背部呈深紫色，两边的条被给太阳一照，显得很宽，带着一种淡紫色。它剑状的嘴像棒球棒那么长，由粗变细。它从水里钻出来，露出整个身体，随后又像潜水员一样流畅地再次划入水中，老人看到它那大镰刀一样的尾巴没入到了水里，钓索开始飞速往外滑去。

“它比我的小船还要长两英尺。”老人说道。钓索往外拉得很快，但又很稳，大鱼还没有受惊。老人双手恰到好处地把住绳子，稍微过一点儿它就会断了。他知道，要是不能用稳定的力气使鱼慢下来，鱼就可能拖走全部绳子，把它扯断。

它是一条大鱼，我得让它信服，他想。我一定不能让它明白它有多么大的力气，让它明白如果飞逃的话，它能干出什么来。我要是它，眼下就要使出全部的力气跑掉，直到拉断钓索。可是感谢天主它们并不像要杀死它们的人那么聪明，尽管它们更高尚，更有能力。

老人见过很多大鱼。他看见过很多超过一千磅的，这辈子还抓住过两条这样大的，可从来没有自己一个人抓住过。现在正是独自一个人，又在无边无际的茫茫大海上，但是却在跟他从来没见过也没听说过那么大的一条鱼拴在一块儿，而且他的左手依然紧缩得像紧抓的鹰爪。

可是它就会复原的，他想。它一定会复原，来帮助我的右手。有三种东西是我的兄弟：那条鱼以及我的两只手。这手一定会复原的。真没用，竟会抽筋。鱼这时又慢下来了，照它平常的速度继续游。

不知道它为什么跳出水来，老人心里想。它跳起来，像是要让我看看它有多大。不管怎样我现在已经知道了，他想。我也想让它看一看我是一个什么样的人。那样的话它就会看见这只抽筋的手了。让它认为我比现在的我更有男子气概吧，我会是那样的。但愿我就是这条鱼，他想，那样就可以利用它的一切，仅仅是对付我的意志和智慧。

他舒服地靠着木板，忍受着发作时的疼痛，鱼稳稳当当地游着，船也慢慢穿过深色的海水。从东边刮起一阵风来，随着掀起一阵小浪。中午时分，他的左手不再抽筋了。

“鱼啊，这对你而言是坏消息。”他说，并把钓索从披在他肩上的麻袋上面移了移。

他感觉很舒服，但也很痛苦，然而他根本不承认这是痛苦。

“其实我并不信教。”他说，“可是我愿意念十遍《天主经》以及十遍《圣母经》，只要我可以逮住这条鱼，而且我还答应，如果我逮到了，我一定到科伯圣母那儿去朝圣。这是我许的愿。”

他开始呆板地祈祷起来。有时累得忘了祷告词就说得很快，好顺口而出。《圣母经》要比《天主经》更加容易念，他想。

“万福玛利亚，天主与你同在。你在女人当中是有福的，你儿子耶稣也同样是有福的。天主圣母玛利亚，在我们临死的时候，为我等罪人祈祷吧。阿门。”接着他又说：“万福童贞圣母，请祈祷让这条鱼死去。尽管它很了不起。”

做完了祷告，他感觉好多了，但痛楚依然存在，也许还要更糟糕些，所以他背靠在船头的木舷上，机械地活动着他左手的手指。

这时候微风徐来，太阳却还是很热。

“我还是再给船尾外头的那条小钓索装上钓饵吧。”他说。“要是这鱼决心再待上一夜，那我要再吃点东西，现在瓶里的水也不多了。我看这里除了鳅，也抓不住什么别的东西，不过趁着新鲜的时候吃倒也不坏。真希望今晚会有条飞鱼跳到船上来。可是我没有灯光来引诱它。飞鱼生吃最美味，而且用不着细切。现在我得保存全部力气。天主啊，原先我并不知道它会那么大。”

“我还是要把它宰了。”他说，“不管它有多么伟大和荣耀。”

虽然这很不公平，他想。但是我要让它看看一个人能做什么事，一个人能吃什么苦。

“我告诉过那孩子，我是个怪老头，”他说。

“现在是证明这句话的时候了。”

实际上他已经证明过上千回了。但这并不说明什么。现在他要再证明一次。每一次都是新的开始，而每次这样做的时候，他都从不回想过去。

真希望它睡着了，这样我也可以睡了，在梦里梦见狮子，他想。为什么梦里剩下来的，主要就是那些狮子呢？别想了，老头儿，他自言自语。这会儿靠着木板静静歇一会儿吧，什么也别去想。它在出力气赶路呢，你就尽量别费力气了。

快到下午了，船依然缓慢而稳定地移动着。但是这时候微微的东风给船增添了阻力，老人随着不大的海浪缓慢地漂流，斜背在肩上的钓索引起的伤痛变得舒缓而平和。

下午有一回钓索开始上升，但是大鱼只不过在略高一层的水里继续向前游。太阳照在老人的左臂、左肩和背部。因此他知道这鱼转到东北方向了。

这条鱼老人已经见过一次，所以能想象它在水中游的样子，紫色的胸鳍像翅膀似的张开，竖起的大尾巴一路划破昏暗的海水。不知道它在那么深的水里看得见多少东西，老人心里想。它的眼睛很大，马的眼睛就要小很多，可是能够看见黑暗里的东西。以前我在黑暗里能看得很清楚，不过不是那种一团漆黑的地方。我的眼力差不多跟猫一样好。

由于阳光的作用以及手指的不断活动，他的左手现在一点儿也不抽筋了，他就开始让它多承担些拉力，同时耸了耸背上的肌肉，稍微换换被绳子勒疼的位置。

“鱼啊，要是你还不累。”老人说，“那你一定是不同寻常的。”

这时候他已经很累了，他知道夜色很快就要降临，所以尽力去想一些别的事情。他想起了大联赛，用他的话说就是Gran Ligas，他知道这时候纽约市的扬基队正在和底特律的老虎队比赛。

现在比赛已经进入到第二天了，我还不知道比赛的结果，他想。但我一定要有信心，绝对要对得起那个了不起的迪马吉奥，他就算脚后跟上的骨刺再疼，也可以把一切做得完美。骨刺算是什么东西啊？他问自己。西班牙语叫做un espuela de hueso。我们不长骨刺。它会不会像斗鸡脚上的距铁扎进脚跟那么疼？我想我忍受不了那种痛苦，我也不像斗鸡，被啄瞎了一只眼睛或者两只都瞎了还能继续战斗。和那些厉害的鸟兽相比，人算不了什么。我倒情愿做那一只待在黑暗的深水里的动物。

“除非有鲨鱼过来。”他说，“要是鲨鱼来了，但愿天主怜悯它和我吧。”

你觉得那了不起的迪马吉奥可以像我守着这条鱼一样，长时间守着一条鱼吗？他想。我相信他可以，而且会守得更久，因为他年轻力壮，更何况他父亲是个渔夫。不过他的骨刺会不会太疼呢？

“我不知道。”他大声说，“我从来没有长过骨刺。”

太阳快要落山的时候，他为了给自己鼓气，回忆起了当年在卡萨布兰卡一家酒店里，和那个码头上最强壮的人，从西恩福戈斯来的大个子黑人比手劲的情形。他们赛了一天一夜，胳膊肘撑在桌面上一道粉笔线上，前臂伸直，两人的手紧紧地握着。双方都竭尽全力将对方的手压倒在桌面上。很多人都下了赌注，煤油灯下，人们进进出出，可他的眼睛紧盯着黑人的胳膊、手和脸。双方较量了八小时之后，便每隔四小时换一名裁判，好让裁判有时间睡觉。血从他和黑人的手指甲缝里渗出，双方都盯住对方的眼睛、手和前臂。那些打赌的人在房间里走出走进，坐在靠墙的高高的椅子上观看比赛。墙壁是木头做的，漆成了鲜艳的蓝色，灯光把他们的影子投射在墙壁上。黑人的影子十分高大，微风吹动灯具时，影子在墙上摇曳。

优势整夜都在来回变换，难以定局，他们给黑人喂朗姆酒，还给他点了烟。朗姆酒一下肚，那黑人会拼命使劲儿，有一刹那他把老人，那时还不是个老人，而是圣地亚哥的冠军，把他的手扳下去将近三英寸，但是老人又把手扳了回来，完全扯平了。那一刻他有把握击败黑人，他是个好人，伟大的运动员。天亮时，打赌的人要求把比赛判成平局，而当裁判摇头的时候，他一使劲儿，就压得黑人的手往下再往下，直到落在了桌子上。这一场比赛是在一个星期日的早上开始的，一直到星期一早上才结束。很多打赌的人都要求以平局结算了，因为他们得到码头去扛大袋大袋的蔗糖，或者是去哈瓦那煤炭公司干活。要不然人人都是想让比赛进行到底的。不管怎样他把比赛结束了，并且赶在大家干活以前。

自那以后的好长一段时间，人人都叫他冠军，第二年春天的时候又举行了一场比赛。不过这次赌注下得不多，他轻而易举就赢了，因为他在上次的比赛当中打垮了那个西恩福戈斯来的黑人的自信心。他之后又比赛过好几次，后来就没有再比赛了。他觉得只要他真想获胜，不管是谁他都能打败，他还觉得，这对用来钓鱼的右手不好。在几次练习赛中，他试着用左手。可是他的左手一直叛逆，不听使唤，所以他信不过左手。

现在太阳会把左手烤热的，他想。除非夜里太冷，它不应该再抽筋了。不知道这一夜会发生什么事情。

一架驶向迈阿密的飞机从头顶上经过，他看见飞机影子把一群群飞鱼吓得跳出水来。

“有这么多的飞鱼，这里就应该有鳅。”他说着把身子仰靠在钓索上，看可不可以把那鱼拉近点儿。可是不行，钓索绷得很紧，上边抖动着水珠，马上就要断裂了。小船缓慢地前进，他紧紧地盯着飞机，直到它消失。

坐在飞机上一定感觉很新奇，他想。从那么高的地方往下看，不知道海会是什么样子的呢？要是飞得不太高，一定能清楚地看到这条鱼。我倒想在两百英寸的高空上慢慢地飞，从天空中看鱼。从前在捉海龟的船上，我就待在桅顶横档上，即便在那样的高度也能看到很多的东西。从那儿看下去，鳅显得更绿，它们身上的条纹以及紫色的斑点你能看清楚，还有整个游动的鱼群。黑沉沉的海洋中那些向前急奔的鱼，为什么脊背都是紫的，纹道斑点多半也是紫的呢？鳅在水里看上去是发绿的，因为它本身是金黄色的。可是当它们饿得发慌想要吃食的时候，身子两边就会像马林鱼一样出现紫色条纹。难道是因为发怒，或者是游得太快的缘故吗？

天快黑的时候，他们经过很大一片马尾藻，它在微波细浪的海面上漂动着，似乎海洋正跟黄色毯子下的什么东西在做爱，这时，一只鳅在他的细钓索上咬饵。他初次看到鳅是在它跃出水面的时候，被夕阳照得遍体纯金，拼命在空中弯身扑尾。它吓得一次次跃出水面，就像是在做杂技表演，老人挪到船尾，蹲下身子，用右手和右胳臂攥住那根粗钓索，用左手把鳅往回拉，每拉回一段钓索，就用他光着的左脚踩住。等鳅靠拢了船艄，还在不顾死活地左冲右撞时，老人就弯身到船艄外面，把这金光锃亮、点点紫斑的鳅拖上船来。鱼嘴颤动着在钓钩上急促地张合不停，还用扁长的身子、鱼尾和鱼头一直不停地拍打着船底，直到他用木棍对那金灿灿的鱼头猛揍一通之后，它才抖了几抖，不动了。

老人从鱼钩上取下鱼，又放上一条沙丁鱼当作饵，再抛进海里。然后他慢慢爬回了船头。洗了洗左手，在裤腿上面擦了擦。随后他把那根沉重的钓索从右手挪到了左手，又在海水里面洗了洗右手，一面望着太阳坠入海洋，一面望望钓索的斜度。

“那鱼一点儿也没变。”他说。但是看着流动的海水打在手上，他发现鱼显然比先前游得更慢了。

“我把两根浆捆在一块儿，横放在船尾，好让那条鱼在夜里能慢下来。”他说，“它能熬夜，我也可以。”

还是过会儿再把这鳅开膛破肚吧，这样的话可以让鲜血保留在鱼肉里，他想。这事可以过会儿再干，眼下应该先把桨绑起来，增加些阻力。眼下还是让鱼保持安静，太阳刚落，不要太惊动它。太阳落山时，所有的鱼都会感到难受。老人在空中晾干了手，接着攥住了钓索，身子尽量放松，任凭自己被拖着，身体贴在木船舷上，这样，船承受的拉力跟他承担的一样多，或者更多了。

我在学着做这种事，他想。起码是这一部分活。而且，不要忘记它自从吞了鱼食还没有吃过东西，并且它身子庞大，吃得也会很多。我倒吃了整条金枪鱼。明天还要吃鳅，他把它称作是“黄金鱼”。或许我在开膛的时候就该吃上一点点。它比那条金枪鱼难吃。不过话说回来，做什么都不容易。

“感觉怎么样，鱼儿？”他这时候开口问，“我觉得挺好的，我左手好多了，又有够我吃一天一夜的东西。鱼啊，你就拖着这船走吧。”

他并不是真的感觉挺好，那是因为钓索勒在背上疼痛得几乎已经超越了疼痛，变得麻木了，这使他不太放心。不过，我经历过比这更糟糕的事情，他想。我一只手只不过割破了一点点，另一只手已经不再抽筋了。两条腿好好的，而且在食物上我现在比它更有优势。

这时天黑了，九月里太阳一落天就黑得很快。他背靠着船头上被磨损的木板，尽可能地休息。最早的几颗星星出来了。他不知道猎户座左脚的那颗星叫什么名字①，但是看到了它，就知道不多久星星都会出来，他又有这些遥远的朋友来作伴了。

“这条鱼也是我的朋友。”他说，“我从来没有见过，也没听说过这样的鱼，但是我得杀死它。幸好我们不必想法儿杀死星星。”

假没有人必须每天去杀死月亮，那会怎么着，他想。月亮会逃走的。但是假设有人必须每天去杀死太阳，那又会怎么样呢？我们生来总算走运的，他想。

后来他替这条没有东西吃的大鱼感到伤心难过，可是要杀死它

① 原文为Rigel，我国天文学家称之为参宿七，此星非常明亮。

的决心可没有松动。它能供多少人吃啊，他想。但是他们配吃它吗？不，当然不配。看它的举止以及伟大的尊严，谁都不配吃它。

这些事我都不懂，他想。好在我们不必想法儿杀死太阳、月亮、星星。生活在海上，宰杀我们真正的朋友，已经够受的了。

现在我得考虑一下那水里拖着的障碍物了。这有利有弊。要是鱼真要挣开，两只桨还捆在那里，弄得船没有原来的轻巧，那我就会白丢好些钓索，连鱼也会丢掉。要是船轻了，就会延长我们双方的痛苦，可我安全些，因为鱼游得很快，这本领至今尚未使出过。不管怎样我必须得把这鳅开膛破肚，这样以免它坏掉，我也要吃些来补点儿力气。

现在我要再休息一个小时，等到鱼稳定了，我再返回到船艄去干这件事，决定要不要捆桨。同时可以看看它有什么动静，是否有什么变化。捆桨是个好招，可现在到了该讲安全的时候了。这鱼依然十分厉害。我看到钓钩挂在它的嘴角，而它却紧闭嘴巴。钓钩的折磨不算什么。饥饿的煎熬以及跟一个它一无所知的对手较量才是根本问题。休息一会儿吧，老头儿，让它去拉纤好了，等到下回轮到你上阵再说。

他自己估摸着休息了有两个钟头。月亮要到很晚才出来，他没法判断时间。他也没有真的休息，只不过多少缓口气罢了。他肩上依然承受着鱼的拉力，但是他把左手撑在船头的舷上，这样把对抗鱼的拉力越来越多地转嫁给小船本身。

要是把钓索固定住那会多简单啊，他想。但是鱼只要稍稍一挣扎就会扯断钓索。我必须用身体来缓冲这钓索的拉力，双手随时准备着放出一段钓索。

“但是你还没睡觉呢。老头儿，”老人说，“已经半个白天和一夜了，现在又是另外一个白天，你都没有睡过觉。你得想法儿趁它安静沉稳的时候睡一会儿。你要是不睡觉，脑子就会不清楚的。”

我头脑是清醒的，他想，太清醒啦。跟我的星星兄弟们一样清醒。可我还是得睡觉。它们睡觉，月亮和太阳全部都睡觉，就连大海在平平静静、没有急流的那些日子也要睡觉。

可别忘了睡觉，他想。他要强迫自己睡觉，想个简单而且稳妥的办法来处理钓索。现在回船尾去剖鳅吧。必须要睡觉的话，把桨绑起来增加阻力就太危险啦。

我不睡觉也行，他自言自语道，不过会很危险。

他开始手膝并用爬回船尾，小心不去惊动那条鱼。它也许正半睡半醒，他想。但是我不想让它休息，它得一直这样拉着直到死。

回到了船尾之后，他转过身让左手抓住紧勒在肩上的钓索，右手将刀拉出刀鞘。这时星光明亮，他可以清楚地看到那条鳅，把刀扎进鱼头，从船尾下方拖了出来。他一只脚踩在鱼的身上，从肛门一直划到下颌的尖端。接着他放下刀子，用右手掏净内脏，把鳃也拉下。他感觉鱼胃在手中沉甸甸、滑溜溜的，便把它剖开。里边有两条小飞鱼，都新鲜坚实。他把两条鱼并排摆着，把鱼肠和鱼鳃丢到船外。这些东西沉入海水，留下一道磷光。鳅身子冰冷，星光下露出麻风病人皮肤般的灰白色，老人右脚踩住鱼头，剥下它一边的皮。随后他把鱼翻转过来，剥掉另外一边的皮，把鱼身两侧的肉从头到尾割了下来。

他把鱼骨悄悄地丢到海里，看看水里有没有打转，但只看到它慢慢下沉时的磷光。于是他转身用两块鱼肉包住那一对飞鱼，把刀子插进刀鞘，慢慢爬回船头。在钓索的重压之下，他弓着背，右手拿着鱼肉。

回到船头，他把两块鱼肉和两条飞鱼并排放在木板上。接着他把勒在肩膀上的钓索换了个位置，又把左手靠在船边拽住钓索。他身子侧向一边，在水里洗了飞鱼，留意着海水打在他手上的速度。他的手剥了鱼皮后闪着磷光，他望了望从手边过去的水流。水流不那么急了。他在小船的船板上擦手的时候，磷光闪闪的微粒在海面上漂浮着，缓慢地漂向船尾。

“它不是累了就是在休息。”老人说道，“现在我把这鳅全都吃了，休息一会儿，睡一会儿。”

星空下，夜越来越冷。他吃掉了半片鳅肉和一条去头去肠的飞鱼。

“鳅煮熟了吃那多棒啊。”他说，“生吃多么受罪啊。以后要是没带盐或者是酸橙，我再也不划船出海了。”

要是我有脑子的话，白天我会把海水泼在船上面，让它晒干变成盐，他想。不过话又说回来，我是在太阳快落山的时候才钓到鳅的，不过还是准备不足。但我还是把它全部嚼下去了，也没有反胃。

东方天空上满是积云，他所熟悉的星星也一颗颗消失了。现在他仿佛掉进了一个云彩大峡谷，风也停了。

“三四天后坏天气就要来了。”他说，“不过今晚和明天还不会。现在来准备一下，老头儿，睡会儿吧，趁现在大鱼还安稳。”

他的右手死攥着钓索。当他把全身重量压到船头木板上的时候，便用大腿顶住右手。接着他把勒在肩上的钓索往下移了一点点，再用左手抓紧它。

钓索只要这么撑着，我的右手就可以把它握住，他想。睡着时要是钓索松了，往外滑去，我的左手就会把我弄醒的。这样右手会很辛苦，但它吃惯了苦。哪怕我能够睡上二十分钟或者半个小时也好。他俯身向前，整个身体紧紧夹住钓索，所有的重量放在右手上面，然后他就睡着了。

他梦见的不是狮子，而是一大群海豚，前前后后有八到十英里，这时候正是它们交配的季节，它们高高地跳到半空中，再落回跃起时留在水中的水涡里。

后来他梦到他在村子里，躺在了自己的床上，呼呼的北风刮得他很冷。右胳膊全麻了，因为得用它当枕头。

过后他梦到那道长长的黄色海滩，看见暮色苍茫中有个狮子先下了海滩，其余的狮子随后也来了。他把下巴靠在船头的木板上面，把船抛了锚停在那儿，晚风徐徐吹向海面。他等着看更多的狮子下来，心里很愉快。

月亮升起已经很久了，但他还在睡，大鱼平稳地拖着，船慢慢驶进云彩的峡谷里。

他的右拳猛地砸在脸上，把他弄醒了，钓索从右手滑了出去。左手已经失去了知觉，尽管他拼命用右手往回拉，钓索还是往海里滑。最后他的左手终于抓住了钓索，他仰着身体把钓索往后拉，背部和左手被钓索勒得火辣辣地痛，他的左手承受了全部的拉力，被勒得很深。他回头看看那些钓索卷儿，它们正顺畅地放出去。就在这时，那条鱼跳了起来，掀起巨大的海浪，随后重重地落了下来。尽管钓索飞快地往外滑，老人也已把钓索拉得快要断掉，而且一次次拉到这个地步，那鱼还是一次次跳起来，小船也驶得很快。他被拉倒了，紧紧靠在船头，脸贴在切成条的鳅肉上，动弹不得。

我预料当中的事情发生啦，他想。那就让我们来承受吧。要让它为钓索付出代价，他想。让它为了这个付出代价吧。

他看不见鱼跃，只听见海水迸裂和鱼落下时巨大的溅水声。飞快地往外滑的钓索，严重地割伤了他的手，不过他早料到会这样，所以尽量让钓索从手上有老茧的地方滑过，不让它滑到掌心或伤着手指。

要是那孩子在这儿，他会用水弄湿这些钓索卷儿，他这样想。是啊，如果孩子在这里，如果孩子在这里多好啊！

钓索向外滑啊滑，只是渐渐慢了，他让鱼为拖出的每英寸付出代价。这时他从木板上，从被脸压碎的鱼条里抬起头来。接着跪在地上，缓慢地站起身来。他还在放钓索，不过放得越来越慢了。他挪动着，回到能用脚触摸到但却看不到的线卷儿那儿。剩下的钓索还很多，现在这条鱼得克服摩擦力，把新线拉进水里。

是啊，他想。它已经跳了十几次，给脊梁边上的那些气囊灌足了空气，不至于沉到深水中，死在我没法把它弄上来的地方。过会儿它会转起圈子来，这样一来我就得想办法对付它。不知道它为什么会突然跳起来。是饥饿的缘故，还是夜里被什么东西吓着了？说不定它突然感觉到害怕了。可是它那么镇静，那么强壮，似乎信心十足，无所畏惧。真是奇怪。

“你最好也信心十足，无所畏惧，老头儿。”他说，“你又拖住它了，但却收不回钓索。不过很快它得打转了。”

现在老人用肩膀和左手拽住了它，弯身舀水洗掉脸上粘着的鳅肉。他担心这肉会使他感觉恶心，把他弄得恶心呕吐，失去了力气。脸洗干净后，他又在船边的海水里洗了右手，再让它泡泡盐水，一边注视着太阳升起前的第一缕曙光。它几乎在朝东移动，他想。这说明它累了，在随波逐流。很快它得打转了，那时候硬仗才开始呢。

他估计右手在水里泡的时间够了，就抽上来看看。

"伤得不重。"他说，"男子汉不在乎这点痛。"

他小心地攥着钓索，不让它嵌进刚勒伤的地方，又挪动一下背上的重量，这样就可以把左手从小船的另一边浸在海水里面。

"你这只手虽然没用，但干得还不坏。"他对左手说，"不过有一阵子，你可没有帮上忙。"

为何我不能生来就有两只好手呢？他想。也许是我的不是，没有好好地训练这只手。但是天知道它以前有的是学习的机会。但是它夜里干得很好，抽筋也只有一回。它要是再抽筋，就让钓索把它勒断算了。

想到这里，他知道自己的脑子不清醒了，觉得应该再吃一点点鳅。但是我不吃，他告诉自己。预期因为呕吐而丧失体力，还不如这样昏头昏脑好些。我的脸刚才跌在鳅肉上，就算吃下去，到胃里也待不住。我会把它留到紧急情况下吃，只要它还没坏掉。不过现在想靠滋补来长力气可太晚了。你真傻，他对自己说，把另外那条飞鱼吃了不就行了。

飞鱼早洗干净了，现成在那儿，他用左手捡起来，然后放进嘴里吃起来，细嚼着鱼骨头，连尾巴都吃下去了。

飞鱼的营养几乎比其他的鱼都要好，他想。至少它能给我长力气。现在能做的我都已经做了，他心里想。让它开始打转吧，让战斗开始吧。

这是他出海以来太阳第三次升起了，这时候鱼打起转来了。

他从钓索的斜度还看不出鱼在打转，现在似乎还为时尚早。他只觉得钓索的拉力隐约有点松了，就开始用右手轻轻地往回拉。像平常一样，钓索绷紧了，不过就在快要断裂的时候，却渐渐能够回收了。他的肩膀和脑袋从钓索下钻出来，开始平稳而且和缓地回收钓索。他挥动着双手，使出浑身力气，尽可能用身子和两腿配合着拉。他的两条腿和肩膀也随着挥舞的双手转动着。

“这是个很大的圈子。”他说，“它现在确实是在打转。”

随后钓索再也收不回来了，他紧紧地拉着，看到钓索上水珠儿在阳光照耀下乱蹦。接着钓索开始往外滑了，老人跪了下来，勉强让它一点点滑回黑沉沉的水里。

“它现在正绕到圈子的最远处。”他说。我得用足力气拉住钓索，他想。每一次用劲儿拉都会缩小它转的圈子。说不定再过一个钟头我就能看到它。现在我必须驯服它，然后杀死它。

可是鱼仍旧慢慢再转，两个小时之后，老人已经汗水淋漓，疲惫至极。不过圈子越来越小了，从钓索倾斜的角度，他可以推断出鱼已经一边游一边不断往上浮了。

老人眼前发黑已经有一个小时了，带盐味的汗水流进了眼睛，渍痛了眼睛上方和额头上的伤口。他不担心眼前发黑。他拉钓索那么卖力，眼前发黑也是正常的。不过他已经有两次感到头昏目眩，这倒让他担忧起来了。

“我可不能自暴自弃，就这样死在一条鱼的手里。”他说道，“既然我已经让它乖乖地游过来了，那么祈求天主帮助我熬下去吧。我要念一百遍《天主经》和一百遍《圣母经》。不过现在我可没法念。”

就当念过了吧，他想。回头我再补念。

就在这时，他双手抓住的钓索猛地一撞一拉，来势凶猛，硬邦邦、沉甸甸的。

它在用它长剑似的嘴撞击着铁丝导线，他心里想。这是必定会发生的。它不得不这么做，但是这样一来它也许会跳起来，我情愿它现在继续打转。刚才它要呼吸空气，必须跳起来。可是每跳一次，钓钩扎得伤口跟着就要拉大一点，最后它可能会脱钩逃走。

“别跳了，鱼啊。”他说道，“别跳啦。”

这条鱼又往铁丝导线上撞了几次，每撞一次，老人便放出一些钓索。

我必须让它在老地方痛，他想。我的疼痛没有什么大不了的。我能控制，但它疼起来可是要发狂的。

过了会儿，鱼不再撞击铁丝，又开始慢慢地打转。现在老人正不断地收回钓索。但是他又再次觉得头晕了。他用左手舀起一点海水，淋在头上，然后又淋些，擦了擦颈背。

“我没有抽筋。”他说道，“它很快就会浮上来了，我能坚持住。你必须得坚持住，这还用说。”

他跪了下来靠着船头，暂时把钓索再次背在背上。趁它转远的时候我休息一下吧，等它转过来了我再起身对付它，他下定了决心。

他很想在船头上歇一会儿，让鱼转一个圈子，却不往回收钓索。但是当拉力一变，说明鱼转身向小船游来的时候，这时老人就站起身来，开始摆动肢体，左拉右拽，收回所有拉过来的钓索。

我从来没有这样累过，他想，这会儿刮起了信风。刚好趁这股风把它运回去，太需要这风了。

“等它下次往外转圈的时候，我会歇一歇。”他说道，“我感觉好多了。等它再转两三圈，我就把它逮住。”

他的草帽靠近后脑勺戴着，他感觉到鱼在转身，便随着钓索的方向倒在了船头。

你干你的吧，鱼啊，他心里想。你转身时我再收拾你。

海浪大了许多。但吹来的是一阵晴天的和风，他回家就得借这样的风。

“船只要朝西南方向开就行了。”他说，“一个人在海上绝不会迷了方向，况且这不过是个长长的岛屿。”

鱼在转第三圈的时候，他第一次看到它了。

他起初只看见一个黑影，它过了很久才从船底下过去，长得简直叫他不敢相信。

“不！”他说，“它不可能有那么大。”

但它就有那么大，转了这一圈之后，它浮出了水面，与他相距只有三十码，老人看到它露在水面上的尾巴。这条尾巴比一把大镰刀的刀刃还要长，在深蓝的水上显出一种淡淡的紫色。它往后倾斜着，在海面上游的时候，老人能看见巨大的鱼身以及身上的紫色条纹。它的背鳍垂着，宽阔的胸鳍完全铺开来了。

鱼转这一圈时，老人看到鱼的眼睛，还有两条小鱼在它旁边游着。两个小东西忽而偎依着它，忽而溜开，忽而在它的庇荫下嬉游自得。每一条都不止三英尺长，游得快的时候像鳗鱼一样甩动着整个身子。

现在老人身上直冒汗，除了因为太阳，还有别的原因。鱼每次平平静静地转圈，他都收回来些钓索。他肯定，再转两圈，他就有机会把渔叉扎进鱼身了。

但是我必须把它拉得靠近，靠近，再靠近，他想。不能瞄准它的头，得直接扎进它的心脏。

“沉住气，憋足劲儿，老头儿。”他说。

下一圈，鱼背露出来了，但离船还是远了些。又转了一圈，还是太远，不过它露出水面的部分更多了，老人相信，再收回些钓索，就可以把它拉到船边来。

他早已准备好了渔叉，叉上的那卷细绳子放在一只圆筐里，绳子的一头系在船头的缆柱上。

这时鱼正在转圈靠近，既沉着又美丽，只有它的大尾巴划动着。老人拼命把它往船边拉。一刹那间，鱼身倾斜了一下。随后它竖直了身体，又开始打转。

“我拉动它了。”他说，“我刚刚把它拉动了。”

他再次感觉到头晕，但还是使出浑身力气拽住了那条大鱼。刚刚我拉动它了，他想。也许这回我能把它拉过来。拉吧，手，他想。撑住啊，腿。帮忙坚持一下，头啊，为了我一定要坚持住啊！你从来没有晕倒过，这回我要把它拉过来。

然而当他打起全副精神，决定在大鱼靠近之前就动手，使出浑身力气来拽的时候，那鱼却侧过半个身体，接着它便竖直了身子，游走了。

“鱼啊！”老人说道，“鱼啊，反正你是死定了，难道你要把我也弄死？”

那样的话，我就会一无所获的，他想。他嘴巴里面干得说不出话来，但这时候又腾不出手去够水。这次我必须把它拉到船边来，他想。它要再多转几圈我就不行了。不，你行的，老人给自己打气，你永远都行。

下一次转圈时，他差点把它拉过来。可是大鱼又竖直了身子，慢慢游走了。

你是要把我弄死吗，鱼啊，老人心里想。不过你有权利这样做。我从来没有见过什么东西比你更大、更漂亮、更沉着、更高尚，兄弟。来吧，把我弄死吧。究竟是谁弄死谁我一点也不在乎。

现在你脑子糊涂了，他心里想。你得保持头脑清醒。要保持头脑清醒，要知道如何像男子汉那样吃苦。或者像鱼一样，他想。

“赶快清醒过来吧，头啊，”他说，声音轻的几乎听不见。“赶快清醒过来吧。”

鱼又转了两圈，还是老样子。

我不知道这是怎么回事，老人心里想。每次他都觉得自己差不多要昏倒了。我真不知道这是怎么回事。但是我会再试一下。

他又试了一次，他把鱼拉过的时候，觉得自己快要昏倒了。那鱼竖直了身体，又缓慢地游走了，巨大的尾巴在海面上摇摇晃晃地前进。

我还要试一次，老人许诺说，尽管这时他的双手已经软弱无力，眼睛也只是间或一阵阵才能看得清东西。

他又重新试了一次，结果照旧。就这样了，他想，他觉得还没动手就已经要昏过去了。我还要再试一次。

他忍受着一切痛苦，拿出余下的力气和早已丧失的自尊来对付鱼的痛苦挣扎。它游到了他的身旁，在一旁温顺地游着，它的长嘴几乎要碰着船帮。鱼开始从小船边游过，身子又长又宽，入水很深，银光闪闪，布满紫色条纹，在水里鱼身显得长不可测。

老人丢下钓索用脚踩住，尽量往高处举起渔叉，使出浑身的力气，加上刚才鼓起的劲头，把它往下直扎进鱼身侧面，恰恰扎到那翘在半空、跟老人胸口一样高的大胸鳍后面。他感觉到那铁叉刺进去了，便伏在叉把上，借着浑身的重量，把渔叉又往里插。

那鱼又活蹦乱跳起来，尽管已是必死无疑，它从水里高高跃出，现出它无比的长度和宽度、它全部的力和美。它像是挂在老人头顶上的半空中似的。接着，它啪啦一声跌入水中，溅起浪花，落在老人的身上和整条船上。

老人感觉头晕、恶心，看不清东西。但还是放出了渔叉线，让它慢慢地从划破了皮的手中滑了出去，当眼睛管用了，他看到那鱼仰着，银色的肚皮向上翻着。渔叉的柄从鱼的肩部慢慢地斜戳出来，鱼的心脏里流出鲜红的血，使海水变了色。开始是暗黑色，就像这一英里多深的蓝色海水里的鱼群。然后像云彩一样扩散开来。鱼呈银白色，一动不动，随着波浪漂动着。

老人在眼睛管用的那一阵子，在周围仔细地看了看。然后他把渔叉线在船头的缆柱上绕了两圈，将脑袋靠在手上。

"保持头脑清醒。"他靠着船头木板说，"我是一个累坏了的老头儿，但我杀死了一条鱼，它是我的兄弟，现在我得去干苦活儿了。"

现在我得准备好套索以及绳子，把它绑在船边上，他想。即便我们有两个人，往小船里灌满水把鱼放进去，再把船里的水舀干，这条小船也绝对装不下它。我得把一切都准备好，接着把它拖过来，捆绑好，再竖起桅杆，撑起帆回家。

他把鱼拖到了船边，把一根绳子塞进鱼鳃，从嘴巴里穿出来，把鱼头贴着船头绑牢。我想看看它，他想，碰碰它，摸摸它。它是我的财产，他心里想。不过我想摸摸它倒不是因为这个缘故。我想我第二次往里推叉把的时候，就碰到了它的心脏。现在我要把它拉过来拴住，用一根套索拴住它的尾巴，另外的一根拴住鱼身中部，将它绑在小船上。

"干活吧，老头儿！"他说。他喝了一小口水，"现在战斗已经结束了，还有很多苦活要干。"

他仰望天空，接着又看了看船外的鱼。他仔细看着太阳，现在才刚过正午，他想。信风刮起来了。钓索已经毫无用处了，回到家我跟孩子再把它们接好。

“过来吧，鱼啊。”他说道。但是鱼并没有游过来。

它在海水里翻滚着，于是老人把船朝它划过去。

等船与它并排，鱼头碰着船头时，他看见它那么大，简直难以相信。他把渔叉上的绳子从缆柱上解下，穿过鱼鳃，从嘴巴里拉出来，在长剑似的嘴上绕了一圈，然后穿过另一边的鱼鳃，再在嘴上绕一圈，将这两股绳子打成一个结，系到船头缆柱上。接着他割下一段绳子，到船尾去拴紧鱼尾巴。这条鱼已经从原来的银里带紫变成清一色的银白了，身上条纹跟尾巴一样是淡紫色的。这些条纹比人张开五指的手还要宽，它的眼睛看上去像潜望镜里的镜片或是游行队伍里的圣徒那样冷漠。

“只有用这个办法才能杀死它。”他说道。他喝了点水，觉得好些了，知道自己不至于昏过去，头脑也很清楚。看它那样子应该会超过一千五百磅重，他想。也许还要重得多。如果把它开膛洗净之后的重量还剩下三分之二，按一磅卖三毛钱，一共该是多少钱呢？

“我需要用支铅笔来算算。”他说，“我的脑袋还没有那么清楚。不过我想了不起的迪马吉奥今天也会为我感到自豪的。我没长骨刺，但手和背痛得厉害。”不知道骨刺是什么，他想。也许我们长了骨刺却并不知道。

他把鱼拴在船头、船尾和中间的坐板上面。这条鱼那么大，仿佛是在小船旁边捆绑了一条大很多的船。他割下一段绳子，把鱼的下巴在鱼嘴上缚紧，免得嘴巴张开，这样鱼和船就可以尽量利索地往前航行。随后他竖起桅杆，撑起那根当鱼钩用的棍子，张开打了补丁的风帆，小船便起航了。他半躺在船尾，朝西南方向驶去。

他不需要指南针来辨别西南方向，他只要感觉一下信风和帆的方向就行了。我应该放出一根带勺形假饵的细钓丝，试试钓点吃的，润一润嘴也好。但是他找不到勺形假饵，沙丁鱼也都坏掉了。于是在经过那片黄色马尾藻时，他就用鱼钩钩上了一簇，抖了抖，藻里的小虾都纷纷掉落在小船船板上。有十好几只虾，都像沙蚤似的又蹦又跳。老人用拇指和食指掐掉虾头便吃，连虾壳虾尾都嚼进肚里。虾很小，但他知道它们有营养而且味道也不错。

老人瓶子里还有两口水，吃完虾后他喝了半口。考虑到现有的障碍，小船已经行驶得很不错了，他把胳膊搁在舵柄上驾驶着。他能看到那条鱼，只要看看自己的两只手，感觉到背脊靠着船尾也疼，就知道这是确确实实的事，不是做梦。有一回他感觉很不好，觉得快要完蛋了，他想这也许这是一场梦。后来他看见鱼跃出水面，一动不动地悬在半空中然后才落下来，他实在觉得太离奇，令人难以置信。虽然现在他看东西跟往常一样清楚，当时可不是。现在他知道鱼已经到手了，他的手和背也都不是梦。手上的伤很快就会愈合的，他想。手里的血都放光了，盐水能很好地治愈它们。真正的海湾蓝色水是世上最好的良药。我所要做的就是保持头脑清醒。这两只手已经尽职了，小船也行驶得不错。鱼的嘴巴闭着，尾巴直上直下地摆动，我们像兄弟一样行驶着。然后他的脑袋有点糊涂了，他想是鱼在带我回家，还是我带鱼回家呢？要是我把它拴在船后拖着走，那就不存在这个问题了。要是鱼给弄得毫无尊严地窝在船上，那也没有问题。但是它们是并排绑着一起航行的，他想。只要这让它高兴，就算是它带我回家吧。我不过是用了诡计才比它强的，而且它并没有想伤害我。

他们行驶得很顺利，老人把双手浸在海水里，并竭力保持头脑清醒。天上高高地堆着积云，再上面是好些卷云，由此老人知道整个晚上都会有风。老人不时地去看看那条鱼，以肯定这是真的。一个小时之后，第一条鲨鱼袭击了这条大鱼。

鲨鱼的来袭并非偶然。当那片乌云般的血沉积下来，散布在一英里深的海里的时候，它就从深水里游上来了。它满不在乎地急速浮起，毫无预兆地划破蓝色的海水，出现在太阳底下。随后又钻回海里，重新嗅到了血腥味，开始顺着小船和鱼的航线游来了。

有时候它会找不到气味。但它总会重新找到的，只要嗅到那么一丝腥气，它就会穷追紧赶地跟踪而来。它是一条很大的灰鲭鲨，生来游得跟海里最快的鱼一样快。除了鱼嘴，全身都长得很美。它的背像箭鱼那么蓝，肚皮是银色的，鱼皮光滑漂亮。它的体型像箭鱼，就是那张大嘴不一样，这会儿紧闭着。这时它贴着水面游得很快，背鳍高高竖着不动，一路把水劈开。在紧闭的双唇里，八排牙齿向内倾斜。这不是大多数鲨鱼常见的金字塔形的牙齿，样子倒像卷成爪子模样的人的手指，跟老人的手指差不多长，两侧有像剃刀般锋利的刀口。这种鱼天生就是来捕食海里所有的鱼的，速度那么快，体格那么强壮，又是全副武装，所以没有其他敌人。现在它嗅到了更新鲜的气味便加紧赶来，蓝色的脊鳍划破了海面。

老人看着它过来，知道这是一条天不怕地不怕，想干什么就干什么的鲨鱼。他一边准备好渔叉，把绳子系紧，一边看着鲨鱼靠近。可惜绳子短了点儿，因为被割了好些去捆鱼了。

老人的头脑现在挺好挺正常，他满怀决心，但不抱什么希望。好景不长，他想。看见鲨鱼逼近，他看了看那条大鱼。也许这本就是一场梦，他心里想。我不可能阻止它来攻击我，但也许我能逮住它。登途索鲨，他想，叫你不得好报。

鲨鱼快速靠近船尾，在袭击大鱼的时候，老人看到它张开大嘴，两只眼睛那么奇特，牙齿咔嚓一声插进鱼尾上方的鱼肉里。鲨鱼的头露出水面，背部也露了出来，老人听见鲨鱼撕开大鱼皮肉的声音，这时候他手拿渔叉正朝鲨鱼的头部扎下去，刚好扎进两眼之间那条线和从鼻子笔直往后的那条线的交点上。这两条线其实是没有的。只有厚重尖锐的蓝色脑袋，大大的眼睛，还有咬得嘎吱响的、吞噬一切的攻击性的嘴巴。那交叉点正是脑子的部位，老人刺中了这个地方。他用血糊糊的双手使出全身力气，把渔叉结结实实地刺了进去。他刺的时候不存希望，但很坚决，下足了狠心。

鲨鱼翻过身来，老人看到它的眼睛已经没有了生气，接着又翻了一个身，给自己身上缠了两道绳子。老人知道它死了，但是它还是不甘心。鲨鱼肚皮朝天，甩动尾巴，两颚嘎吱作响，就好像是一条快艇一样破浪前进。尾巴击水的地方泛起了白色的浪花，它的身子有四分之三都露在水面上，这个时候绳子绷紧了，颤抖着，最后断掉了。在老人的注视下，鲨鱼静静地在水面上漂了一会儿，然后慢慢地沉了下去。

“它吃掉了近四十磅肉。”他说，“还带走了我的渔叉和全部的绳索，他想，并且现在这条鱼又在出血，还会有其他的鲨鱼来袭的。”

老人实在是不忍心再看那死鱼一眼，它现在已经被咬得不成样子了。鱼受到袭击时，仿佛他自己也受到了袭击。

不过袭击我的那条鲨鱼被我给杀了，他想。我见过的登途索鲨就属它最大了。上帝知道，大鲨鱼我见过好些呢。

好景不长，他想。现在我真希望这是一场梦，我根本就没有钓到过这条鱼，仍然独自躺在铺满报纸的床上。

“但人不是为失败而生的。”他说，“一个人可以被毁灭但不能被打败。”不过我还是很难过，我竟杀了这条鱼，他想。现在艰难的时刻就要到来了，可我却连渔叉也没有了。这条登途索鲨心肠毒、本事大、又强壮、又聪明。不过我比它还要聪明。也许不是这样，他想。也许是我武装得好点儿罢了。

“别想了，老头儿。”他自言自语道，“顺着这航线走吧，事到临头再想办法应付。”

但是我必须得考虑，他想。因为我只剩下这些事可以做了，这件事和棒球赛。不知道那了不起的迪马吉奥见我这么击中鲨鱼的脑子，他会怎么想呢？这没什么了不起，他想，谁都可以做到。可是，你觉得我这双受伤的手就像骨刺一样是个很大的麻烦吗？我无法得知。我的脚后跟一直都很好，除了有一次，游泳时被踩着的鳐鱼刺了一下，连小腿都发麻了，疼得不得了。

“想点儿高兴的事儿吧，老头儿。”他说，“现在每过一分钟，你离家就更近一步。少了四十磅肉，船行驶起来还轻松些。”

他心里很明白进了水流深处会发生什么事情，但现在是没有办法可想了。

“不，有办法了。”他大声说，“我可以把刀绑在一支桨上。”

他用胳肢窝挟着舵柄，一脚踩住帆脚索，腾出手来绑好刀。

“好了！”他说道，“我虽然还是个老头儿，但我不是赤手空拳了。”

这时微风吹来，船走得很顺。他只看着鱼的前半身，他的希望又有些复活了。

不抱希望就太傻了，他心里想。而且，我相信这是罪过。别去想罪过了，他想。就是不提罪过，现在麻烦也已经够多了。再说我又不懂什么是罪过。

我不懂，也不确信是否真的相信它的存在。也许杀死这条鱼是罪过。我想那是的，即便我这么做是为了养活自己，供应别人。但那样的话，什么事情都是罪过了。别去想罪过了吧，就是要想也已经太迟了，何况有人是受雇来考虑罪过的，就让他们去考虑吧。你天生要做一个渔夫，就好像大鱼天生要做一条鱼一样。圣彼得罗是个渔夫，就像那了不起的迪马吉奥的父亲是个渔夫一样。

不过，凡是与他有关的事情，他都爱想想，既然没有报看，没有广播听，他便想了很多，而且继续想着罪过的问题。你杀了大鱼，不光是为了维持生活，为了卖给人家当食物，他想。你杀死它是出于自尊心，因为你是个渔夫。它活着的时候你爱它，它死了你还是爱它。要是你爱它，杀死它就不是罪过。还是相反，罪过更大呢?

“你想得太多了，老头儿。”他自言自语道。

但是你杀死那条鲨时倒是觉得很痛快，他想。它和你一样，以活鱼为生。它不是食腐动物，也不像有些鲨鱼那样只顾填饱肚子。它漂亮、高尚、无所畏惧。

“我是出于自卫才杀了它。”他说道，“而且做得很好。”

另外，他想，世上总是一物杀一物，只是方式不同而已。捕鱼能要我的命，也能让我活着。那个孩子使我能活下去，他想。我绝不能太自欺欺人。

他靠在船边，从被鲨鱼咬过的鱼身上撕下了一块肉。他咀嚼着，感觉肉质很好，而且味道鲜美。像牲口的肉一样，又瓷实又有汁儿，但颜色不红罢了。没有什么筋，在市场上能卖最高价。但就是没法去除鱼在水里留下的血腥味，老人明白大难就要临头了。

风一直不停地吹着。风向稍稍转向东北方，他知道这意味着风势不会减弱。老人向前望去，看不到任何船帆，也看不见船身，或者从船上冒出来的烟。只见飞鱼从船头跃起，滑向两边，还有一簇簇黄色的马尾藻。他没有看到一只鸟儿。

他驾着船已经走了两个钟头了。他在船尾歇息，有时嚼点鱼肉，他尽量休息，恢复体力，这时他看见了两条鲨鱼中的第一条。

“哎呀！”他说道。这是个无法翻译的字眼，也许只是像一个人感到钉子穿透他的双手，钉进木头去的时候，会不由得喊出的一声吧。

“加拉诺鲨。”他叫出声来。他已经看见第一个鱼鳍后面露出的第二个鱼鳍了，他从那褐色的三角鳍和尾巴大幅度的甩动上，认出这是铲鼻鲨。它们闻到血腥味，激动不已，却因为饿得糊涂了，激动中忽而迷失，忽而又找到了血腥味。但是它们一直在靠近小船。

老人系好帆脚索，卡住舵柄。接着他拿起绑着刀的那支桨。他尽可能轻地举起它，因为他那双手痛得无法忍受。随后他张开双手，再轻轻地握住桨，让双手放松。他把手合拢死攥着桨，使手忍住痛苦不往回缩。他注视着鲨鱼游过来。现在他看见鲨鱼那又宽又扁铲子形状的头，还有顶端发白的大胸鳍。这种鲨鱼十分可恶，气味难闻，不仅嗜杀成性，还爱吃腐臭的东西。它们一旦饿慌了连桨和舵都会咬。就是这些鲨鱼，会在海龟在水面上熟睡时，咬掉它们的脚或者是鳍状肢，要是饿了，他们甚至会攻击人，即使人身上没沾鱼血的腥气，没有鱼皮的黏液也一样。

“哎呀！”老人说，“加拉诺鲨。赶快来吧，加拉诺鲨。”

它们来了。但它们过来的方式跟那灰鲭鲨不同。其中一条转身钻到船底下不见了。老人能感觉到小船在晃动，原来鲨鱼在撕扯着大鱼。另外一条张着细长的黄眼睛看着老人，随后飞快地游来，张着半圆形的大嘴，向大鱼身上被咬过的地方咬去。它褐色的头顶上，在脑袋与脊髓相连的背部，露出一道清晰的纹路，老人把绑在桨上的刀朝着那交叉点迅猛地刺去，拔出来，再刺进这鲨鱼猫眼一样的黄色眼睛里。鲨鱼放开了鱼肉，滑下水去了，临死前还吞咽着到嘴的食物。

另一条鲨鱼还在糟蹋着大鱼，弄得小船晃个不停，老人松开了帆脚索，好让小船往侧面倾斜，露出船底的鲨鱼来。他一见鲨鱼便靠到船边去刺它。这一刀只扎在肉上，鱼皮很硬，刀子勉强才刺进去。这一刺不但连他的双手，甚至连肩膀都很疼。但鲨鱼马上又浮起露头了，老人趁着它鼻头冒出水面，向大鱼伸去的时候，不偏不倚，正刺进那扁平脑袋的中心。老人拔出刀，对着同一个地方再次刺下去。它依然紧贴着大鱼，死咬着大鱼不放，老人刺进它的左眼。鲨鱼依然不松口。

“还不走吗？”老人说着把刀尖朝它椎骨和脑子当中刺去。这一下很容易扎，他感觉鲨鱼的软骨断了。老人把桨倒转了过来，把桨片插到鲨鱼嘴巴里，要把它撬开。老人把桨片来回翻转几下，鲨鱼的嘴巴松开了，他说：“走吧，加拉诺鲨，到一英里深的水里去吧。去见你的朋友吧，也许能找到你的妈妈呢。”

老人擦了擦刀刃，把桨放下。他重新系上帆脚索，这时候帆鼓起来了，他让小船调整到原先的航道上。

“这两条鲨鱼肯定又吃掉了四分之一的肉，而且是最好的肉。”他说，“真希望这是一场梦，我从来没有钓到它。鱼呀，这很对不起，这把一切都弄糟了。”他把话打住，现在已不想再看那条鱼。它流尽了血，被海水拍打着，看上去成了镜子衬底的银白色，但身上的条纹依然很显眼。

“我本不该出海这么远的，鱼啊。”他说，“这害了你也害了我，对不起，鱼啊。”

“好了！”他自言自语道，“看看绑刀的绳子磨断没有，再把你的手治好，因为还会有更多的鲨鱼要来。”

“要有块磨刀石就好了。”老人检查了桨把上的绳子后说，“我本应该带一块磨刀石过来的。”你有很多东西都应该带的，他心想。但你没带，老头儿。现在顾不上去想什么东西没有带，还是想想用现有的东西能做什么吧。

“你给我提了不少好意见。”他把话说出声来，“我听厌了。”

他把舵柄夹在胳肢窝里，把自己的双手浸在海水里，小船向前驶去。

“天知道最后那条鲨鱼咬掉了多少肉。”他说，“现在小船倒是轻多了。”他不愿意去想被鲨鱼咬烂的肚子。他知道鲨鱼每一次猛烈地撞击，就有一块鱼肉被撕掉，也知道大鱼现在在海里给所有的鲨鱼留下了一条长长的血腥带，足有一条公路那么宽。

这条大鱼够一个人吃一冬，他想。别想这个啦。还是好好休息，努力把手治好，守住剩下的鱼肉吧。比起水里的气味，我手上的血腥味根本不算什么。而且，再说手上出的血也不多。割破的地方已无碍，左手出血还可以让它不再抽筋。

现在我还能想什么？他想。没有什么可想的了。我什么也别想，只等着后面的鲨鱼来吧。我情愿这是一场梦，他想。可谁知道呢？也许结局会很好。

这次来的是一只铲鼻鲨。要是猪有那么大的嘴，可以让你把头伸进去的话，那么这条鲨鱼就像猪奔食槽似的跑来。老人任它袭击大鱼，接着再把桨上绑着的刀一下子扎进了它的脑子。可是鲨鱼滚下海的时候向后一扭，把刀子折断了。

老人坐下来开始掌舵。他并不去看那条慢慢往下沉的鲨鱼，起初露出整个身子，过后小些了，再过后就成丁点儿了。这种景象老人一向看得入迷。但是这回他连看都不看。

“现在我还剩下那根鱼钩。”他说，“可惜它不顶用。另外我还有两把桨、一个舵把、还有短棍。”

现在它们把我击败了，他想。我年纪太大了，用棍子打不死鲨鱼了。不过只要我有桨，短棍和舵把，我就要试试。

老人又把双手浸在海水里泡着。这时天色渐晚，除了海天茫茫什么也看不到。空中的风比刚才更大了，他希望不久会看见陆地。

“你累坏了，老头儿。”他说，“身心疲惫了。”

直到日落前不久，鲨鱼才又来攻击。

老人看到两条鲨鱼露着褐色的鳍赶来，想必是顺着鱼肉散布在水里的气味一路跟来的。它们甚至不用寻找气味，就并排直奔小船游来了。

他卡住舵把，系紧帆脚索，伸手到船尾下面去拿棍子。那是从一支破桨上锯下来的桨把，大约有两英尺半长。因为手柄很短，要一只手拿着才好用，所以他右手拿起短棍，紧紧握着，看着鲨鱼游过来。两条全部都是加拉诺鲨。

我得让第一条把鱼咬紧了，才朝它的鼻尖上打，或者直接打它的头顶，他想。

两条鲨鱼同时逼近，他看见离他最近的一条张大嘴吧，咬住了大鱼银白色的肚子，他便将短棍举高，对着鲨鱼的宽头顶砰地砸下去。短棍敲上去有一种敲在坚实的橡皮上的感觉。但是他也感觉到了坚硬的骨头，鲨鱼从那鱼身体上往下滑的时候，他又狠狠地敲打鲨鱼的鼻尖。

另一条鲨鱼在游进游出，这时又张大嘴游过来了。它扑到鱼身上，闭紧嘴巴，老人从它嘴角看到一块块白色的鱼肉漏出来。他向这条鲨鱼打去，却只敲在头上，鲨鱼朝他看了看，把肉叼走了。在它溜走要把肉吞下的时候，老人又抡起棍子朝着它打了下去，却只击在那橡皮般厚实的皮上。

“来吧，加拉诺鲨。”他说道，“再游过来吧。”

鲨鱼急匆匆游过来了，正当它要闭嘴时，老人下手了。他把棍子尽量举高，结结实实地打中了它，这次他觉得打中了脑子后边的骨头，所以他又朝那儿接着打，鲨鱼无力地撕下嘴巴里面咬着的鱼肉，从大鱼身上滑了下去。

老人提防着鲨鱼再来，但没有一条再露面。随后他看见一条在水面上打转，但没有看到另外一条。

我不指望能打死它们，他想。年轻时倒是可以的。不过，我已让它们两个都受了重伤，没有一条会感觉好过的。要是我手里有一根棒球棒，那肯定能打死第一条。哪怕是现在，他想。

他不再想那条鱼。知道半条鱼已经被咬烂了。在他和鲨鱼搏斗时太阳已经下沉了。

“天马上就要黑了。”他说，“那时我就能看到哈瓦那的灯火了。要是我往东太远，我会看到一个新近开发的海滩上的灯光。”

我现在不会离岸太远，他想。希望没有人为我太担心。当然啦，只有那孩子会担心。但是可以肯定他很有信心。很多年长的渔夫会担心，很多其他人也会担心，他想。我生活的小镇真好啊。

他不能再跟大鱼讲话了，因为它被糟蹋得实在是太厉害了。随后他想起了什么。

“只剩半条鱼了。”他说道，“你原来是整条的。我很后悔出海太远了，我把咱们俩都给毁了。不过我们还是杀了很多鲨鱼，我们俩一块儿，还把好几条给打伤了。你杀死过多少条啊，鱼老弟？你头上的那只长嘴可不是白长的啊。”

他喜欢想这条鱼，想它要是自由地在海里游，会怎样对付一条鲨鱼。我本该砍下它的长嘴，用它来跟鲨鱼搏斗，他想。可惜没有斧头，后来连刀也没了。

但是如果我有，而且能够把它绑在桨把上面，那会是一件多棒的武器啊。那我们就可以共同对付鲨鱼了。可要是它们夜里来，你该怎么办？你能做些什么呢？

“和它们斗。”他说，“我会一直斗到死。”

但现在一片漆黑，不见光亮，也没有灯光，只有风在吹着，船帆在平稳地摇曳着，他觉得或许他已经死了。他合起双手，看看掌心有什么感觉。这双手没有死，只要把手一张一合，就可以感觉到活生生地疼。他背靠船尾，知道自己没有死。这是肩膀的疼痛告诉他的。

我还有那些祷文要念，要是捕到鱼的话，我答应过要做的，他心里想。但是我现在太累了念不了，我还是把麻袋拿来披在肩上吧。

他躺在船尾掌着舵，等着天空出现亮光。我还剩下半条鱼，他想。或许我走运能把这前半条鱼带回家。我应该有点运气。不，你出海太远就已经破了你的好运。

“别傻了。”他说，“别睡着了，把舵掌好。你可能还会交不少好运呢。”

“要是有地方卖好运，我倒真想买一些。”他说。

可是我拿什么来买呢？他问自己。难道用丢掉的渔叉、断了的小刀，还有两只受了伤的手来购买吗？

“也许你可以。”他说，“你在海上待了八十四天，想要拿它来买运气，它们也差不多卖给了你。”

我不能胡思乱想啦，他想。运气这个东西是以很多不同的形式出现的，谁能认出它来呢？不过不论什么样的好运，我都想买点儿，要什么价我都照给。但愿我可以看到灯火的亮光，他想。我想要的东西太多了，可现在想要的就只有这一个。他尽量把身子靠得舒服些好掌舵，因为疼痛，他知道自己并没有死。

在夜里十点左右，他看到了城市灯光的倒影。起初只是依稀可辨，就像月亮升起之前天上的微光。随后风越来越大，隔着波涛滚滚的海面，灯光已经可以清楚地看见。他把船驶进这片亮光里，想必很快就会抵达洋流的边缘了。

现在一切都结束了，他想。或许它们还会再过来袭击我。可是，天这么黑，又没有武器，拿什么跟它们斗呢？

现在他身子又僵又疼，老人的伤口和身上所有那些用力过度的地方在夜里的寒气里都痛得厉害。希望不用再搏斗了，他想。真的希望不用再搏斗下去了。

但是到了午夜，搏斗又开始了，这回他明白搏斗是徒劳的。它们是成群猛然袭来的，他只看见鲨鳍在水里划出的一道道波纹，还有它们向鱼肉扑过去时身上闪现的磷光。他用短棍去打鲨鱼头，听见鲨鱼嘴巴咔嚓咬下去，以及在船底下咬住大鱼让船摇晃的声音。他照着他能触到听到的地方一棒棒拼命打下去，可是觉得短棍被什么东西咬住了，就没了。

他猛地从船舵上拉下舵柄，用它乱打乱砍，双手握住它一次次猛砸下去。但是这时它们都围着船头，先是一个接一个，后来就全涌了上去，把肉一块块地撕掉。等它们转身再来的时候，便把在水下面发亮的鱼肉都给撕走了。

最后，一条鲨鱼直扑向鱼头，他知道这下完了。鱼头笨重，扯不动，鲨鱼的嘴被卡住了，他趁此挥起舵柄砸向鲨鱼的脑袋。一次、两次，砸了又砸。他听到舵柄断了，便用断柄刺向鲨鱼。他感觉到它刺进去了，知道它很锋利，于是又往里刺。鲨鱼松开鱼头，翻身走了。它是这群鲨鱼中来的最晚的一条，再没有什么可让它们吃的了。

这时候老人差点透不过气来，感觉嘴巴里味道怪怪的。是铜腥味，有点甜，他担心了好一阵。不过这味道并不重。

他往海里吐了口痰，说："吃了它吧，加拉诺鲨。做梦去吧，梦见你杀了一个人。"

他知道自己终于被打败了，而且无法进行任何补救，就回到了船尾，发现了舵柄裂成锯齿似的断头还能装在狭槽里面，可以用来掌舵。他把麻袋披在肩上，驾着小船上路了。现在船走得很轻快，他什么也不想，什么感觉也没有。如今什么都无所谓了，他只是尽心尽力地驾着小船朝家乡的港口驶去。夜里鲨鱼袭击了鱼骨，就像人从桌上捡面包屑那样。老人不去管它们，除了掌舵他什么都不在意。他只是注意到没有了船边的重物，小船行驶起来很轻便，很自如。

这船不错，他想。它好好的一点儿没坏，只不过舵柄折了。那很容易更换。

他能感觉到船已驶进洋流，可以看见岸上村落的灯光了。他知道现在他已经到了哪里，回家已是毫不费力了。

不管怎么说，风是我们的朋友，他想。随后又补充道：有的时候是。还有大海，那里有我们的朋友，也有敌人。还有床，他想。床就是我的朋友。也只有床是我的朋友，他想。床是一件了不起的东西。你被打败反而轻松了，他想。我从来不知道会这么轻松。那么把你打败的是什么呢，他心里想。

"什么都不是……"他自言自语，"是我出海太远了。"

他驶进小港的时候，露台饭店的灯已经灭了，他知道人们都已经睡了。海风不断加码，现在正吹得紧。但港湾十分宁静，他径直驶到岩石下一小片卵石滩那。没有人来帮忙，他只得尽量把船往海滩上划。随后他走出船，把它系在一块岩石上。

他取下桅杆，卷起帆船，把它捆好，接着他扛起桅杆往上爬，他这才知道自己有多累。他停了一会儿，回头看了看，在街灯的反光当中，看到那鱼的大尾巴在船尾后面远远竖着。他清楚地看到它那惨白赤露的脊骨，黑乎乎的鱼头和伸出去的长嘴，而在这头尾中间却空荡荡的。

他又接着往上爬，在坡顶摔倒了，索性带着肩扛的桅杆在地上躺了会儿。他挣扎着想起来，可是太难了，老人就那样扛着桅杆坐在那里，看着大路。一只猫从路的对面走过来，忙它自己的事儿，老人看着它，然后又只是看着大路。

最后，他放下桅杆，站了起来。他抬起桅杆又扛在肩上，朝着大路走去。在这当中他歇了五次才走到他的小屋。

进屋后他把桅杆靠墙放好。他摸索着找到了水瓶，喝了口水。接着他便躺在了床上。他把毯子拉过来盖住肩膀，然后盖在背上和腿上，脸朝下趴在了报纸上面，胳膊伸直，手心朝上。

早晨，孩子从门口张望的时候，他正在熟睡，风刮得太厉害，那些漂网渔船不会出海了，因此孩子起床晚，就像每天早晨那样，来到了老人的小屋。孩子听着老人的呼吸声，又看到老人的两只手，便哭了起来。他悄悄地出门去弄些咖啡，一路上边走边哭。

很多渔夫围着那条小船，看着船边绑着的东西，其中一个卷起了裤腿站在水里，用一根钓索来量那死鱼的骨架。

孩子没有下去，他之前已经去过了。有个渔夫替他照看那只小船。

“他怎么样了？”一个渔夫大声叫道。

“还在睡觉。”孩子叫喊道，他不怕被人家看到他在哭，“谁也别去打扰他。”

“从鼻尖到尾巴有十八英尺长。”量鱼的渔夫叫道。

“我相信。”孩子说。

他走进露台饭店，要了一罐咖啡。

“要热的，多放些牛奶和糖。”

“还要别的么？”

“不要了，等会儿我看他能吃些什么。”

“多大的一条鱼呀！”老板说，“从来没有见过这样的鱼。你昨天捉到的那两条也很不错。”

“我那些该死的鱼。”孩子说着又哭起来了。

“你想喝点儿什么吗？”老板问。

“不用了。”孩子说，“告诉他们别去打扰圣地亚哥，我一会儿就回来。”

“告诉他我心里有多难过。”

“谢谢。”孩子回答道。

孩子拿着那罐热咖啡来到老人的小屋，坐在他身边直到他醒来。有一次他看上去像是要醒过来了，但又沉沉地睡了过去，孩子到路对面借些木柴来热咖啡。

老人终于醒了。

“别坐起来。”孩子说，“先喝了这个。”他倒了一些咖啡在玻璃杯里。

老人接过咖啡，喝了下去。

“它们把我打败了，马诺林。”他说，“它们确实打败了我。”

“它没有打败你，那条鱼没有。”

“不。是真的,那是后来的事。”

“佩得瑞科在照看着小船和打鱼的家什，你打算把鱼头怎么办？”

“让佩得瑞科把那条鱼剁碎了捕鱼用吧。”

“那张长嘴呢？”

“你想要的话就留着。”

“我想要。”那个孩子说道，“现在我们得计划一下其他的事情。”

“大家找过我吗？”

“当然，连海岸警卫队和飞机都出动了。”

“海洋那么大，船又那么小，不容易看到。”老人说道。他感到，有人可以交谈，而不是自言自语和大海讲话，是件多么愉快的事情啊。“我很想你。”他说，“你捕到什么了?”

“第一天有一条，第二天一条，第三天两条。”

“很不错啊。”

“今后我们又可以一块儿捕鱼了。”

“不，我不走运，而且再也不会走运了。”

“让运气见鬼去吧。”孩子说，“我会带来好运的。”

“你家里的人会怎么说呢？”

“我不管。我昨天逮住了两条。但是今后我们要一块儿捕鱼了，因为我要学的还有很多。”

“我们必须要弄一支上好的标枪，一直放在船上备着。你可以从旧福特汽车上拆一片弹簧片做刀刃。我们可以拿到瓜那瓦科亚去打磨。这样应该会很锋利，不要回火锻造，免得把它弄断。我的刀子断了。”

“我会再去弄一把刀子来，把弹簧片磨好。”

“这大风要刮多少天？”

“可能三天，或许更长。”

“我会安排好所有的事情。”孩子说，“你要把你的手养好，老爷爷。”

“我知道怎么照顾它。夜里，我吐了些很奇怪的东西，感觉到胸膛里有什么东西坏了。”

“把那个地方也养好。”孩子说道，“你躺下来，老爷爷，我会把你干净的衬衫送来，再拿些吃的。”

“把我出海这几天的报纸随便带些来吧。”老人说。

“你可得尽快好起来，因为我还有那么多东西要学，而你什么都能教。你受了多少罪啊？”

“很多。”老人说。

“我去拿吃的和报纸。”孩子说，“好好休息吧，老爷爷。我到药房去给你弄些治手的药来。”

“别忘了告诉佩得瑞科说那鱼头给他了。”

“不会的，我记得。”

孩子出了门，顺着磨损的珊瑚石路走着，又哭起来了。

那天下午，露台饭店来了一群游客，有一个女人望着下面的海水，在一些空啤酒罐和死梭子鱼中间，看见一根又大又长的白色脊骨，末端耸立着一个巨大的尾巴，当东风在港湾入口外面不停地掀起大浪的时候，这条尾巴也随波涛起伏着。

“那是什么东西？”她指着那条大鱼的长长的脊骨问一名侍者，它现在不过是等着给潮水卷走的垃圾罢了。

“Tiburon①，”侍者说，“Eshark②。”他正要解释这是怎么回事。

“我以前可不知道鲨鱼的尾巴这么漂亮，形状这么美。”

“我也不知道。”和她同来的男人说。

在大路另外一头的小屋里，老人又睡着了。他依然脸朝下趴着睡，孩子就坐在他的身旁望着他。老人正梦见那些狮子。

① 西班牙语：鲨鱼。

② 这是侍者用英语讲“鲨鱼”时的不正确发音。

乞力马扎罗的雪

乞力马扎罗是一座海拔一万九千七百一十英尺，常年积雪的高山，据说它算得上是非洲最高的一座山。西高峰叫马塞人[①]“鄂阿奇—鄂阿伊”，意思就是上帝的庙殿。在西高峰的附近，有一具早已风干冻僵的豹子的尸体。至于豹子到这么高寒的地方到底是来寻找什么的，没有人对此做过解释。

“最奇怪的是它们居然感觉不到痛。”他说，“你知道的，最开始的时候它就是这样的。”

“真的就是这样吗？”

“千真万确。但是我感到十分抱歉，这股气味一定让你受不了啦。”

“不要这样说！请你不要这样说。”

“你瞧那些鸟儿。”他说，“到底是这儿的风景，还是我这股气味把它们吸引过来了?”

男人躺在一张帆布床上面，在一棵含羞草树的林荫里，他穿过树荫向那片阳光炫目的平原上眺望着，那里有三只硕大的鸟讨厌地蜷缩在一起，还有十几只在天空中展翅翱翔，每当它们从空中掠过的时候，便投下了一片黑压压的迅速移动的影子。

“从卡车抛锚那一天开始，它们就在那里盘旋了。”他说，“今天正是它们首次落到大地上。我最开始还很仔细地观察过它们飞翔的姿势，心想，一旦我写一篇短篇小说的时候，或许能够用得

① 马塞人（masai）是肯尼亚和坦桑尼亚的游牧狩猎民族。

上它们，可现在想想真是有点令人忍不住想笑。”

“我真希望你别写这些。”她慢慢地说道。

“我也仅仅是说说而已。”他说道，“我要是说着话儿，就会感觉到轻松得多。可是我不想让你感到心烦。”

“你知道这些是不会让我感觉到心烦的。”她说道，“我是因为我什么都不会做才这样焦急的，我希望在飞机来到以前，不妨尽量轻松一点。”

“或者一直等到飞机压根儿不来的时候。”

“请你告诉我，我可以做点什么吧，我想总会有一些我可以干的事情。”

“你可以把我这条腿锯下来，这样就可以不让它蔓延了，但是，我怀疑这恐怕也不成，也许你能够把我打死，你现在是一个好射手啦，我以前教过你打枪，难道不是吗？”

“请你千万别这么说，我可以为你读些什么吗？”

“可是读什么呢？”

“那就从书包里随便拿一本吧，只要我们以前没有读过的应该都可以吧。”

“但我可听不进去啦。”他说道，“此刻我觉得唯有谈话才是最轻松的。要不我们来互相吵嘴吧，吵吵嘴时间应该就过得快了。”

“可是我不会吵嘴啊，我从来就不想吵嘴，我们再也不要吵嘴啦，无论我们心里有多么烦躁。说不准今天他们就会乘着另外的一辆卡车回来的，也可能乘飞机回来的。”

“我现在不想动了。”男人说道，“现在转移已经没有什么意义了，除非让你心中觉得轻松一些。”

“这反而是懦弱的表现。”

“你就不可以让一个男人死得轻松一点，非得把他痛骂一顿才可以吗？你辱骂我究竟对你有什么好处呢？”

“那样你就不会死的。”

“不要傻啦，我现在已经快死了，如果你不信的话，就让那些杂种来告诉你吧。”他朝那三只讨厌的大鸟蹲伏的地方望过去，并用一只手愤怒地指着那些家伙。它们光秃秃的头全部都缩在耸起的羽毛里面。第四只飞掠而下，它大步飞奔，紧接着，蹒跚地朝那几只走了过去。

“每一个营地都有这样一些鸟儿。你只是从来没有注意到而已。如果你不自暴自弃，那你就不会死。”

“你这是从哪里读到的？你这个大笨蛋。”

“你最好想一想不只是你一人，还有其他的人呢。”

“看在上帝的份上！”他说道，“这可是我一向的行当啊。”

他安静地躺了片刻，然后就越过了那一片灼热耀眼的平原，眺望着灌木丛的边际。在无边无际的黄色平原上面，有好几只野羊在不远处看上去又小又白，而后他又看到了一群斑马，与葱绿的灌木丛互相映衬着，看起来白花花的，甚是美丽的一道风景啊。这是一个舒适宜人的营地，大树遮阴，背倚着山岭，有着清冽的水，周围有一个快要干涸了的水穴，每当清晨时分，沙松鸡就会在那里来回飞翔。

“你要不要我给你读些什么呢？”她询问道。她坐在帆布床边上的一张帆布椅上。“微风吹过来了。”她说道。

“不需要，但还是谢谢你。”

“可能卡车会来的。”

“我压根儿就不在乎什么卡车会来。”

“但是我在乎。”

“你在乎的东西可多了去了，不像我什么都不在乎。”

“并没有很多，哈里。”

“我们喝一点酒怎么样？”

“喝酒对你是不好的，在布莱克出版的书里提到过，一滴酒都不可以喝，所以你不应当喝酒啦。”

“莫洛！”他呼唤道。

“是的，先生。”

“去拿威士忌苏打来。”

“好的，先生。”

“你不应当喝酒。”她说道，“我说你自暴自弃，正是这个意思。书里面说酒对你是有害的，我就知道酒对你是不好的。”

“不！”他说道，“酒对我是有好处的。”

现在所有的一切都快要结束了，他心里想，到现在他再也没有机会来结束这所有的一切了。所有的一切就这样在为喝一杯酒这样的小事争吵当中了结了。

自从他的右腿开始生坏疽以来，他慢慢地就感觉不到痛了，随着疼痛感觉的消失，恐惧感也随之渐渐地消失了，他现在唯一能感觉到的只是那种强烈的厌倦及愤怒，这竟然就是他的结局。这个结局现在正在一步步地向他靠近，他反而并不感觉有多么惊奇。很多年以来，它就一直萦绕着他，可是现在它本身并不说明任何的意义。真是奇怪，如果你觉得你对世间一切事物都厌倦够了，就可以这样轻而易举地得到这个结局。

现在他再也不可以把原来准备留到将来写作的题材全部都写出来了，他原本想等到自己足够了解之后再开始动笔，这样或许能够写得好些。唔，他也不需要在试着写这些东西的时候遭遇失败了。或许你永远不能把这些东西写出来，这就是你为何一直拖延，迟迟没有动笔的原因。好了，现在，他再也不会知道了。

“但愿我们根本没有来过这里。”女人说道。她咬着嘴唇看着他手里举着的酒杯。

“在巴黎你绝对不会出这样的事情。你一直说你喜欢巴黎，我们本来能待在巴黎或者去其他地方的。不管哪里我都愿意陪你去，我说过你想要上哪儿我都愿意去的。如果你想打猎，我们本来能上匈牙利去，并且会很舒服的。”

“你有的就是那该死的钱。”他说道。

“这样说不公平。”她说道，“那一直是你的，就像是我的一样。我撇下了所有一切，不管上哪里，如果你想去我就去，你想干什么我就干什么，但是我真的希望我们压根儿就没有来过这里。”

“你以前说过你喜欢这里的。”

“我的确是说过的，那个时候你平安无事。可是现在我开始恨这里了。我不明白为什么非得让你的腿出岔儿。我们究竟是做了什么可恶的事情，老天会这样惩罚我们。”

“我想我做的事情就是，开始我把腿擦破了，忘记了抹上碘酒，然后又根本没有去注意它，因为我以前都没感染过的。可是到了后来它变得严重了，其他的抗菌剂又都全部用完了，也许就因为用了药性很弱的碳酸溶液，使得微血管麻痹了，所以就慢慢地开始生坏疽了。”

他看着她，“除此之外还有些什么呢？”

“我并不是指的这个。”

“如果我们雇的是一个高明的技工，而不是那个半瓶子醋的吉库尤人[①]司机，那样的话估计就会检查机油了，而绝对不会把卡车的轴承烧毁啦。”

“我指的不是这个。”

“如果你没有离开你自己的人——你那些该死的威斯特伯里、萨拉托加以及棕榈滩[②]的老相识——偏偏挑上了我……”

“不，应该说我是爱上了你。你这样说，是很不公平的。我现在也很爱你。我永远爱你，你爱我吗？”

“不！”男人说道，“我不这样想。我从来都没有这么想过。”

“哈里，你在说些什么？你是不是昏了头啦。”

“没有，我已经没有头能让我发昏了。”

“你不要再喝酒啦。”她说道，“亲爱的，求你不要再喝酒啦，只要是我们可以办到的事情，我们就必须尽力去把它做好。”

“你去做你的事情吧。”他说道，“我现在已经累啦。”

此刻，在他的脑海当中，他看到的是卡拉加奇[③]的一座火车站，他那会儿正背着背包站在那儿。这时辛普伦—奥连特列车的前灯划破了寂静的黑夜，那时候在撤退之后他正打算离开色雷斯[④]。这是他预备留给将来写的一段情景，还有下边一段情节：早上吃早

① 非洲班图人的一支。

② 这三个地方都在美国。

③ 卡拉加奇在土耳其西北部。

④ 色雷斯是爱琴海北岸的一个地区。

餐的时候，眺望着窗边保加利亚群山的积雪，南森的女秘书问一个老头儿，山上是否有积雪，老头儿看了看窗外，然后说道，不，那并不是雪。这时候还没有到下雪的时候哩。所以那个女秘书把老头儿的话重复讲给别的几个姑娘听。不，你们看看，那不是雪，她们都说，那其实不是雪，我们都看错了。

但是等到他提出交换居民，把她们送到山里去的时候，那年冬天，她们脚下艰难地踩着咯吱咯吱响的正是积雪，最后她们都死去了。

那年圣诞节，在高厄塔耳山，雪也下了整整一个星期。

那年他们居住在伐木人的屋子里面，那口正方形的大瓷灶占了大半间的屋子，他们睡在装有山毛榉树叶的垫子上面，这时候那个逃兵从外面困难地跑了进来，双脚在雪地里冻得直流鲜血，看着很是吓人。他说宪兵就在他后边紧紧地追赶，所以他们给他穿上了羊毛袜子，而且缠住宪兵闲扯，一直到雪花盖住了逃兵的足迹。

在希伦兹，那一年的圣诞节，雪是如此的晶莹闪耀，你从酒吧间里面往外望去，那种耀眼的白光刺得你眼睛隐隐作痛，你看到每个人都从教堂回到了自己的家里。他们肩上背着沉重的滑雪板，就是从那里走上那松林覆盖的陡峭群山，然后再顺着旁边的那条被雪橇磨得光溜溜的、黄色的河滨大路滑下去，接着从那儿一直滑到“梅德纳尔之家”上边那道冰川大斜坡的，那雪看起来平滑得就好像是糕饼上的糖霜一样，轻柔得就好像是粉末似的，他还记得那次悄无声息的滑行，速度是那么得快，就好像是一只雄鹰从天上飞驰而下。

他们在“梅德纳尔之家”被大雪封了整整一个星期，在暴风雪这段期间，他们挨着灯光，在烟雾弥漫当中玩牌，伦特先生输得越是多，赌注也就跟着下得越大。到了最后可想而知，他输得那叫一个惨啊，把所有的东西都输光了，就连滑雪学校的钱也全部输光了，接着他的资金也全部被输光了。他能看到伦特先生那长长的鼻子，把牌捡起来了，然后翻开牌说：“不看。”

那个时候你总是赌博。天并没有下雪，你赌博，雪下得实在是太多了，你还是赌博。他想起他这一生消磨在赌博中的时间。但是关于这些，他连一个字都没有写。还有那个凛冽而且晴朗的圣诞节，平原那边隐约地显示出了群山，那天加德纳飞过防线去轰炸那列运送奥地利军官去休假的火车，当军官们开始四处逃窜的时候，他用机枪猛地扫射着他们。他记得后来加德纳走进了食堂，开始谈论起这件事情。大家听说了之后，全都鸦雀无声，然后有个人说："你这个该死的杀人坏种。"关于这件事情，他依然是不想去写任何一个字。

他们杀死的那些奥地利人，就是不久之前跟他一块儿滑雪的那个奥地利人，不，不是那些奥地利人。汉斯，用一整年的时间跟他一块儿滑雪的奥地利人，是一直住在"国王一猎人客店"里面的，他们一块儿到那家锯木厂上边那个小山谷去猎兔的时候，还谈论起那次在帕苏比奥的战争以及向波蒂卡和阿萨洛纳的猛烈进攻，所有这些他甚至连一个字都没有写。

关于孟特科尔诺、西特科蒙姆、阿尔西陀[①]，他也是没有写一个字。

在福拉尔贝格[②]以及阿尔贝格[③]他住过几个冬天呢？一共住过四个冬天，所以他记起那个卖狐狸的人，那时候他们到达了布卢登茨[④]，那一次去好像买礼物了，他还记得甘醇的樱桃酒特有的樱桃核味儿，记起了在那结了冰的雪地上的快速滑行，你一边唱着"嗨！嗬！罗利说"，一边滑过那最后的一段坡道，笔直地朝着那险峻的陡坡直冲飞下，紧接着转了三个弯滑就来到了果园，从果园出来的时候又穿越了那道沟渠，最后登上了客店后边那条滑溜溜的大路。到了上面你把缚带敲松，把滑雪板踢下，把它们紧靠在客店外边的木墙上面，灯光从窗户里面照射出来，屋子里面，在烟雾缭绕、冒着新酿酒香的温暖当中，人们正在欢快地拉着手风琴。

"在巴黎我们住在哪里？"他询问女人，女人现在正坐在他身旁的帆布椅里，此时此刻，他们是在非洲。

---

① 这三个都是意大利地名。

② 奥地利西部一州。

③ 奥地利西部蒂罗尔州的一个乡村。该地以滑雪著称。

④ 奥地利福拉尔贝格州一个区，旅游胜地。

“克里昂。你应该知道的。”

“我怎么会知道呢？”

“我们一直都住在那里。”

“不，并不是一直住在那里。”

“我们在那里住过，在圣日耳曼区的亨利四世大楼那里曾经也是住过的。你还说过你喜欢那个地方。”

“爱就是一堆粪。”哈里说道，“而我，就是一只正趴在粪堆上面咯咯叫的公鸡。”

“如果你一定要离开人世的话。”她说道，“是不是你一定要把你没有办法带走的全部都赶尽杀绝呢？我的意思是说，你是不是必须要把所有的东西都带走？你是不是非要把你的马，你的妻子全部都杀死，把你的鞍子以及你的盔甲也全部都烧掉呢？”

“对啊！”他说，“你那些该死的钱就是我的盔甲，就是我的马和我的盔甲。”

“你不要这样说。”

“那么好吧，我不说了。其实我真的不想伤害你。”

“现在这样说，好像已经有点晚了。”

“那么好吧，我就接着来伤害你吧。这样多么有趣啊！我最喜欢跟你一起做的一件事情可惜现在不能做了。”

“不，这不是实话。你最喜欢干的事情有很多，并且只要是你自己喜欢做的，我也都做过。”

“啊，求你看在上帝的份上，就不要那么夸奖我了，好吗？”

他此时看到她正在伤心地哭着。

“你过来听我说。”他说道，“你觉得我这样说有意思吗？我不知道我自己为什么要这样说。我觉得，这是我想要用毁灭所有的一切来让自己活着。我们刚开始谈话的时候，我依旧还是好好的。其实我并不想这么开场，但是现在我蠢得就好像是一个老傻瓜，对你的狠心也的确有点过了。亲爱的，不管我说什么你都不会在意的，对不对？我爱你，这是真的。你知道我一直都很爱你。我从来没有像爱你这样爱过别的女人。”他在不知不觉之间说出了他平常用来谋生糊口的那套说惯了的谎话。

“你对我真的挺好。”

“你这个坏娘们。”他说道，“你这个有钱的坏娘们，这就是诗。现在我浑身都是诗。是腐烂的诗，是腐烂的诗啊。”

“不要说了。哈里，为什么你现在非得变成这样残忍的人呢？”

“所有的东西我都不想留下来。”那个男人说，“我不希望有什么东西在我死了之后还留下。”

现在已经是傍晚时分了，他熟睡了一段时间。夕阳已经悄然无声地溜到了山后。平原上面是一片灰暗，有些小动物正在营地附近吃食。它们的头既轻快又熟练地上下摆动着，摇着尾巴，他望着它们从灌木丛那边跑走了。那几只大鸟不在地面上待着了。它们也都飞向了一棵大树上，然后就那样沉重地栖息在那里，一动不动的。他那个随身侍候的男仆正站在床边。

“太太出去打猎了。”男仆说道，“先生您需要什么吗？”

“不需要。”

她出去打猎了，想要弄一点兽肉，她知道他很喜欢看打猎，所以故意跑得远远的，这样她就不会打扰这一小片平原而让他看见她在打猎了。她总是这么温柔体贴，他心里想。凡是她知道的或者是读过的，或是她听别人说过的，她都会考虑得十分周到。

这不是她的错，他来到她身边的时候，他就已经完了。一个女人怎么可以明白你说的话都是骗她的呢？怎么可以知道你说的话，只是出于一种习惯，而且只是为了贪图舒服而已呢？自从他对自己说的话不再当真之后，他就靠着谎话和女人相处，他觉得这样说话比之前对她们说那些真心话还管用。

他撒谎并不都是因为他没有真话可以说，而是有时候那些话可以说是善意的谎言吧。他以前享受过生活的快乐，可是到了后来，他的生活兴趣就完结了，接着他又跟好多十分富有的人，为了可以有更多的钱，在以前那些最好的地方，还有另外一些崭新的地方重新又找到了生活的乐趣。

你不准自己思想，这可真的了不起啊。你有这么一副好内脏，所以你没有垮下来，他们大都已经垮下来了，但是你却并没有垮掉，你抱着一种坚持的态度，既然现在你再也不那么能干了，你就一点儿也不关心你常常干的工作。但是，在你心中，你说你要写这一些人，写这些特别有钱的人。你说你实在是不属于他们这一类的，仅仅只是他们那个国度里的一个间谍而已。你说你会从这个国度离开，而且还要写这个国度，并且是第一次以一个熟悉这个国度的人的身份来写它。但是你现在永远不会写了，正是因为天天什么都不写，贪图安逸，只是扮演自己所鄙视的角色，所以就渐渐地磨灭了你的才能，而且把你工作的意志也磨钝了，到了最后你干脆什么也不干了。

他不做任何工作的时候，那些他现在认得的人都感到惬意得多。非洲是他一生当中幸运的时期中感觉最幸福的地方，他去这里，就是为了想要重新开始。他们是以最低限度的舒适来非洲开始一次狩猎旅行的。尽管没有艰苦，但是也不会有什么奢华，他以前想过如果这样他就可以重新进行训练。这样也许他就可以把他心灵上的脂肪去掉，就像是一个拳击手，为了可以消耗身体内的脂肪，选择到山里去干活以及训练一样。

她以前很喜欢狩猎旅行的。她之前说过她爱这次狩猎旅行。只要是激动人心的事情，可以因此变换一下环境，可以结识新的朋友，看见令人愉快的事物，她全部都很喜欢。他以前也感觉到了生活好像要重新恢复的幻觉。可是，现在就这么了结，他知道事实就是这样的，他不需要变得像一条蛇一样，只是因为背脊被打断了，所以就啃咬自己。这并不是她的过错。假如不是她，也一样会有别的女人。假如他以谎言为生，他就应当试着以谎言来结束自己的生命。这时，他忽然听见山的那边传来了一声枪响。

她的枪打得特别好，这个善良的、富有的娘们，这个才是他的体贴守护人及破坏者。真是废话，正是他自己把自己的才能给毁了。他为何要责怪这个女人呢，难道就是因为她好好地供养了他吗？尽管他很有才能，但由于长时间不用，由于他出卖了自己，而且也出卖了自己所信仰的一切，由于酗酒过度而磨钝了他自己敏锐的感觉，由于懒散，由于怠惰，由于势利，由于傲慢以及偏见，还由于其他各种各样的缘故，最终，他把自己的才能全部毁灭掉了。这算得了什么呢？只是一张旧书目录卡？

到底什么才是他真正的才能呢？就算只是才能吧，但是他并没有充分利用，反而是利用它做交易。他从来不是用他自己的才能去做一些事情，反而却是用它来决定他能做一些什么。他决意不依靠钢笔或者是铅笔谋生，而是依靠别的东西谋生。说来倒也奇怪，是吗？

每一次当他爱上另外一个女人的时候，为何这另外一个女人总是要比之前那个女人更有钱呢？

但是当他不再认真恋爱的时候，当他仅仅只是在撒谎的时候，就像是现在对这个女人一样，她比所有他爱过的女人要更有钱，她也有过丈夫、孩子，而且她也找过情人，可是她不满意那些情人，她这次是真心地爱他，把他当作是一位作家，当作是一个男子汉，当作是伴侣，当作是自己的一份引以为傲的财产来爱他——说来也真是奇怪，当他压根儿不爱她，并且对她撒谎的时候，为了报答她为他所花费的钱，他所能够给予她的，竟然比他以前真心恋爱的时候还要多。

我们干什么都是注定了的，他想。无论你以前是干什么的，这些才是你的才能所在。

他的一生全部都是依靠出卖生命力生存的，无论是以这样的形式还是以那样的形式。而且在你越是不怎么钟情的时候，你越是看重金钱。他已经注意到这点了，可是他绝对不会再写这些东西了，以后也不会写了。不会，他已经再也不会写了，虽然这是十分值得一写的东西。

这时候她慢慢地走来了，穿过了那片空地然后向着营地走了过去。她身穿马裤，擎着她的来复枪，有两个男仆正扛着一只野羊紧跟在她身后。她依旧是一个十分好看的女人，他心里想，她的身躯也十分诱人，让人不由得心动起来，她对床第之乐十分在行，也一样很有领会，她其实并不美，可是他喜欢她的脸庞，她阅读过各种各样的书籍，她喜爱骑马以及打枪，自然，她酒喝得实在是太多了。在她还年轻的时候，丈夫就已经死了，在一个十分短暂的时间里，她把所有的心思都放在两个刚刚长大的孩子身上，但是孩子却并不需要她，她在他们身旁，他们就会感觉很不自在，她还很专心地养马、读书或者是喝酒。她喜爱在黄昏吃晚饭之前读书，一边阅读一边喝威士忌苏打。到了吃晚饭的时候，她就已经喝得醉醺醺的了，然后在晚饭桌旁再喝上一瓶甜酒，这就醉得足够让她昏昏欲睡了。

这就是她在有情人之前的情况。在有了那些情人之后，她就不再喝那么多的酒了，因为她再也不需要喝醉酒去睡觉了。可是情人让她感觉厌烦。她以前嫁过一个丈夫，他从来不会使她厌烦，但是这些人却使她感觉厌烦透了。

接着，她的一个孩子曾经在一次飞机失事中死去了，等到事件过后，她就不再需要情人了，而且酒也不再是麻醉剂了，她不得不重新建立起另外的一种生活。突然之间，孤身独处把她吓得有点心惊胆战。可是她要和一个她所尊敬的人生活在一起。

事情发生得十分简单。她喜爱他写的东西，她一直都羡慕他的那种生活。她觉得他正是做了自己想要做的事情。她为了获得他而采取了各式各样的步骤，还有她最后爱上了他的那种方式，全部都是一个正常过程的组成部分，在这一个过程当中她给自己建立起一种新生活，但是他则出售旧生活的残余。

他把他旧生活的残余全部都出售掉了，就是为了换取安全，而且也是为了换取更多的安逸，除此之外，还为了什么呢？他并不知道。他想要什么，她都会买给他。这一点他是知道的，她也是一个十分温柔贤惠的女人。他和所有的人一样，愿意立即和她同床共枕。尤其是她，那是因为她更有钱，由于她很风趣，很有欣赏力，并且由于她从来不大吵大闹。但是现在她再次建立的这个生活就快要结束了，这时因为由于两个星期之前，有一根荆棘把他的膝盖刺破了，但是他没有给伤口涂上碘酒，那时候他们挨近羚羊，想要拍下一群羚羊的照片，这群羚羊在那里静静地站立着，扬着头窥视着，一边用鼻子闻着空气，耳朵朝两边张开着，随时准备着只要一有动静就逃进丛林。他从来没能拍下羚羊的照片，它们都已经跑掉了。

现在她回到这里来了。

他在帆布床上转过头来看她，“你好！”他说道。

“有一只野羊我把它打中了。”她跟他说，“可以给你做一碗好汤喝，另外我还让他们捣一些土豆泥拌奶粉。你现在感觉身体怎么样？”

“真是好多啦。”

“这该有多好？你知道的，我就想到过你一定会好起来的。我离开的那时候，你已经睡熟了。”

“我睡了一个好觉，你刚才跑得远不远？”

“我并没有跑远，就在山后边。我打中了一只野羊。”

“你打得十分出色，你知道的。”

“我喜爱打枪。我发现现在我已经爱上非洲了。说实话，如果你平安无事，这就算是我玩得最高兴的一次了。和你在一起狩猎真的很有趣，我早就已经爱上这个地方了。”

“我也喜爱这个地方。”

“亲爱的，你知道吗，当我听到你说好多了以后我是多么地开心。说实话，刚才看到你难受成那个样子，我真的受不了。你再也不要那样跟我说话了，好不好？你答应我好吗？”

“我不会了。”他说道，“我记不得以前说过一些什么事情了。”

“你不一定要把我给毁掉，是不是？我只是一个中年妇女，但是我爱你，你想要干什么，我都愿意陪你做，我早就已经给毁了两三次啦。你不会再毁掉我的，是不是？”

“我倒是想要在床上再把你毁灭几次。”他说道。

“是的啊，那可是愉悦的毁灭。我们就是给安排了这样的毁灭，明天飞机就会过来啦。”

“你是怎么知道明天会来？”

“我自己有把握，飞机是一定要过来的。仆人早就已经把木柴全都准备好了，还把生浓烟的野草准备好了。今天我又下去观察了一下。那里有足够的空间让飞机着陆，我们明天就点燃野草生烟吧。”

“你凭什么觉得飞机明天会来呢？”

“我有把握它一定会来的，现在它就已经耽误了。到了城里，他们就会治好你的腿，接着我们就可以搞一点毁灭，并不仅仅是一些讨厌无趣的谈话而已。”

“我们喝一点酒好不好？太阳快要落山啦。”

“你想不想喝呢？”

“嗯，想，我很想喝一杯。”

“那我们就一起喝一杯吧。莫洛，过去拿两杯威士忌苏打来吧！”她轻声地呼唤道。

“你最好还是穿上防蚊靴。”他跟她说。

“等我洗过澡之后再穿也不迟……”

等他们喝着酒的时候，天色已经慢慢地暗了下来，在这暮色苍茫没有办法瞄准打枪的时候，有一只鬣狗穿过那片空地朝着山那边跑去了。

“那个杂种每天晚上都跑过那里。”男人说道，“两个星期以来，每一天晚上都是这样。”

“每一天晚上发出那样声音来的正是它。虽然这是一种很让人讨厌的野兽，但是我一点儿也不在乎，随便它怎么样吧。”

他们在一块儿喝着酒，没有任何痛的感觉，只是因为始终躺着不可以翻身所以就稍微感觉有点麻木，身边的两个仆人生起了一堆篝火，光影在帐篷上面不断地来回跳跃着，他感觉自己对这样愉快的生活所怀有的那种默认心情现在又油然而生了。她的确对他特别好。今天下午的时候他对她实在是太狠心了，而且也太不公平了。她是一个好女人，也是一个了不起的女性。但是就在这时候，他突然之间想起他就快要死了。

这个念头就好像一股突如其来的冲击波，并不是流水或者是疾风一样的冲击，反而是一股无影无踪的臭气的冲击，让人感觉奇怪的是，那只鬣狗却顺着这股无影无踪的臭气的边缘轻快地溜过来了。“做什么，哈里？”她问他。

“没什么。”他说道，“你最好还是挪到那边去坐。到上风口那里去坐吧。”那个离开了他的女人写了一封信过去，跟她说，他是怎么样一直割不断对她的思恋……怎么样有一次在摄政院外边他觉得看到了她。

“莫洛给你换过药了吗？”

“我已经换过了。刚刚才敷上硼酸膏。”

“你现在感觉如何？”

“有一点点颤抖。”

“我现在要进去洗澡了。”她说道，“我一会儿就会出来的。我要和你一块儿吃晚饭，随后再把帆布床抬进去。”

于是，他一个人自言自语地说，我们结束吵嘴，这就对啦。他和这个女人从来没有大吵大闹过，而他和他爱上的那些女人却吵得很厉害，但是最后因为吵嘴的腐蚀作用，往往总是毁了他们一起持有的那种浪漫感情。他爱得实在是太深了，要求也太多了，这样就把所有的一切全部都耗尽了。

他想起那次他孤零零地一个人在君士坦丁堡的情形，从巴黎出走之前，他们吵架闹别扭了，而且还很凶。那时候他夜夜宿娼，但是事过之后他依旧没有办法排遣寂寞，反而更加感觉到寂寞对他的残忍，所以他给她，他的第一个情妇，为了可以追上她，他自己跑得头昏眼花，直想吐，他会在林荫大道跟踪一个外表看起来有一点像她的女人，但是就是没有胆量看清楚到底是不是她，担心就此失去了她在他心中的地位。他跟很多的女人都睡过，但是她们每个人又是如何只可以使他更加想念她，他又是怎么样绝不介意她做了些什么，因为他知道他不能摆脱对她的爱恋。

他在夜总会冷静而且清醒地写了这封信，然后把信件又直接寄到了纽约，请求她把回信寄到他在巴黎的事务所去。这样看起来好像比较妥当。那天夜里他十分想念她，他感觉心里空荡荡的，一直想吐，他自己在街头漫无目的地徘徊着，一直溜达过了塔克辛姆，遇见了一个女郎，带她一块儿去吃晚饭。后来到了另外一个地方，和她一起跳舞，但是她并不会跳舞，结果跳得很糟糕，所以他丢下了她，搞上了一个看起来很风骚的亚美尼亚女郎，她把肚子贴着他的身体不停地上下左右摆动着，擦得肚子都快要被烫坏了。他和一个少尉衔的英国炮手大吵了一架，就把她从炮手手中带走了。那个炮手把他叫到外边去，所以他们在黑暗中，在大街的圆石地面上就打起架来。他朝着那个英国炮手的下巴恶狠狠地揍了两拳，但是他并没有倒下，这一次他知道难免要有一场厮打了。那个炮手先是打中了他的身体，然后又打中他的眼角。他紧接着又一次挥动左手，这次击中了，炮手朝着他扑过来，抓住了他的上衣，把他的袖子扯下来，他朝着炮手的耳朵后边恶狠狠地猛揍了两拳，紧接着在炮手想要把他推开的时候，又用右手把炮手一下子击倒在地。那个炮手倒下的时候，最开始是头先磕在地上，然后他就带着那个女郎跑掉了，因为那时候他们听到宪兵来了。他们先是乘上一辆出租汽车，顺着博斯普鲁斯海峡朝着雷米利希萨驶去，兜了一个圈子，在凛冽的寒夜中回到了城里过夜，她给别人的感觉就好像她的外貌一样，太过于成熟了，可是柔滑如脂，就像玫瑰花瓣一样，也好像是糖浆一样，肚子看起来很光滑，胸脯高耸着，也不需要在她的臀部下垫一个枕头，就这样，她被他征服了。在她醒来之前，他就已经离开了她，在第一线曙光照射之下，她的容貌看起来显得粗俗极了，他的眼圈被打得发青了，后来他带着这样的面貌来到了彼拉宫，手中提着那件上衣，那是因为袖子已经没有了。

就在那一天夜里，他离开了君士坦丁堡动身到安纳托利亚，后来他回忆那一次旅行，一整天都穿行在种着罂粟花的田野当中，那儿的人们种植罂粟花提炼鸦片，让你感觉会有点新鲜，最后——无论朝着哪个方向走似乎都不对——到了他们以前跟那些刚从君士坦丁堡来的军官一块儿发动进攻的地方，那些军官都是一群笨蛋，什么也不懂，大炮全部都打到部队里去了，那个英国观察员哭得就好像一个小孩子似的。

就在那一天，他第一次看见了死人，身穿白色的芭蕾舞裙子和绒球鞋子。土耳其人就好像波浪一样地不断涌来，他看到那些穿着裙子的男人在四处逃窜着，军官们朝着他们打枪，紧接着军官们自己也逃跑了，他和那个英国观察员也一起溜走了，他们拼命地跑，甚至跑得肺都有点疼了，嘴巴里面尽是那股铜腥味，他们在岩石后边停了下来稍作休息，土耳其人依旧还像海浪一样波涛汹涌地向他们涌来。

在这几天他看见了他从没有想象过的事情，后来他还看见了比这些更加糟糕的事情。因此，那一次他回到了巴黎的时候，所有的这些他都不能谈，就算是提起这些他都会受不了。他路过咖啡馆的时候，里边有那位美国诗人，在他面前有一大堆碟子，土豆似的脸上露出一副蠢相，正在跟一个名字叫作特里斯坦·采拉的罗马尼亚人谈论达达运动。特里斯坦·采拉总是戴着单眼镜，还喜欢闹头痛。接着，当他返回到公寓跟他的妻子在一起的时候，他又十分爱他的妻子了，吵架早就已经过去了，气恼也早就烟消云散了，他十分高兴又重新回到了家里，事务所把他所有的信件送回到了他的公寓。因此，有一天早晨，那封给他写的回信就在一只盘子里被送了进来，当他看到信封上面的字迹时，他感到全身发冷，想要把那封信塞在另外一封信下边。但是他的妻子说道："亲爱的，那封信是谁从哪里寄来的？"所以那一件刚刚开场的事就此了结。

他想起了他跟所有这些女人在一起时候的欢乐以及争吵。

她们总是会挑选最妙的场合和他争吵。为何她们总是在他心情很好的时候跟他吵嘴呢？关于这些，他没有写过一点点，因为最开始是他绝对不想伤害她们任何一个的感情，到了后来好像是就算不写这些，需要写的东西确实已经够多的了。可是他一直觉得最后他还是会写的。需要写的东西实在是太多了。他目睹过世界的千变万化，不仅仅是那些事件而已。虽然他也曾经目睹过很多事件，也观察过很多人，可是他目睹过更加微妙的一些变化，并且记得人们在不同的时候又是怎样表现的。他自己曾经就置身于这种变化当中。他过去观察过这样的变化，要写这种变化，这是他的责任，但是如今他再也不会写了。

"你感觉怎么样呢？"她说道。现在她洗过澡之后从帐篷里面慢慢地走了出来。

“没什么感觉。”

“给你吃晚饭好不好？”他看到莫洛站在他后边，手里拿着折叠桌，另外一个仆人手里端着菜盘子。

“我想要写东西。”他说。

“你应该喝点肉汤先恢复一下体力。”

“我今天夜里就要死了。”他说，“我不需要再恢复体力了。”

“请你不要说得那么夸张好不好，哈里。”她说道。

“你为什么不用你自己的鼻子闻一闻呢？我现在都已经烂了半截啦，不信你看看，都烂到大腿上了。我为什么还要跟肉汤开玩笑？莫洛，去拿威士忌苏打过来。”

“我请你喝肉汤吧。”她再次语气温柔地说道。

“好吧。”

肉汤实在是太烫了。他只得把肉汤倒在杯子里面，等到凉得能喝了，他才把肉汤喝下去，一口气喝完了。

“你真是一个好女人。”他说道，“你不需要关心我啦。”

她仰起她那张在《激励》以及《城市与乡村》上面人人皆知、人人都喜爱的脸庞看着他，那张脸由于酗酒狂饮而显得稍微有点逊色，但是《城市与乡村》从来没有展示过她那美丽的胸部，以及那修长的大腿，还有那轻柔地爱抚你的纤细小手，当他看着她，看见她那动人微笑的时候，他感觉到死神又好像来临了。这一次并没有冲击他。而是像一股气似的，就像是一阵使烛光摇曳，并且使火焰腾起的微风一样。

“等会儿他们就可以把我的蚊帐拿出来挂在树上面了，然后生一堆篝火。今天夜里我不想搬到帐篷里去睡觉了。一点儿都不值得搬动了。今天晚上会是一个晴朗的夜晚，老天应该不会下雨的。”

既然这样，那么他就这么死了，在他听不到的悄声低语当中死去了。那么好吧，这样的话就再也不会吵架了。关于这一点他能够保证。一个他从来没有体验过的经历，他现在绝对不会去破坏它了。可是他也很有可能会破坏。你现在已经把所有的都毁了。可是或许他不会。

“你可以听写吗？”

“我以前没有学过。”她对他说。

“那么好吧。”

现在已经没有时间了，自然，虽然好像经过了压缩，只需要你处理得当，你只需要一段文字就能把那所有的一切都写进去的。

在湖畔旁边的一座山上面，那里有所圆木构筑的房子，所有的缝隙都用灰泥嵌成白色了。在门边的柱子上挂着一只铃，这只铃是召唤人们进屋吃饭用的。房子的后边是田野，田野的后边是森林。有一排伦巴底白杨树从房子一直伸向到码头的近处。另外的一排白杨树顺着这一带迤逦而去。在森林的边缘有一条通往山峦的小路，他以前在这条小路上经常采摘黑莓。到了后来，那所圆木房子被烧塌了，在壁炉上边的鹿脚架上挂着的猎枪也都被烧掉了，枪筒、枪托和全部熔化在弹夹里面的铅弹也都一块儿烧坏了，都放在了那堆灰上——那堆灰原是给那只做肥皂的大铁锅熬碱水用的，你问一问祖父可不可以拿去玩，他说道，不可以。

你知道那些猎枪依旧是他的，他从此之后也再没有买其他的猎枪。而且他再也不打猎了。现在在以前的老地方用木料已经重新盖了一所房子，而且漆成了白颜色，从门廊上你能看到白杨树以及那边的湖光山色。但是再也没有猎枪了。以前挂在圆木房子墙上鹿脚架上的猎枪筒，全部都搁在那堆灰上面，从此再也无人问津。

战后，我们在黑森林里面，租用了一条钓鲑鱼的小溪，有两条路能够通到那里去。其中一条是从特里贝格走到山谷，接着绕着那条覆盖在林荫（挨着那条白色的路）下的山路一直走到一条山坡小径，穿过山岭，经过很多矗立着高大黑森林式房子的小农场，最后一直走到小径和小溪交叉的地方。我们就在那个地方开始钓鱼。

另外的那一条路是陡直地爬到树林边沿，随后翻过山巅，穿越松林，接着走出林子到了一片草地边沿，下山穿过草地到达那座桥边。小溪的边上是一排桦树，小溪并不是那么宽阔，相反有些窄小、清澈、湍急，在桦树根边上冲出了一个又一个的小潭。

在特里贝格的客店里面，店主人这个季度的生意很兴隆，这是一件令人欣慰的喜事。我和店主人都是很亲密的朋友。到了第二年的时候通货膨胀，店主人之前一年赚的钱，还不够购进经营客店所必需的物品，因此最后想不开就上吊死了。

你能口授这些，可是你没有办法口授那个城堡护墙广场，那儿的卖花人在大街上给他们的花卉染色，颜料淌得路面上到处都是，公共汽车都从那里出发，老头儿跟女人们总是会喝甜酒和用果渣酿制的低劣白兰地，喝得醉醺醺的。那些小孩子们在寒风凛冽当中流着鼻涕、汗臭以及贫穷的气味，“业余者咖啡馆”当中有醉态，“风笛”跳舞厅的那些妓女们，她们就居住在舞厅楼上。那个看门女人在她的小屋子里款待一个共和国自卫队员，其中一张椅子上放着共和国自卫队员的那顶插着马鬃的帽子。门厅那一边还有一家住户，那家女主人的丈夫是一个自行车赛车手，那一天早晨她在牛奶房打开《机动车报》看见了他在第一次参加盛大的巴黎环城比赛中名列第三的时候，她似乎是无比的喜悦、兴奋。她的脸都激动得变得通红，竟然不知不觉地大声笑了出来，紧接着跑到楼上，手中拿着那张淡黄色的体育报就开始大哭了起来。

他，哈里，有一次清晨要乘飞机出门，那个经营“风笛”跳舞厅的女人的丈夫驾驶了一辆出租汽车过来敲门叫他起身，在起身之前他们两个人在酒吧的锌桌边上喝了一杯白葡萄酒。那个时候，他熟悉那个地区的邻居，因为他们都属于穷人的行列。

在城堡护墙广场旁边有两种人：酒徒和运动员。酒徒平常都以酗酒来打发贫困，但是运动员却在锻炼当中将贫困遗忘。他们都是巴黎公社的后裔，所以，对他们而言，懂得他们的政治并不困难。他们清楚地知道是谁打死了他们的父老兄弟以及亲属朋友，当凡尔赛的军队开进了巴黎，继公社以后把这座城市占领了，所有人，凡是他们能摸到手上有茧的，或者是戴着便帽的，以及带有任何别的标志表示他是一个劳动者的，全部都格杀勿论。正是在这样的贫困当中，正是在这个地区里，街的对面是一家马肉铺还有一家酿酒合作社，他开始了之后的写作生涯。

巴黎再也没有什么地方让他这么热爱了，那蔓生的树木，以及那白色的灰泥墙，墙的下面涂成棕色的老房子，那路面上淌着染花的紫色颜料，那从山上向塞纳河急转直下的莱蒙昂红衣主教大街，那在圆形广场上的长长的绿色公共汽车，以及那另外一条狭窄而且热闹的莫菲塔德路。那一条通往万神殿的大街和那另外的一条他常常骑着自行车经过的街道，那是那个地区仅有的一条铺上沥青的大街，车胎从上面驶过，感觉到光溜平滑，没有一点阻力的样子。街道的两边全部都是高耸而且狭小的房子，还有那家高耸的下等客店，保尔·魏尔伦正是死在了这里。在他们居住的公寓里，只有两间屋子，他在那家客店的顶楼上面有间屋子，每一个月他要支付六十法郎的房租，他在这儿写作，从这一个房间，他能看到鳞次栉比的屋顶、烟囱还有巴黎全部的山峦。

你从那幢公寓只可以看见那个经营木柴及煤炭的店铺，它也一样卖酒，还卖低劣的甜酒。马肉铺子外边悬挂着金黄色的马头，在马肉店铺的橱窗里面悬挂着金黄色和红色的马肉，涂着绿色油漆的合作社，他们就是在那里买酒喝的，那里卖的都是醇美而且便宜的甜酒。其余的就是灰泥的墙壁以及邻居们的窗子。到了夜里，有的人喝醉了就直接躺在街道上，在那种典型的法国式的酩酊大醉（人们对你宣传，让你相信根本不存在这样的大醉）当中胡乱地呻吟着，一些邻居都会打开窗子，紧接着是一阵喃喃的低语。

“警察在哪里啊？总是在你并不需要警察的时候，一个家伙就会出现。他一定是跟哪个看门女人在睡觉啦。快去找警察。”等到不知道是谁从窗口泼下一桶水，呻吟声这时候才停止了。

“刚刚倒下来的是什么啊？是水。啊，这可真的是聪明的办法。”

因此窗子全部都关上了。玛丽，他的女仆，严厉抗议一天八小时的工作制，她说：“如果丈夫干到六点钟，那么他在回家的路上就只能喝得稍微有一点点醉意，花钱也就不会太多了。但是如果他只做到五点钟，那么他每天晚上都会喝得烂醉，你也就一分钱也没有了。受这份缩短工时罪的正是工人的老婆。”

“你想再喝一点儿肉汤吗？”女人这时候问他。

“不用了，谢谢你。味道真是好极了。”

“你再喝一点儿吧。”

“我想喝一点儿威士忌苏打。”

“酒对你可没有什么好处。”

“对啊，酒确实对我有害。柯尔·波特写过这些歌词，而且还作了曲子。这样的知识证明你在生我的气。”

“你知道的，我是很喜欢你喝酒的。”

“啊，对啊，但是酒对我的身体是没有好处的。”

等到她走开了，他心里暗暗地想着，我就要得到我所想要的一切。不，确切地说应该仅仅只是我所有的一切。唉，他实在是太累啦，真的太累啦。他想要睡一会儿，休息一下，调节调节自己的身心。他就这样安静地躺着，死神不在那里，它一定是上另外的一条街溜达去了。它成双结对地骑着自行车，安静地在人行道上行驶。

不是的，他之前从来没有写过巴黎。并没有写过他喜爱的那个巴黎。但是其余那些他从来没有写过的东西又是怎么样的呢？

大牧场以及那银灰色的山艾灌木丛，灌溉渠里面湍急而且清澈的流水以及那浓绿的苜蓿又是怎么样的呢？那一条羊肠小道蜿蜒而上朝着山里慢慢伸去，但是牛群可就不一样了，别看它们长得庞然大物，可是一到夏天的季节就胆小得像麋鹿一样。

那阵阵的吆喝声和那持续不断的喧闹声，以及那群行动缓慢的庞然大物，当你在秋天把它们全部都赶下来的时候，紧接着后面就会扬起一片尘土，让你一时间看不清它们。在群山的后面，嶙峋的山峰在暮霭当中清晰地显现出来了，在月光下面骑马沿着一条小道下山，在山谷的那一边是一片皎洁。他依旧记得，当你穿过森林下山的时候，在黑暗当中你看不到路，只可以抓住马尾巴摸索着，小心翼翼地前进，所有的这些都是他所想写的故事。另外还有那个打杂的傻小子，那一次留下他独自一人在牧场，而且告诉他在那里好好看守，不能让别人来偷干草。从福克斯过来的那个老坏蛋，经过牧场时停下来想要搞一点饲料，那个傻小子走过去给他干活的时候，老家伙曾经想要揍他。孩子不准许他拿，那个老头儿说要给他一顿狠揍。当他想要闯进牲口栏去的时候，那个孩子从厨房里面把来复枪直接拿了出来，把老头儿一下子就打死了，所以等到他们回到牧场的时候，老头儿已经死了足足一个星期，身体在牲口栏里也已经被冻得僵硬，狗已经把他吃掉了一部分。

可是你把残留的尸体用毯子全部包了起来，并且捆在了一架雪橇上面，让那个孩子帮你拖着，你们两个人穿着滑雪板，带着尸体赶路，接着滑行了足足六十英里，把那个孩子押到城里去，他还不明白人家可能会逮捕他呢。他自己以为已经尽了责任，你是他的朋友，他一定会得到报酬呢。他是帮忙把这个老家伙拖进城来的，这样的话谁都能知道这个老家伙一直以来是有多么的坏，他又是如何想偷饲料，但是饲料并不是他的啊，等到行政司法官给孩子戴上手铐的时候，孩子简直不能相信，所以他大声哭了出来。这就是他留着打算将来写的一个故事。从那里，他起码知道二十个很有趣的故事，但是他却一个也没有写，这是为什么呢？

“你去跟他们说，那是什么原因。”他说道。

“你说什么原因，亲爱的？”

“没有什么原因。”

自从她有了他，如今酒不像过去喝得那么多了。但是如果他活着，他绝对不会写她。关于这一点到现在他知道了。他也绝对不写她们中间的任何一个。那些有钱的人都是愚蠢的，他们就知道成天酗酒，或者是整天玩巴加门凹。他们都是愚蠢的，并且唠唠叨叨还会让人很讨厌。他想起了可怜的朱利安以及他对有钱人怀着的那种罗曼蒂克的敬畏感觉，还记得他有一次如何动手写一篇短篇小说，他在开头部分这样写道：“豪门巨富是和你们不一样的。”有人曾经对朱利安说，对啊，他们比我们有钱。但是对朱利安而言，这并非是一句幽默的描述。

他觉得他们是一种特殊的富有魅力的族类，等到他发现他们并不是这样的时候，他就毁了，就好像任何其他事物把他毁了一样。

他一直以来鄙视那些毁了的人。你压根儿就没有必要去喜欢这一套，因为你了解这是怎么一回事。什么事情都不能欺骗他，他想，因为什么事情都伤害不了他，前提是他不在意的话。

那么好吧，如今就是要死，他也一点不在意。他一直以来害怕的一点是痛。他和任何人一样能够忍受痛苦，除非痛的时间太长，疼得他精疲力竭，但是这里却有一种什么东西曾经痛得他没有办法去面对、去忍受，但是就在他感觉到有这样一种东西在撕裂他强大内心的时候，痛却早已经停止了前进的步伐。

他还记得在很久之前，投弹军官威廉逊那天夜里钻过铁丝网爬回到阵地的时候，被其中一名德国巡逻兵扔过来的一枚手榴弹击中了，当时他尖声叫喊着，央求着大家把他打死。他是一个胖子，虽然喜欢炫耀自己，有时候叫人难以相信，但是他却很勇敢，同时也是一个好军官。但是那天夜里他在铁丝网里被击中了，其中有一道闪光突然之间把他照亮了，他的肠子一下子淌了出来，被钩在铁丝网上，因此当他们把他抬进来的时候，那会儿他还活着，他们就不得不把他的肠子割断。你们打死我吧，哈里，求求你们看在上帝的份上，一枪把我打死好不好。有一次他们曾经对“凡是上帝给你带来的你都可以忍受”这句话争论过，有的人的理论是，经过一段时间，痛就会自行消失。但是他一直忘不了威廉逊和那个夜晚发生的那一幕。在威廉逊身上痛苦一点都没有消失，直到他把一直留着打算自己用的吗啡片给他吃下之后，也没能立即止痛。

但是，如今他感受到的痛苦却轻松得很，假如就这么下去而不变得更糟糕的话，那么就没有什么需要担忧的事情了。但是他想，如果能有更好的同伴在一块儿，那该有多好。

他想了想他的同伴。

不，他想，你做什么事情，总是做得太久，也做得太晚了，你不能指望人家还在那里。人家全部都走啦，早就已经酒阑席散，到现在只留下你和女主人啦。我对死现在已经是越来越感觉到厌倦，就和我对其他所有一切东西都感觉到厌倦一样，他心里想着。

“真是让人厌倦。”他情不自禁说出声来。

“你在说什么呢，亲爱的？”

“你不管做什么事情都做得太久了。”

他看着她坐在自己和篝火中间。她靠坐在椅子上面，跳动的火光在她那线条动人的脸庞上照耀着，他能看出来她可能是困了。他听到那只鬣狗就在那圈火光外面发出了一声嗥叫。

“我一直都在写东西。”他说，“我实在是太累啦。”

“你觉得你能睡得着吗？”

“肯定能睡着。那为什么你还不去睡呢？”

“我喜欢你和我一起在这里坐着。”

“你感觉到什么奇怪的东西了吗？”他问她。

“没有啊，只是我有点困啦。”

“但是我却感觉到了。”

就在这个时候，他感觉到死神又一次临近了。

“你知道的，我唯一还没有失去的东西，就只有好奇心了。”他对她说道。

“你一直都没有失去过什么东西，你在我心里一直都是我所了解的最完美的人。”

“天哪！”他说道，“女人知晓的东西实在太少啦。你是凭什么这样来说我的？难道是靠你的直觉吗？”

因为正是这个时候死神来了，死神的头就靠在帆布床的脚上，他嗅得到它的呼吸。

“你可千万不要相信死神是镰刀以及骷髅。”他对她说，“它很有可能是两个从从容容骑着自行车的警察或者是一只鸟儿，或是像鬣狗一样有一只很大的鼻子。”

现在死神已经来到他身旁了，但是它已经不再具有任何的形状，它仅仅只是占有一些空间。

“跟它说让它走开。”

它并没有走，相反的便是挨得越来越近了。

“你呼哧呼哧地总是在喘气。”他对它说道，“你这个臭杂种。”

它依旧还是在向他一步步挨近，现在他不能对它说话了，当它发现了他不可以说话的时候，又朝着他挨近了一些，此刻他希望默默地把它赶走，可是它现在已经爬到了肩膀上，然后慢慢地往下压去，就这样，它的重量就全部压在了他的胸口上，它趴在那里，他不能动弹而且也说不出话来，他听到女人说道："先生睡着了，把床抬起来，轻轻地抬到帐篷里去吧。"

他不能开口告诉她赶走它，现在它更加沉重地趴在他的身体上，这样一来他连一口气也透不过来了，可是当他们把帆布床抬起来的时候，突然之间所有的一切又正常了，重压从他胸前渐渐地消失了。

现在已经是早晨了，并且已经过去了好长时间，这时，他听到了飞机声。

往天上看过去，飞机显得很小，紧接着飞了一大圈，有两个男仆跑了出来用汽油把火堆上的野草点燃了，这时就在平地两端冒起了很浓的两股烟，晨风把浓烟吹到了帐篷，飞机又接着绕了两圈，这一次飞得有点低了，接着就往下滑翔，拉平，最后就平稳地着陆了，老康普顿穿着宽大的便裤，上身穿着一件花呢夹克，头上戴着一顶棕色的毡帽，朝着他的方向走了过来。

"怎么了这是，老伙计？"康普顿说道。

"我的腿坏了。"他跟他说，"你想要吃点儿早饭吗？"

"谢谢你，我只需要喝点茶就可以啦，你知道这是一架'天社蛾'，我并没有弄到那架'夫人'。这里只可以坐一个人。你的卡车现在正在路上。"

海伦把康普顿拉到了一边去，这会儿正在跟他嘀咕着什么话。然后只见康普顿看起来显得更加兴高采烈地走了回来。

"我们必须立刻把你抬进飞机去。"他说道，"我还要回来接你太太。现在我担心我得在阿鲁沙停下来，得加油。我们最好还是马上就走。"

"喝一点茶如何？"

"你知道的，我实在是不想喝茶。"

两个男仆把帆布床抬起来了，绕着那些绿色的帐篷兜了整整一圈，随后就沿着岩石走到了那片平地上面，走过了那两股燃烧着的浓烟，风把火吹旺了，野草都烧光了——来到那架小飞机前面。费了好大的工夫才把他抬进了飞机，刚一进飞机他就躺在皮椅子里面了，那条腿直挺挺地伸到了康普顿的座位一边。康普顿这时候发动了马达，然后就上了飞机。他朝着海伦和两个男仆挥手告别，马达的咔嗒声变成了一种惯常熟悉的吼声，他们摇摇摆摆地在那里打着旋儿，康普顿看着那些野猪的洞穴，飞机正在两堆火光之间的平地上面怒吼着，一路颠簸着，最后一次颠簸之后就起飞了，这时他看到他们都站在下边招手，山上的那个帐篷现在显得扁扁的，平原这时候开阔了，有一簇簇树林，那一片灌木丛也显得扁扁的，那一条又 条野兽出没的小道，现在似乎都平坦坦地通往了那些干涸的水穴，忽然间他还发现了一处新的水源，这是他以前从来不知道的。斑马，现在只能看到它们那圆圆隆起的背脊了。大羚羊就像是长手指头一样大，它们越过平原的时候，似乎是大头的黑点在地面上爬行，当飞机的影子朝着它们逼近的时候，全部都四散奔逃了，它们这时候显得越来越小了，动作也看不出来是在狂奔，感觉像是在电影里慢放的画面一样。极目望过去，现在平原是一片灰黄色，前边是老康普顿花呢夹克的背影以及那一顶棕色的毡帽。

接着他们飞过了第一批群山，大羚羊正往山上跑去，随后他们又穿越了高峻的山岭，陡峭的深谷里面生长着浓绿的森林，还有生长着茁壮竹林的山坡，紧接着又是一大片茂密的森林，他们又从森林上边飞越而过，穿过了一座座尖峰以及山谷。山岭这时候渐渐地低斜，接着又是一片平原，现在天已经热起来了，大地上面显出一片紫棕色，飞机热烘烘地一直颠簸着，康普顿转过头来很是担心地看看他在飞行当中情况怎么样。接着前面又是黑压压的崇山峻岭。

他们并不是朝着阿鲁沙方向飞行，却是转向左方，很明显的是，他可以猜想到他们的燃料已经足够了，朝下看，他看到了一片就像是筛子里面筛落下来的粉红色的云一样，这时候正掠过大地，从天空上方看过去，却好像是突然之间出现暴风雪时的第一阵飞雷一样，他知道那是一大群蝗虫正从南方飞过来。

随后他们向上飞，仿佛他们是朝着东方飞，紧接着天色晦暗，他们碰到了一场暴风雨，大雨如注，似乎像穿过一道瀑布一样，接着他们飞出水帘，康普顿把头转过来，一边笑着，一边用手指着，在前方，极目所见，好像整个世界一样宽广无垠，在阳光当中看起来显得那么高耸、宏大，并且简直令人不可置信，那就是乞力马扎罗山方形的山巅。因此，他明白了，那里就是他要飞去的目的地。

就是在这个时候，鬣狗在夜晚的时候停止了呜咽，开始发出了一种奇怪的简直像人一样的哭声。女人听见了这样的声音，在床上惶恐不安地躺着。她并没有被惊醒。在梦中她正在长岛的家中，这就是她女儿第一次参加社交的前夜。仿佛她的父亲也在场，他看起来显得很是粗暴。接着鬣狗的大声哭嚎直接把她吓醒了，一时之间她迷迷糊糊的，根本不知道自己身在哪里，她十分害怕。随后她拿起手电照着另外的一张帆布床，哈里睡着之后，他们把床也一起抬进来了。在蚊帐的木条下面，他的身躯隐隐可见，可是他仿佛把那条腿伸了出来，在帆布床沿耷拉着，敷着药的纱布这时候全部都掉落了下来，她不忍心再看这副让她心痛的画面。

“莫洛”她叫喊道，“莫洛！莫洛！”

接着她说道：“哈里，哈里！”随后她提高了嗓子，“哈里！请你醒一醒啊，啊，哈里！”

没有任何的回答，也听不到他的呼吸声。

帐篷的外面，鬣狗还在发出那种奇怪的叫声，她正是被那种叫声惊醒的。可是因为她的心这时候正在怦怦跳着，似乎耳边的一切事物都与她隔着，她此时根本听不到鬣狗的哭叫声了。

弗朗西斯·麦康伯短促的幸福生活

现在到了吃午饭的时候，他们都坐在就餐帐篷的双层绿帆布下，装出一种什么事情也没有发生的样子。

“你是要酸橙汁呢，还是要柠檬汽水？”麦康伯问道。

“我要一杯酸橙汁杜松子酒。”罗伯特·威尔逊回答道。

“我也想要一杯酸橙汁杜松子酒，我要喝一点儿酒。”麦康伯的妻子说道。

“我想这玩意儿正合适。”麦康伯很赞成地说，“跟他说调三杯酸橙汁杜松子酒。”

侍候吃饭的那一个仆人现在已经开始在认真地调酒了。

“我得给他们多少钱？”麦康伯问道。

“最多一英镑。”威尔逊跟他说，“你不要惯坏他们。”

“头人会分配吗？”

“那是自然的啦。”

弗朗西斯·麦康伯在半个小时之前，很得意地被人从营地边上抬到他的帐篷前面。这些仆人，剥兽皮的工人，厨子，搬运工用胳膊和肩膀抬着他。他们放下了他。他一一同他们友好地握了握手，以表示感谢，并且接受他们的祝贺，随后走进了帐篷，坐在床上，一直到他的妻子走进来。她走了进来，没有和他说话。他立刻走到外边，在旅行洗脸盆里面洗了脸和手，最后走进就餐帐篷，坐在了树荫下面一张舒适的帆布椅子上，身旁吹来一阵一阵凉爽的微风。

“你打到了一头狮子。”罗伯特·威尔逊说道，“并且还是一头呱呱叫的狮子。”

麦康伯太太瞥了威尔逊一眼。她是一位非常漂亮、保养得也特别好的美人儿，凭着她的美貌以及社会地位，在五年前，她就用几张相片为一种她从来没有用的美容器做过广告，获得了五千元的酬谢。她嫁给弗朗西斯·麦康伯已经十一年了。

“那是头好狮子，对不对？”麦康伯说道。此时他的妻子望着劳。她望着这两个男人，就好像以前从来没有见过面一样。

这个人，名字叫威尔逊，是一个打猎的白人，她清楚她以前的确不认得他。他差不多是中等的身材，头发黄里泛红，胡子拉碴，脸色看起来有点红，有一双看似神情特别冷淡的蓝眼睛，眼角上面有微细的皱纹，在他微笑的时候，这些皱纹就有趣地变深了。现在他正在朝着她微笑。她的眼光从他的脸庞上移到他那件宽大的短上衣覆盖着的肩膀上，那件短上衣没有左胸袋，那地方做了四个带圈，带圈里面插着四颗大子弹。她的眼光紧接着移到他棕色的双手上、旧长裤上、很脏的皮靴上，最后又回到他的红脸上。她这时注意到他那张被阳光烤红了的脸上有一圈白色，那是他的斯坦逊毡帽留下的痕迹，此时这顶帽子就挂在帐篷支柱的一个木钉上面。

“唔，让我们为打到狮子干杯吧。”罗伯特·威尔逊开口说道。他又朝着她微笑，她脸上并没有一丝笑意，十分奇怪地打量着她的丈夫。

弗朗西斯·麦康伯个子长得很高，如果你不计较他骨架的长短，那么他就可以算得上身材匀称，他皮肤黝黑，头发剪得像水手一样短，嘴唇很薄，别人都觉得他长得漂亮。他身着同威尔逊一样的打猎服装，但它是崭新的。他现在已经三十五岁了，身体健康，擅长场地球类运动，也钓到过很多的大鱼，刚才在众人面前，他表现出来的原来是一个胆小鬼。

“让我们为打到狮子干杯。”他说道，“我要永远感谢你刚才做的那件事才对。”

玛格丽特，也就是他的妻子，把眼光从他身上慢慢移开了，回到了威尔逊的身上。

“我们不要再谈那头狮子了。”她说道。

威尔逊仔细打量着她，没有流露出一丝笑意，现在她倒向他微笑了。

“这是一个十分奇怪的日子。”她说道，“就算是中午待在帆布帐篷里面，你不是也应当戴着帽子吗？你以前告诉过我的。”

“确实是可以戴帽子。”

“你知道，你有一张特别红的脸，威尔逊先生。”她跟他说着话，又开始微笑了起来。

“那估计是喝酒的原因吧。”威尔逊说道。

“我看不像是。”她说道，“弗朗西斯喝得很厉害，但是他的脸从来都不会红的。”

“今天却红啦。”麦康伯试着说起了笑话。

“没有啊。”玛格丽特说道，“今天是因为我的脸红啦，但是威尔逊先生的脸却一直都是红的。”

“一定是血型关系。”威尔逊说道，“嘿，你不会喜欢拿我的外貌来作话题吧？”

“我只是刚才提了一下。”

“我们不谈这个了。”威尔逊说道。

“谈话也变得这么难了。”玛格丽特说道。

“不要傻了，玛戈。”她的丈夫说道。

“没什么难的。”威尔逊说，“打到了一头呱呱叫的狮子。”

玛戈看着他们两个人。他们两个看她就快要哭了。这样的情形威尔逊已经发现很长一段时间了，他感到很是害怕，可是麦康伯现在已经不害怕了。

“我不希望发生这样的事情。唉，我真的不希望发生这样的事情。”她边说，边向自己的帐篷里走去。她没有哭出声来，可是在她那件玫瑰红的防晒衬衫下，可以模糊地看出她的肩膀正在瑟瑟发抖。

“女人动不动就会使性子。”威尔逊朝着高个子说，“弄不出什么名堂来的，神经太紧张，加上杂七杂八的事情。”

“没什么。”麦康伯说道，“恐怕我得为这件事情忍受到咽气那一天了。”

“我们来点儿烈酒巴萨，”威尔逊说，“把所有的都忘掉，反正其实也没什么事情。”

“我们可以试试。”麦康伯说道，“但是我不会忘记你为我做的事情。”

“没什么。”威尔逊说道，“不要尽说废话。”

他们坐在树荫里，营房就安扎在几棵枝叶繁茂的刺槐树下，树林后边是一座地面上全都是圆石的悬崖，另外还有一片伸展到了一条小河旁的大草坪，河底全部都是圆圆的石头，河对岸就是森林，他们喝着冰爽的酸橙汁杜松子酒。当仆人们正在安排餐桌的时候，他们两个人的目光不再接触。威尔逊心中是雪亮的，那帮仆人现在已经全都知晓了，当他看见那个侍候麦康伯的仆人一边把盆放在桌子上，一边用奇怪的眼光看着他的主人时，他就用一种斯瓦希里语声色俱厉地责备他。那个仆人脸色一变，转过身去。

“你刚才在和他说什么呢？”麦康伯问道。

“没说什么啊，我只是让他手脚麻利点，否则，我就会让他狠狠地挨打十五下。”

“挨什么打呢？是鞭打吗？”

“这么做完全不合法。”威尔逊说道，“扣他们的工钱反倒是允许的。”

“你会鞭打他们吗？”

“啊，不是的。他们如果决定去控告的话，就难免要闹出一场风波。但是他们从来都不会去的，他们宁愿挨揍，也不愿意扣钱的。”

“这么奇怪！”麦康伯说道。

“说实话，一点儿也不奇怪。”威尔逊说道，“如果是你，你愿意挑选哪一样呢？是被别人用桦树条狠狠揍一顿呢，还是拿不到工钱？”

他的话一出口，顿时感觉有一点窘，还没有等麦康伯回答，就接着说：“我们都天天在挨揍，你知道的，不是在这个方面，就是在另外一方面。”

现在越说越不像话了。我的上帝啊，他心里想：“我变成了一个外交家啦，不是吗？”

“对啊，我们在挨揍。”麦康伯说道，眼光依旧没有看他，“我对那件狮子的事情十分难过。以后不应该再传出去了。我的意思其实就是，不想让任何人听见这件事情了，好不好？”

“你的意思也就是说，我会不会在马撒加俱乐部里谈论这件事情吗？”威尔逊冷淡地看着他。他没有预料到麦康伯会这样说。他原来不仅仅是个该死的胆小鬼，还是一个该死的下流胚，威尔逊心里想，直到今天，我还挺喜欢他哪，但是，谁又可以摸得透一个美国佬呢？“不会的。”威尔逊说，“我是一个职业猎人。我们从来不谈论主顾。这件事情你尽管放心好了。但是，你来要求我们不要谈论，确实有点不像话了。”

他想要侮辱他，那么干脆就此闹翻。这样，他就能够一边吃饭，一边看书，他依旧可以喝他们的威士忌。这是打猎的主顾以及陪打的猎人关系不好的一句习惯用语。你偶然间遇到另外的一个白种猎人，询问他：“情况如何啊？”假如他回答：“啊，我依旧在喝他们的威士忌。”这样你就知道情况肯定是糟糕透顶。

“真是对不起。”麦康伯说道，他抬起那张美国人的脸看着威尔逊，一张到了中年还是小孩儿一样的脸蛋。威尔逊注意到了他水手一样的短发、俊俏的眼睛，但是眼光有一点躲躲闪闪，端正的鼻子、薄薄的嘴唇以及好看的下巴。“真是对不起，我不明白，有很多事情我不明白。”

既然这样，我应该如何是好呢，威尔逊心里默默地想着。他已经完全准备好马上和他闹翻，可是这个死乞白赖的家伙侮辱了他之后又在向他赔礼道歉啦，他又试了一下，“不要担心我会讲出去。”他说道，“我必须得混饭吃哪。你知道的，在非洲没有一个女人打不中狮子，而且也没有一个白种男人逃跑。”

“我就像一只兔子一样地逃跑。”麦康伯说道。

唉，遇见一个这么说话的男人，这能有什么别的办法呢，威尔逊再也想不到别的办法了。

威尔逊用他那双机关枪一样没有表情的蓝眼睛看着麦康伯。麦康伯用微笑回答他。假如你没有察觉到他的自尊心受到伤害之后眼睛里是什么样子的话，他的微笑反倒是十分可爱的。

“或许我可以在野牛上补救回来。”他说道，“我们下次去猎野牛，好不好？”

“你如果喜欢的话，明天早上就去也行啊。”威尔逊对他说。或许他刚才错啦。这样想自然是一个应付的办法。但是对于一个美国人来说，你根本拿不准他的所有想法。他这时候又完全同情麦康伯了。如果你可以忘掉这个早晨那就很好啦。但是，你自然是忘不了喽。这个早晨简直糟糕透了。

“你的太太来了。”他说道。她这时正从她的帐篷那里走了过来，看上去显得精神抖擞，兴高采烈，十分可爱。她有一张很典型的鹅蛋脸，典型得让你觉得她是一个蠢货。可是她并不愚蠢，威尔逊心里想，不，不愚蠢。

“英俊的红脸威尔逊先生，你好啊！弗朗西斯，你感觉好些了吗？亲爱的。”

“啊，好多啦。”麦康伯说道。

“我把这件事情完全撇开了。”她边说边坐到桌子旁，“弗朗西斯会不会打狮子，那有什么关系呢？那并不是他的行当，却是威尔逊先生的行当。威尔逊先生打猎的本领真的叫人折服。你什么都打的，对不对？”

“啊，什么都打。”威尔逊说道，“的确是什么都打。”她们就是世界上最冷酷的，他想。最最冷酷、最最狠心、最最掠夺成性以及最最迷人的。如果她们变得冷酷之后，她们的男人就必须得软下来，要不然，就会变得精神崩溃。莫非她们挑中的全都是由她们控制的人吗？她们在结婚的年纪，不可能明白这么多啊，他心里想着。他一想起自己以前有过与美国女人打交道的经历，就感觉到很高兴，因为这可是很迷人的啊。

“我们明天早上要去打野牛。”威尔逊对她说。

“我也要去。”她说道。

“算了，你还是不要去啦。”

“啊，不可以，我一定要去。我能去吗，弗朗西斯？”

“你为什么不好好待在营房里？”

“说什么也不可以。”她说道，“再怎么样我也不愿意错过今天这样的场面。”

她刚才离开的时候，威尔逊心里在想，她刚才离开去哭的时候，看上去就好像是一个顶好的女人。她看起来好像懂情理、识好歹，而且为他和她自己感觉到痛心，并且知道这到底是怎么回事。她去了有二十分钟的时间，这时候回来了，原来是去涂上了一层美国女人那种狠心的油彩。唉，她们全都是最该死的女人，的确是最该死的。

“我们明天为你单独表演一场。”弗朗西斯·麦康伯说道。

“你不要去。”威尔逊说道。

“你这话说得我怎么这么不爱听呢？”她对他说，“我多么想看见你再次的表演啊。今天早上，你真的很可爱，也就是说，假如把野兽的脑袋打得稀巴烂算是可爱的话。”

“我们吃午饭啦。”威尔逊说，“你看起来很高兴，是不是？”

“当然，我为什么要不高兴呢？我并不是到这里来找烦的啊。”

“唔，过得也不怎么烦。”威尔逊说道。他可以看到河里的那一些圆石以及河对面长着参天大树的高岸。他便想起了今天早晨。

“啊，一点儿也不烦。”她说，“真的很有趣。另外还有明天，你不知道我是多么地盼望明天啊。”

“他在给你上旋角羚羊肉。”威尔逊说道。

“它们跳起来的时候就像是兔子，模样儿就像是母牛的那种大玩意儿，对不对？我想你说的正是它们。”威尔逊说。

“味道真鲜！”麦康伯说。

“是你打到的吗，弗朗西斯？”她问。

“对啊，当然是我打到的。”

“它们没有危险性，对吗？”

“除非它们骑到你身上。”威尔逊对她说。

“我真的很高兴。”

“为什么不能把那股泼妇劲儿收敛一点呢，玛戈？”麦康伯一面说，一面在叉着羚羊肉片的弧形叉上加一点点土豆泥、肉汁和胡萝卜。

“我想我可以办到。”她说，“那是因为你把话说得这么好听。”

“今天晚上，我们要喝香槟酒，庆祝今天能够打到这头狮子。”威尔逊说道，“中午喝好像太热了一点吧。”

“啊，狮子！”玛戈说道，“我都快把它忘记啦！”

罗伯特·威尔逊暗自在心里想，原来，她是在故意刁难他，不是吗？不然的话，你认为她想要演一场好戏吗？一个女人发现了她的丈夫是个该死的胆小鬼，会做出什么举动来呢？她真是太狠心了，可是她们个个都是狠角色。她们控制着所有的一切，还要说：要控制吗？人有的时候就不得不狠心。但是，我对她们那套毒辣的手段都已经受够啦。

“再来一点羚羊肉。”他很有礼貌地对她说。

那天下午，时间已经很晚了，威尔逊和麦康伯带着那个开汽车的土人以及两个扛枪的人，坐着汽车出去了。麦康伯太太待在营房里面。这个时候出去太热了，她说道，明天一大早她和他们一块儿去。当汽车出发的时候，威尔逊看见她站在一棵大树的下面，身穿淡玫瑰红的卡其衫，她那副样子与其说她长得美，倒不如说她漂亮可能会更加合适，她的黑头发从脑门上朝后梳，最后绾成了一个髻，低低地垂在颈窝上，她的脸色看起来红润有光泽，他心里想着，就好像她在英国一样。她朝着他们挥手，这时候，汽车一路穿过了长着很高野草的洼地，拐了一个弯，穿过树林，慢慢开进了一座座长着果树的小山中间。

他们在果树丛中寻找到了一群羚羊，从汽车上下来，轻手轻脚地走近了一只老公羊，它那一对长角距离很远，足足隔开了两百码[①]。

麦康伯打了很漂亮的一枪，瞬间就把那只公羊撂倒了，吓得那群羚羊发疯似的向四处逃跑，它们全都蜷缩着腿一跳跳得老远，从别的羚羊背上跳过去，就好像是在水上漂一样，真的叫人难以置信，只有在梦中，估计人才会这么跳的。

“这一枪打得真好！”威尔逊说道，“它们是特别小的目标。”

“羚羊的脑袋真的值得要吗？”麦康伯问。

“那脑袋可是特别值钱，特别名贵的。”威尔逊对他说，“你枪法这么准，不要担心有什么麻烦啦。”

“你认为我们明天能找到野牛吗？”

“有的是好机会。它们一大清早起来吃东西。如果运气好，我们很有可能在原野上遇到它们的。”

“我想摆脱狮子的事。”麦康伯说道，“让妻子看见做出这样的事来，可不是怎么好啊。”

我反倒觉得，更不愉快的是无论妻子有没有看到，竟然做出了这样的事，或者是做了这种事还要谈，威尔逊心里想。可是他说：“我不会再去想这件事啦。无论是谁，第一次遇到狮子，都会感觉心慌的，这件事情就此结束吧。”

可是，那天夜晚，在篝火旁边吃完了晚饭，上床之前又喝了一杯威士忌苏打，弗朗西斯·麦康伯躺在罩着蚊帐的帆布床上，听着晚上喧闹声的时候，这件事还没有完全结束。它没有完全结束，也不是正在开始。它和发生的时候一样，的确是存在着，不仅没有被磨灭，而且有一些部分反倒是更突出了。他感觉羞愧极了。可是比羞愧更加厉害的是，他心中感觉到一种莫名的恐惧。这样的恐惧感依旧存在着，就好像是一个冷冰冰、黏糊糊的空洞，把他的自信心从身体里面完全排挤出去了，这让他感觉很难受。这种感觉依然在

① 英制长度单位，1码相当于现在的0.9144米。

他心里存在着。

这种情形是从昨天晚上开始的，那个时候他醒过来了，听见河的上游不知道什么地方有狮子的吼叫。吼声十分深沉，结尾有一点像咕噜咕噜的咳嗽声，听上去好像就在帐篷外边一样。弗朗西斯·麦康伯晚上醒来，听见这声音，他感觉有点害怕。他可以听见妻子平静的呼吸声，她睡着了。没有人能和他说话，也没有人能和他一块儿承担。他独自一个人躺着，不知道索马里有这样一句俗语：一个勇敢的人总会被狮子吓三次。第一次是看见它脚印的时候，第二次是听到了它吼叫的时候，第三次是初次面对它的时候。到了后来，在太阳出来之前，他们在帐篷里面借着马灯的亮光吃早餐时，那头狮子又吼了一声。弗朗西斯还以为它就在营房边上。

“听起来就像头老家伙。”罗伯特·威尔逊说道。

“它离得特别近吗？”

“在河上游差不多有一英里。”

“我们会见到它吗？”

“待会儿去看看吧。”

“它的吼叫声传得这样远吗？听起来似乎就在帐篷里。”

“声音传得特别远哪，”罗伯特·威尔逊说道，“它的吼叫传得这么远真是让人惊叹不已。但愿那是一头适合猎杀的畜生。手下人说，这附近可是有一头特别大的家伙呢。”

“如果开枪，我应当打它哪里——”麦康拍问道，“才可以把它打得动不了呢？”

“打它两个肩膀之间。”威尔逊说道，“打它的脖子，如果打得准的话。就朝着它的骨头里打，要一下子就把它直接撂倒最好了。”

“我希望我可以瞄得准。”麦康伯说道。

“你的枪法特别好。”威尔逊说，“一定要掌握时间。一定要瞄得准。第一颗打中的弹是最重要的。”

“要多远距离呢？”

“那说不上，还不如说距离多少得由狮子来决定。千万不要开枪，除非是它走得特别近，你可以更精确地瞄准。”

“还不到一百码吗？”麦康伯问。

威尔逊迅速地望了他一眼。

“一百码已经差不多啦，或许不得不在比这个距离更近一点的地方对付它。千万不要在大大超过这个距离的地方特别是没有把握就开枪，那样咱们可就惨了。一百码是个很适当的距离。这样一来，你想要打它哪里，就可以打中它哪里。你的太太过来了。”

“大家好！”她说，“我们现在去找那头狮子吗？”

“等你吃完了早饭之后。”威尔逊说道，“你感觉怎么样？”

“特别好啊！”她说道，“我现在可是很兴奋呢。”

“我正准备去看一下是不是什么东西都已经准备好了。”威尔逊走过去。他走了之后，狮子这时又在大声地吼叫了。

“真是一个不安静的家伙。”威尔逊说道，“等会儿我们就会让你吼不成的。”

“怎么回事，弗朗西斯？”他的妻子问他。

“没什么。”麦康伯说道。

“好了，不要瞒我！”她说，“你为什么感觉心烦？”

“没什么。”他说。

“跟我说！”她看着他，“你感觉很不好受吗？”

“就是那该死的吼叫声！”他说道，“它吵了整整一个晚上，我都没能休息好，你知道的。”

“那你为什么不叫醒我呢？”她说道，“我倒是喜欢听一听这声音。”

“我必须得去干掉那该死的畜生啊！”麦康伯可怜巴巴地说道。

“唔，你上这里来，就是为了做这个，是不是？”

“不是的，但是我神经紧张。一听见这畜生吼叫，我的神经就会不自觉地紧张起来。”

“那么，好吧，按照威尔逊说的去做，把它干掉，让它再也吼不成。”

“说得对，亲爱的！”弗朗西斯·麦康伯说道，“停一停倒很容易，是吗？”

“难道你不觉得害怕吗？”

“没觉得害怕。但是我听它吼了整整一个晚上，就是感觉神经有点紧张。”

“你会马上干掉它。”她说道，“我明白你会的。我真巴不得马上看到它哪。”

“等你吃完早饭，我们就出发。”

“天还没亮哪！”她说道，“这时候不合适。”

就在这时，那头狮子吼出一声发自胸腔深处的悲叹，突然之间变成了喉音，越来越高的振动性就好像使得整个空气中都在震颤一样，到了最后是一声叹息以及发自胸腔深处的、沉重的咕噜声。

“它听上去就好像在这儿一样。”麦康伯的妻子说道。

“我的上帝啊！”麦康伯说，“我讨厌这该死的叫声。”

“给人留下的印象很深刻。”

“印象很深刻？这简直就是可怕。”

就在这个时候，罗伯特·威尔逊带着他那支短短的、难看的、但枪口却大得吓人的505吉布斯走了过来，咧着嘴一直在大笑。

“赶快过来吧！”他说道，“你的扛枪人把你那支斯普林菲尔德和那支大枪全都带上了，每一样都在汽车里了。你这里有实心弹吗？”

“有的。”

“我已经准备好了。”麦康伯太太说。

“一定要阻止它乱吼乱叫。”威尔逊说，“你坐在前面。太太不如跟我一块儿坐在后边。”

他们上了汽车之后，在刚刚亮起来的灰蒙蒙的晨光当中，穿越了树林，朝着河上游驶去。麦康伯拉开枪栓，看了看金属铸的子弹，然后又推上枪栓。他看见他的手在一直不停地抖动。他把手伸进口袋去摸了一下那里的子弹，又摸了一下他短上衣胸前带圈里的子弹。汽车没有门，车身像一个盒子，他向后座望去，威尔逊和麦康伯太太就坐在那儿。他们两个都兴奋地笑着，紧接着威尔逊朝前探着身体，悄声说：“看，鸟儿都飞下去了。这也就是说，那个老家伙已经离开了被它咬死的那只野兽。”

麦康伯看到，在小河的对岸，在树梢的上空，有秃鹫在那里来回地盘旋着，突然间猛地一下子就垂直降落了。

“在它去睡觉之前，很可能会到这附近来喝水。”威尔逊悄声说，“注意观察。”

他们开车顺着高高的小河岸缓慢地朝前驶去，小河把它附近的圆石河床冲出一道道痕迹。汽车在那些大树当中弯弯曲曲地来回穿梭着。麦康伯正看着对岸，他突然感到威尔逊把他的胳膊抓住了。汽车停住了。

“它在那里！”麦康伯听到了低低的说话声，“就在右前方。下车过去，把它打倒。它是一头咆哮的狮子。”

麦康伯这时候看到了那头狮子。它差不多是侧身站着，那颗大脑袋在朝着他们扭过来，清晨的微风轻轻地吹动了它深色的鬃毛。这头狮子看上去身体很是庞大，在灰蒙蒙的晨光当中，站在岸边高地上。显露出来一个侧影，它的肩膀很浑厚，圆桶一样的庞大身躯看上去是那么的油光水滑。

“它离我们有多远？”麦康伯边问边举起枪。

“差不多七十五码，过去，打倒它。”

“为什么不让我在这里开枪。”

“你不能在汽车上开枪打。”他听见了威尔逊在他耳旁说，“下车过去，它不会一整天都待在那里。”

麦康伯从前面座位边半圆形的缺口里面跨出来，在踏板上站稳，接着跨到地面上。那头狮子依旧站着，大脑袋一会儿转向这边，一会儿转向那边。紧接着，它看着这辆车，并不觉得害怕，可是有这样一个东西面对着它，在走下河岸去喝水之前，他看着好像有点犹豫，当它看见一个人影儿那个东西中出来时，就扭过它那颗沉重的大脑袋，大摇大摆地朝着长树的地方走去，就在这时候，只听见砰的一声，它感到一颗30-06-220谷[①]的实心子弹打进了它的肋腹，而且把它的胃打穿了，使它忽然之间感到火烧一样的疼痛，猛

① 谷是英美最小的重量单位．等于64.8毫克。

然间感觉胃里有一种想呕吐的感觉。这时，只见它迈开大步，沉重地开始奔跑起来，因为肚子受到了重伤，身体有点摇晃，它从树丛中穿过，朝着高高的野草丛及隐蔽的地方跑去了。随后，又是砰的一响，从它身边擦过，撕裂了周围的空气。紧接着，又是砰的一响，它感到子弹打中了它的下肋，一直穿进去，嘴巴里面突然涌出热乎乎的、全是泡沫的血，它飞一样地朝着高高的野草丛跑过去，在那里它能藏着，不被别人看到，等他们带着那砰砰会响的东西走近的时候，只要够得上，它就能向带着那个东西的人扑过去，把他抓住。

麦康伯从汽车走下的时候，没有想到狮子会有什么样的感觉。他只知道自己的手在瑟瑟发抖，他从车上走下的时候，两条腿简直挪不动了。大腿僵直，他感到肌肉在慢慢颤动。他把枪举起来，瞄准狮子的脑袋及肩膀相连的地方，扳动机枪。虽然他自己感觉手指头都快要被板机弄破了，可是一点点声音也没有。紧接着，他才想起没拉保险，所以就只好又放下了枪，拉开保险，直僵僵地朝前迈了一步。那头狮子看到他的侧影从汽车的侧影里面显现出来，于是转过身，迈着大步走开了。当麦康伯开枪的时候，他听见砰的一响，这就是说，子弹打中了，可是那头狮子还在跑。麦康伯接着再开一枪，大家都看见了那颗子弹在小跑的狮子前面扬起一阵阵的尘土。他想起了应当枪口朝下瞄准目标，紧接着又开了一枪，他们都听到子弹又打中了。那头狮子飞一样地跑起来，在他推上枪栓之前，它迅速地钻进了高高的野草丛里边了。

麦康伯站在那里，胃里感觉很难受，他手里握着斯普林菲尔德枪，虽然依旧准备射击，但在那里哆嗦发抖，他的妻子以及罗伯特·威尔逊站在他身边。在他身边还有两个扛枪的人，在用瓦卡姆巴语①说着话。

“我打中它了。”麦康伯说道，“我打中了它两枪。”

“你把它的胃打中了，而且还打中了它前身的什么地方。”威尔逊随口说道。两个扛枪人看起来脸色十分阴沉，他们只是静静地

① 东非班图人的一种语言。

站在那里，一声不吭。

“你本来可以打死它的。”威尔逊继续说，“我们必须得待一会儿才可以进去找它。”

“你说这话是什么意思啊？”

“我们得等它不行了，才可以顺着它的血迹一路走过去找到它。”

“天啊！”麦康伯说。

“它真是一头呱呱叫的狮子。”威尔逊很兴奋地抱怨着，“但是它跑进了一个很糟糕的地方。”

“为什么说糟糕呢？”

“你要走到它身边才可以看见它。”

“啊！”麦康伯张着大嘴说。

“我们走吧！”威尔逊说道，“你太太可以坐在汽车里。我们去看看血迹。”

“待在这儿，玛戈。”麦康伯朝他的妻子说道。他的嘴巴很干，说话都感觉到有点困难。

“为什么呢？”

“威尔逊说的。”

“我们去看看！”威尔逊说道，“你待在这里，你在这里甚至能看得更加清楚。”

“那好吧。”

威尔逊用斯瓦希里语对驾驶员不知道说了什么。他点了点头，说：“是的，先生。”

紧接着，他们从陡峭的岸上向下走去，穿过了一条小河，在圆石上弯弯曲曲地朝上走，走到了对岸，一路抓着突出的树根开始向上爬去，一直爬到麦康伯开第一枪时那头狮子逃跑的地方。扛枪人用草茎指出青草地面上深红的血迹，血迹一直延伸到了河岸的树林里。

“我们现在应该怎么办？”麦康伯问。

“没有其他的办法。”威尔逊说，“我们没有办法把汽车弄过来。河岸实在是太陡了。现在我们只能等它变得僵硬一点时，然后再进去看看吧。”

“我们不能放火烧草吗？”麦康伯问。

“草实在是太湿了，根本点不着。”

“我们不可以派赶野兽的人去吗？”

威尔逊带着一种打量的眼光向他看着。“我们当然可以喽。”他说道，“但是这有一点点像叫人去送命的感觉。你看，我们明明知道这头狮子受了伤。你能够去撵一头没有受伤的狮子，它一听见闹声，就会朝前跑，但是一头受了伤的狮子就可能会追上来。而你看不见它，除非你走到了它的身边。它就会在平地趴着，把自己隐蔽在一个你无法发现的地方。而你会觉得那里连一只兔子也藏不了哪。你怎么可以派那些手下人到那里去冒这种险呢？一定会有人受伤的。”

“既然这样，扛枪的人怎么办呢？”

“啊，他们要和我们一起去。这是他们分内的事情。你看，他们订的合同上面很清楚地写着要做这件事情。但是他们看上去好像一副不太高兴的样子，是吗？”

“但是我并不愿意到那里去。”麦康伯说道。他自己还没有意识到，但是话早已经脱口而出了。

“我也不愿意去。”威尔逊十分干脆利索地说，“但是真的就没有别的办法了吗。”然后，他想起了一个办法，望了一眼麦康伯，忽然发现他正在那里瑟瑟发抖，脸上还露出一副可怜的样子。

“自然啦，你不一定去。”他说，“你明白的，雇我来就是为了做这种事情的，因此我的价钱才会这么的贵。”

“你的意思是说，你自己一个人进去吗？把它撂在那里难道就不可以吗？”

罗伯特·威尔逊的全部工作就是考虑狮子以及和狮子有关的问题。他始终没有想起麦康伯有什么不对劲儿的地方，只是注意到这个人有一点心惊肉跳，他突然感到好像自己在旅馆里面开错了一扇房门，看见了一件丑事似的。

“你说这话是什么意思？”

“把它撂下难道不可以吗？”

“你的意思是说，我们假装没有打中它吗？”

“不是的，仅仅只是撇下它不要去管。”

“这不可以。”

“为什么不可以？”

“那是因为，第一，它此时一定是很痛苦的；第二，别人很有可能会碰到它。”

“你的意思我明白了。”

“但是你不一定和它打交道。”

“我倒是喜欢和它打交道。”麦康伯说道，“我就是有一点点心慌，你知道的。”

“我们两个人进去，我走在前面。”威尔逊说道，“让康戈[①]佬在后面跟着。你待在我后边，靠边一点点。碰巧我们会听见它吼叫。我们如果看到的话，两个人就一块儿开枪。什么也不需要担心。我一定会给你撑腰的。实际上，你知道的，或许你不去会更好。为什么不过河去跟你太太待在一块儿，让我自己去了结这件事情呢？”

“不，我要去。”

“那么好吧。”威尔逊说道，“但是，你如果不想去的话，就不要跟着去了。你知道现在这是我分内的事情。”

“我一定要去。”麦康伯坚决地说。

他们一起坐在一棵树下面抽烟。

“现在你想要走回去，和你太太说一声吗？反正我们得等一段时间呢。”威尔逊问道。

“不需要。”

“既然这样，那么，我过去劝她耐心一点。”

“好的。”麦康伯说。他坐在那儿，胳肢窝里面在出汗，嘴巴很干，胃里面感到空洞洞的，不一会儿，威尔逊就回来了。“我把你的大枪带过来了。”他说道，“你拿着，我们已经让它等了很长

① 非洲班图人的一支，住在刚果南部。

一段时间了，走吧，去看看。”

麦康伯把那支大枪接过来。

威尔逊说：“走在我后边，差不多七至五码，我叫你怎么做你就怎么做，千万不要乱来。”紧接着他用斯瓦希里语同那两个扛枪人说话，他们脸色显得都很是严肃。

“我们走吧。”他说。

“我可以喝一点水吗？”麦康伯问。威尔逊跟那个皮带上挂着一个水壶、年纪稍大一点儿的扛枪人说了几句话，那人把水壶解下来，把盖子拧开，递给了麦康伯，他把水壶接过去，才发现水壶是那么的重。那个毡制水壶套摸起来毛乎乎的，很粗糙。他把水壶举起来喝水，看着前边高高的野草以及草丛后边平顶的树丛。阵阵微风向他们吹来，野草在风中轻轻地来回摆动着，仿佛在向他们挥手。他朝着那个扛枪人看了看，他看得出来扛枪人也正在经受着内心中的恐惧斗争。

草丛里面三十五码的地方，那头大狮子趴在地面上。它的耳朵朝着后边，它唯一的动作就是微微地上下摇动它那条长着黑毛的长尾巴。它来到这个隐蔽的地方，就打算拼个你死我活。圆滚滚的肚子被打穿的那处枪伤使它显得很是难受，穿透肺的那一处枪伤对它伤害很大，它现在每呼吸一次，嘴巴里面就冒出稀薄的、有泡沫的血，它变得越来越衰弱了。

它的两肋看起来湿漉漉、热乎乎的。苍蝇落在它那被子弹打伤的褐色皮毛伤口上。它那双黄色的大眼睛带着一种仇恨的表情眯成了一条缝，朝前望着，只有在呼吸时感觉到痛了才会眨一下眼睛。一双爪子刨进松软的干土。它浑身疼痛、难受，充满仇恨，它把浑身残余的体力都调动起来了，正准备发动突然袭击。它可以听到几个人正在说话。它等待着，积聚浑身的力量准备着，只等着那些人走到离它不远的草丛里，就拼命一搏。它听着他们说话，那条尾巴变得硬起来，上下摇动。当他们一走进草丛的边缘，它就发出一种咳嗽一样的咕噜，迅猛地扑了上去。

康戈人，就是那个上了年纪的扛枪人，在领头查看血迹。威尔逊观察到了草丛中的任何一点动静，他那支大枪随时准备着。另外的一个扛枪人眼睛朝前望，仔细听着。麦康伯走近了威尔逊，他那支枪随时准备着射击。他们刚刚跨进了草丛，麦康伯就听见被血哽住的咳嗽一样的咕噜，接着就看见草丛里好像有什么东西朝他扑出来。接下来，他逃脱了，发疯一样地，慌慌张张地逃到了空地上，朝着小河边狼狈地窜去。

他听见威尔逊的大枪咔啦一声——轰！然后又是一声响得震耳的咔啦声——轰！他转过身，看见了那头狮子，这时它那副样子真是恐怖极了，半个脑袋差不多已经没有了，朝着站在高高草丛边缘的威尔逊慢悠悠地爬了过去。那个红脸汉呢，推上他那支十分难看的短枪枪栓，认真地在瞄准，紧接着枪口里面又发出一下震耳的咔啦声——轰，那只拖着沉重、庞大的黄身子缓慢向前爬的狮子不动了，那颗巨大的、残缺不全的脑袋朝前倒了下去。麦康伯独自一人站在他刚刚跑到的空地上，手里拿着一支装满了子弹的枪。有两个黑人和一个白人轻蔑地转过头看了他一眼，他清楚狮子已经死了。他朝着威尔逊走了过去，他的高个头儿似乎对他也是一种赤裸裸的谴责，威尔逊看着他，说道：

“要照相吗？”

“不要。”他说道。

他们只说了这两句话，一直走到汽车前面。紧接着，威尔逊说道：

“一头呱呱叫的狮子。手下人一定会把它的皮剥下来。我们还是待在这阴凉的地方比较舒服。”

麦康伯的妻子并没有看他，他也没望她。他坐在后边的座位上，挨着他的妻子。威尔逊呢，坐在前边的座位上。有一次，他把手伸出去，把妻子的一只手紧紧地握住，眼睛没有朝她望，她把手从他的手心里抽了出来认真地看着。河对岸扛枪人剥狮子皮的地方，他知道，她是看得到事情的全部经过的。他们坐在那里，他的妻子朝前凑过去，把手放在威尔逊的肩膀上面。他把头转过来，她从低矮的座位上向前探出身体，然后亲了一下他的嘴。

“唷，哎呀。”威尔逊此时叫道，他那张天然的红脸瞬间变得

更红了。

“罗伯特·威尔逊先生。”她说道，“英俊的红脸蛋罗伯特·威尔逊先生。”

紧接着她又在麦康伯身边慢慢地坐了下来，扭头看着对岸狮子躺着的地方，它的两条前腿朝天伸着，皮早已经被剥掉了，露出雪白的肌肉以及腱子瓣儿，还有鼓起来的白肚子，黑人们正在刮皮上的肉。扛枪人最后带着又湿又沉的狮子皮走了过来，在上车之前把皮卷好，爬上车之后把皮拉上来，汽车开了。路上没有一个人说话，他们就这样一路回到了营房。

以上这些就是狮子的故事。麦康伯并不清楚，那头狮子在发动袭击之前有什么感觉，也不明白，当它向我们袭击时，有一颗每小时两百英里的505子弹以难以置信的速度打在它的嘴巴上面那时候，它有什么样的感觉，更不清楚，到后来，它挨了第二下十分厉害的打击后，后半身早就已经被打坏，还朝着那个发出砰砰的爆炸声，并且把它毁了的东西爬去，那究竟是一种什么样的力量在支撑着它这么做。威尔逊倒是知道一点点，他只用了一句话来表达：“呱呱叫的狮子。”可是麦康伯也不明白，威尔逊对这些事情有什么样的看法和感受。他更不清楚，他的妻子有什么样的感觉，只是知道她和他闹翻了。

他的妻子之前也和他闹翻过，可是从来没有闹得不可收拾。他十分有钱，并且还会更有钱，他知道的，现在她也不会离开他。这是他真正明白的几件事情当中的一件。他知道这件事情，知道摩托车——这是一件最早的事情——知道打野鸭，知道钓鱼，鳟鱼啊、鲑鱼啊、大海鱼啊，知道书上的性爱故事，许多书，太多的书，知道所有的球类运动，知道狗，知道汽车，不怎么知道马，知道紧紧抓着他的钱不放手，知道他那个圈子里面的人干的许多事情，还知道他的妻子一定不会离开他。

他的妻子到现在仍然是一位大美人儿，她在非洲也一样是一位大美人儿，可是在美国，假如她想离开他，想要过更阔气的日子，她这一位大美人却再也不够美了。她明白这个情况，他也知道的。

她已经错过了这次离开他的机会，他知道的。假如他和女人打交道更加有办法，她可能会开始担忧，担心他另外娶一个漂亮贤惠的妻子，可是她对他了解得也太清楚了，根本用不着为这件事情担心。而且，他宽宏大量，如果说，这并不是他的致命弱点，那么，好像就是他最大的优点了。

总而言之，他们俩在别人眼里是一对比较幸福的夫妻，他们属于虽然常常谣传要散伙，可是从来没有实现的那种类型的夫妻。就好像有一个社交生活专栏的作者所写的一样，他们需要给自己十分受人羡慕及一直经得起考验的爱情添上一层惊险的色彩，他们才到被称作是最黑暗的非洲的一个地方来打猎。他们一定不会分离的，他们彼此拥有着健全的结合基础。玛戈长得实在是太漂亮了，麦康伯也舍不得与她离婚；麦康伯太富有了，玛戈也不愿意离开他。

弗朗西斯·麦康伯不去想那头狮子，睡过一段时间，醒了一会儿，然后又睡着了，差不多到了清晨三点钟左右，他在梦里面忽然之间被那头脑袋血淋淋、站在他跟前的狮子吓醒了，心怦怦乱跳，小心听着，发现他的妻子不在帐篷里另外的一张帆布床上。他躺在床上，躺了两个小时，还是放不下这件事。

两个小时之后，他的妻子走进了帐篷，把蚊帐撩起来，舒舒服服地爬上了床。

“你上哪去了？”麦康伯在黑暗中间。

“你醒了吗？”

“你到哪儿去了？”

“我出去呼吸一下新鲜空气。”

“都是你干的好事，真是该死。”

“你想要我说什么呢，亲爱的？”

“你到哪儿去了？”

“我们出去呼吸一下新鲜空气。”

“这反倒是这种事情的一种新鲜称呼。你是一条骚母狗。”

“唔，你真的是个胆小鬼。”

“就当作是吧！”他说，“又有什么关系呢？”

“对我来说，没什么。但是请不要跟我说话，亲爱的，因为我很困。”

“你觉得我什么都可以忍受？”

“我知道你会的，亲爱的。”

“嘿，我接受不了。”

“亲爱的，请不要跟我说话。我现在实在是太困了。”

“不可以再做这种事情啦。你答应过不做了的。”

“唔，现在又做了。”她柔情蜜意地说着。

“你说过的，如果这次出来旅行的话，绝对不会有这样的事情。你答应过的。”

“很对，亲爱的。我是这样说过的。但是，这次旅行在昨天已经被毁了，我们不需要谈它吧，好不好？”

“你只要有机可乘，真的是一刻也不能等啊，对不对？”

“请不要跟我说啦，我实在是太困了，可不可以让我睡觉，亲爱的。”

“我要说。”

“那么，不要缠我，因为我就快要睡着了。”紧接着，她的确睡着了。

还没天亮，他们三个人就坐在桌子旁边吃起了早饭，弗朗西斯·麦康伯意识到，在他憎恨的很多人当中，他最最憎恨的就是罗伯特·威尔逊了。

“睡得好吗？”威尔逊一面在烟斗里装烟丝，一面用喉音问。

“你睡得好不好？”

“真是好极啦。”这个白种猎人对他说。

你这个畜生，麦康伯心里暗暗地骂着，你这个神气活现的畜生。

原来她进去的时候把他吵醒了，威尔逊心里想，用一种没有表情的、冷静的目光看着他们两人。唔，他为什么不让他的妻子待在她应当待的地方呢？他把我当成什么了，一个应该死的石膏圣徒像吗？谁叫他不让她待在她应当待的地方呢？这是他自己所造成的。

“你觉得我们找得到野牛吗？”玛戈一面问，一面用手推开一盆杏。

“碰巧能遇上。”威尔逊微笑着说，“你为什么不待在营房里呢？”

“我才不要呢。”她对他说。

“为什么不吩咐她待在营房里？”威尔逊对麦康伯说着。

“你跟她说。”麦康伯冷淡地说。

“我们不要什么吩咐。”玛戈把脸转过去，十分高兴地对麦康伯说道，“而且也不要呆头呆脑，弗朗西斯。”

“你做好出发的准备了吗？”麦康伯问道。

“时刻准备着。”威尔逊告诉他，“你让你太太去吗？”

“我让不让她去有什么不一样吗？”

真是糟糕，罗伯特·威尔逊心里想。真的是一团糟。唉，真没想到到头来事情会闹成这个样子。

“没有什么不一样的。”他说。

“你可以肯定，你不喜欢和她一块儿待在营房里，只让我出去打野牛吗？”麦康伯问道。

“不可以！”威尔逊说道，“如果我是你的话，我就不会这么胡说。”

“我没有胡说，我感觉到了厌恶。”

“厌恶，这词听起来不太好吧。”

“弗朗西斯，请你说话尽量地通情达理一点，好吗？”他的妻子有点生气地说道。

“我说话真他妈的实在是太通情达理啦！”麦康伯说，“你吃过如此脏的东西吗？”

“我吃的东西有什么不对劲儿吗？”威尔逊沉着地问。

“也说不上来。”

“我会让你安心的，小伙子。”威尔逊十分沉着冷静地说道，“桌子旁边侍候吃饭的仆人有一个懂一点英语。”

“让他见鬼去吧。”

威尔逊这时站了起来，一面抽烟斗，一面踱过去，用斯瓦希里语对着一个站着等他的扛枪人说话。麦康伯和他的妻子坐在桌子旁边。他一直看着他的咖啡杯。

“你如果大吵大闹，我就会离开你，亲爱的。”玛戈沉着冷静地说。

“不，你不会的。”

“你不妨试一试，试一试就会知道的。”

“你一定不会离开我的。”

“是的。”她说，“我是不会离开你的，但是你得规矩点。”

“我规矩一点？这话说得真好。我规矩一点。”

“可不是吗，你规矩一点。”

“你为什么不试着让你自己规矩一点呢？”

“我试了这么久啦，已经好久好久啦。”

“我不喜欢那个红脸畜生。”麦康伯说道，“我一看到他的人影我就有一肚子火气。”

“他确实很可爱。”

“啊，不要再说啦。”麦康伯差不多已经叫嚷起来。这时候，汽车开了过来，停在就餐帐篷前面，驾驶员跟两个扛枪人这时候下车了。威尔逊走了过来，一直看着坐在桌旁的那对夫妻。

“出去打猎吗？”他问。

“嗯，去！”麦康伯一面说，一面站起身来，“要去的。”

“最好等会儿带一件毛衣，在开车时有凉风会比较冷的。”威尔逊说道。

“我会把皮衣穿上的。”玛戈说道。

“那个仆人取来了。”威尔逊对她说。他上车了，坐在驾驶员身边。弗朗西斯·麦康伯跟他的妻子一声不吭地坐在后边的座位上。

但愿这个蠢货没有想到在背后把我的脑袋打烂，威尔逊在心中暗自想着。有女人跟在打猎队里真的是件麻烦的事情。

在灰蒙蒙的晨光当中，汽车吱吱嘎嘎地往下开着，从一个满是卵石的浅滩上面渡过河，紧接着朝上开，盘上了陡岸，威尔逊前一天就已经吩咐过在那里开出一条路，因此他们能够开到对岸这个像猎苑一样长着树的、地形起伏的地方来。

真是一个美好的早晨，威尔逊心里想。露水特别重，汽车轮在野草以及矮树丛上滚过去的时候，他可以嗅到碾碎了的蕨薇的气味，就像是马鞭草的味道。汽车从这片没有人烟的、猎苑一样的地方开了过去，他喜爱这种清晨的露水气味、碾碎了的蕨薇气味以及在清晨的雾中显得黑黑的树干。他现在不再去想后边座位上的那两口子了，而是在想野牛了。他找的野牛白天待在尽是泥浆的沼泽里，在那儿是不可能打到的，可是在晚上它们就会在这附近的空地上找东西吃。如果他可以用车把它们从沼泽地里撵开的话，麦康伯就会有一个好时机在空旷的地方把它们打到。他不希望和麦康伯在树荫稠密的隐蔽地方打野牛。他根本不愿意和麦康伯一块儿打野牛或者是其他的野兽，但是他是一个职业猎人，他这辈子已经同一些难得遇到的人在一块儿打过猎了。假如今天他们打到了野牛，那么就只差犀牛了。这样一来，这个可怜的家伙就会结束他的危险游戏，事情就会好办了。他就不会再跟那个女人打什么交道，而麦康伯呢，也会把这件事情忘掉。看起来，他之前一定经受过很多回这样的事情。真是可怜的家伙啊。他绝对有办法忘记它。唉，这可以说是这个可怜的猪头自作自受吧。

他，罗伯特·威尔逊，带着一张双人帆布床来到打猎队，用来应付他有可能碰到的艳遇。他之前陪过很多顾客打猎，那是一些生活放荡、花天酒地的外国人，那一伙当中的女人假如不和这个白种猎人在帆布床上睡觉，就觉得她们花的钱不值得。他同她们分手之后，就开始看不起她们，虽然她们中间有几个他那时候还比较喜欢，但是他是靠这种人吃饭的。凡是他们雇了他，那么他们的标准就是他的标准。

在所有的方面，他们的标准正是他的标准，但是枪法却并不包含在内。关于打猎，他有他自己的一套标准。他们如果不遵守这些标准，就只能够再另外雇人去陪他们打猎。他也知道，他们都是因为他的这种态度才尊重他。但是，这个麦康伯是一个古怪的家伙。他不责怪才见鬼哪。而且，他的妻子，唔，这个妻子，对啊，就是这个妻子。好了，他早就已经把这所有的一切都撇开了。他望了他们一眼。麦康伯一个人静静地坐着，绷起了脸，看起来一副气冲冲的模样。而玛戈呢，朝着他微笑着。她今天看上去似乎更年轻、更天真、更娇嫩，并不像平时显得那样做作。她心中到底在想什么，只有天知道，威尔逊心里暗自想着。昨天晚上，她说话并不多。想到了这件事情，看到她就开心。

汽车爬上了一个坦坡，一路上穿过了树林，接着开进一大片像是草原一样的空地，顺着空地边缘，在树荫下面行驶着，驾驶员这时开始放慢速度，威尔逊认真地察看着这片草原以及它最远的边缘。他叫停车，用双筒望远镜观察着这片空地。紧接着他向驾驶员示意接着开车向前走，汽车缓慢地开起来，驾驶员避开了一个又一个的疣猪洞，绕过了一座座蚁山①。穿过空地望过去，威尔逊忽然转过脸来，说道：

“我的上帝啊，看到它们了，它们在那儿哪！”

汽车快速地向前驶去，威尔逊用斯瓦希里语快速对驾驶员说着什么，麦康伯朝着他指的地方看去，他看见了三头庞大的黑野兽，它们显得是那样的又长又笨，差不多像是圆柱形的模样，就好像是黑色的大油灌车，在飞快地穿过开阔草原的另外一头边缘。它们迅速地跑着，脖子上面是直僵僵的，身子也是硬邦邦的。飞奔的时候它们把脑袋都伸了出来。他能看到它们脑袋上那一对朝上翘的、宽阔的黑犄角，它们的脑袋在脖子上稳稳地，一动不动。

“那就是三头老公牛。”威尔逊说道，“我们必须得切断它们的去路，不能让它们跑到沼泽。”

汽车以每小时四十五英里的速度疯狂地穿过空地。麦康伯仔细地看着，野牛变得越来越大了，他终于看清了一头庞大的公牛，那灰色的、没有毛而且还长满痂癣的躯体，它的脖子正是肩膀的一部

① 非洲的蚂蚁能借一段枯树桩作柴架，用土粒堆起几丈高的土山。

分，另外还有闪闪发亮的黑犄角，它跑在另外两头后边一点点，它们迈着固定不变的步子，排成一列朝前跑去。紧接着，汽车摇晃了一下，就像跳过一条路一样。他们就快要赶上了。他能看见那头公牛庞大的身子朝前冲着和那稀稀拉拉长着毛的牛皮上的尘土、宽阔的犄角以及硕大的鼻子。他正准备举起枪，威尔逊这时喊了起来："不要在车上，你这个蠢货！"他并不觉得害怕，只是有点恨威尔逊。就在这时，他听到了刹车声，汽车这时候还在滑动，吱吱嘎嘎地朝着一边斜过去，没有停稳，威尔逊从一边下车，他从另外的一边下车，他的脚就好像是踩在移动的地面上，打了一个趔趄。紧接着，他朝那头正在用一种不变姿态奔跑的野牛开枪，听见了一颗颗子弹砰砰地打进它身子的声音，他把枪膛里面的子弹全部都打光了，到了最后记起了必须要从它前边的肩膀中间打进去才行。他笨手笨脚地把子弹装了上去，却看见那条野牛已经倒下去了。它跪在地上，那颗大脑袋朝后仰着。另外两头野牛依旧在飞快地奔跑着，他朝着带头的那个开了一枪，打中它了。他又开了一枪，却没有打中，只听到咔啦——轰的一响，威尔逊这时候直接开枪了，接着他看见了那头领头的野牛朝前倒了下来，鼻子碰到了地面上。

"把另外的一头撂倒。"威尔逊说，"嘿，你赶快开枪啊！"

那头野牛正在用一种不变的步子迅速地跑着，他并没有打中，子弹这时候扬起一阵尘土，威尔逊也没有打中，尘土像云雾一样迅速升起来，接着威尔逊喊到："来吧，它实在是太远啦！"说完，他抓住了他的胳膊。他们又上了汽车，麦康伯跟威尔逊站在汽车两边的踏板上，在高低不平的路面上摇摇晃晃地飞驰，靠近了那头用固定不变的步子、脖子直挺挺、一直朝前狂奔的野牛。

他们赶到了它的后边，麦康伯正在那里装着子弹，子弹壳卸到了地面上，可是万万没有料到的是枪在此时卡住了，他把所有的故障都排除了，就在这时候，眼看着他们就快要赶上那头野牛了，威尔逊喊道："快停车。"尽管已经刹车，汽车依旧还在滑动，差一点儿翻倒了。麦康伯从车上跳了下来，总算是站住了脚。他迅猛地一推枪栓，尽量地朝前瞄准那头飞跑着的、身子圆滚滚的野牛黑背，迅猛地开了一枪，而且又瞄准开了一枪，接着又是一枪，每一颗子弹都打中了它的身体，可是他看不出来对那头野牛有什么影响。接着，威尔逊开枪了，声音震耳欲聋，他看见那头野牛脚步开始摇晃了。麦康伯认真瞄准，又接着开了一枪，然后，它一下子倒了下来，跪在了地面上。

“好的！”威尔逊说，“干得好，一共三头。”

麦康伯像是喝醉了酒一样兴高采烈。

“你一共开了几枪？”他问。

“只有三枪，”威尔逊说道，“你打死了第一头公牛，就是最大的那头。我帮着你干掉了那两头。担心它们很有可能逃进隐蔽的地方。就是你打死它们的，我仅仅只是帮着补了几枪而已。你打得真是太棒了。”

“我们一起上汽车吧。”麦康伯说道，“我需要喝点酒。”

“先把那头公牛干掉。”威尔逊对他说。那头牛跪在地上，怒气冲天，可是又无能为力，只是扭动了一下它的脑袋，当他们走近它的时候，它瞪着那双凹下去的小眼睛，愤怒地大声吼叫。

“注意，不要让它站起来。”威尔逊说道。紧接着，他又继续说，“站在侧面，打中它的脖子，也就是耳朵后边的那个部位。”

麦康伯认真地瞄准它那巨大的、被狂怒折磨得不停扭动的脖子的正中心，然后就直接开了一枪。枪声一响，脑袋就一下子耷拉下来了。

“打得真好！”威尔逊说道，“把脊骨打中了，它们长得挺好看的，是不是？”

“我们去喝点酒。”麦康伯说。他这辈子从来没有感觉到这样痛快过。

麦康伯的妻子坐在汽车里面，脸色变得煞白。“你做得真出色，亲爱的。”她跟麦康伯说，“汽车开得真是惊险。”

“颠得很厉害吗？”威尔逊问。

“真恐怖，我这辈子从来都没有受过这样的惊吓。”

“我们都来喝点儿酒吧。”麦康伯说。

“太好了！”威尔逊说，“先给你太太喝点儿。”她把酒瓶接了过去喝了一口威士忌，咽下去的时候，打了一个冷战。接着她就把酒瓶交给了麦康伯，他又随手递给了威尔逊。

“真是刺激得吓人。”她说道，“它折腾得我头疼得都快要裂开了，但是不知道你们为什么不从汽车上朝它们开枪呢？”

“没有人从汽车上开枪。”威尔逊很冷静地说，“坐着汽车撵它们呢。”

“这并不合规矩。”威尔逊说道，“但是我们这样撵的时候，我反倒是觉得符合运动道德的。坐车越过旷野上所有的一切障碍和其他碍手碍脚的东西打猎比步行冒的风险更大一点儿。我们每一次开枪的时候，野牛如果想向我们进攻也可以吗。每一次都给它机会。但是不要跟任何人提及这件事情，这并不是合法的，如果你想要搞清楚的话。”

“在我看来，这似乎是不公平的。”玛戈说道，“坐着汽车去撵那些走投无路的大牲口。”

“是不是？”威尔逊说。

“如果他们在内罗毕听到这样的情况，又会出什么事情呢？”

“第一，我的执照可能会被吊销；第二，会闹得不愉快的。”威尔逊说道，把扁酒瓶举起来喝了一口，“我可能就会面临着失业。”

“这是真的吗？”

“确实是真的。”

“嘿！”麦康伯说道，这是他这一天中第一次微笑，“她这时候抓住你一个把柄啦。”

“你的口才倒真的厉害，弗朗西斯。”玛戈说道。威尔逊看着他们两个人。假如一个下流胚娶了一个骚母狗一样的女人，他心里在想，他们生的孩子那该会是多么的下贱？他嘴巴里说的却是，“我们丢了一个扛枪人，你们注意到了吗？”

“我的上帝啊，没有啊。”麦康伯说道。

“他来了的。”威尔逊说道，“他不会有事的。他一定是在我们离开第一头牛的地方摔下去的。”

那个中年扛枪人一瘸一拐地走近了他们，他戴着一顶编织帽，身着卡其布短上衣、短裤以及橡胶凉鞋，脸色看起来有点阴沉，神情十分可怕。他走过来，用斯瓦希里语对威尔逊大声说话，他们看见那个白种猎人脸上的表情一下子变了。

“他说什么？”玛戈问。

“他说第一头牛站了起来，走到灌木丛中去了。”威尔逊说道，声音当中没有带任何感情色彩。

“啊？”麦康伯轻轻地说。

“照这样说，要像对待狮子那样了？”玛戈满怀期望地说道。

“一点儿也不能像对待狮子那样。”威尔逊对他说，“你还要喝一点儿吗，麦康伯？”

“好吧，谢谢。”麦康伯说道。他本来想自己会有害怕的感觉，但是没想到却一点儿也没有。他这辈子第一次完全没有害怕的感觉。他不仅觉得不害怕，反而明显地感觉到兴致勃勃。

“我们去看看第二头公牛吧。”威尔逊说道，“我必须通知驾驶员把车停在树荫下。”

“你们去做什么？”玛格丽特·麦康伯问道。

“我们去看野牛。”威尔逊说。

“我也要去。”

“那我们走吧。”

他们三个人走到第二头野牛躺着的空地上，它看起来显得黑黢黢的，身躯很庞大，脑袋耷拉在野草上，那对大犄角距离有点远。

“这头野牛的脑袋很好。”威尔逊说道，“两支角中间最大的距离差不多有五十英寸。”

麦康伯开心地望着它。

“它太难看了。”玛戈说，“我们不能到树荫下面去吗？”

“当然可以了。”威尔逊说，“看！”他用手指着对面的麦康伯说："看见那片灌木丛了吗？"

"我看见了。"

"那就是第一头牛走过去的地方。扛枪人说道，他摔下来的时候，那头牛是躺着的。他看见我们拼命地撵，那两头牛迅速地跑。他抬眼一望，那头牛站了起来，朝他望去。扛枪人这时候吓得浑身颤抖，拼了命地往前跑着。那头牛慢悠悠地走进了灌木丛。"

"我们现在可以进去撵它吗？"麦康伯热切地问。

威尔逊用怀疑的目光看了看他。鬼才知道他是不是个奇怪的家伙，威尔逊心里不断地思索着。昨天，他被吓成那样，今天，他变成了一个天不怕、地不怕的人。

"不行，我们得让它再待一段时间。"

"那我们到树荫底下去，好不好？"玛戈说。她脸色看起来很是苍白，神情也显得十分憔悴。

他们来到了一棵孤零零的、枝叶茂盛的树底下，汽车就停在那儿，然后他们上了车。

"它很有可能已经死在那里了。"威尔逊说，"过一会儿，我们去瞧瞧吧。"

麦康伯感到了一种他从来没有过的，抑制不住的并且莫名其妙的快活。

"我的上帝啊，那才算是一场真正的追猎。"他说道，"我以前从来没有过这样的感觉。难道那不是难得的精彩吗？"

"我不喜欢它。"

"为什么呢？"

"我不喜欢它。"她咬牙切齿地狠狠说道，"我甚至很讨厌它。"

"我想无论是什么东西，我再也不害怕了。"麦康伯朝着威尔逊说，"我们一看见野牛，就开始撵它，我的心中就发生了变化，就像是堤坝决口一样，感觉特别的刺激。"

"胆子也一下子就变大了。"威尔逊说道，"什么奇怪的变化都有可能会发生的。"

麦康伯脸上闪闪发亮。“你知道的，我发生了一些变化。”他说道，“我感觉完全不一样。”

他的妻子一言不发，神情古怪地盯着他。她紧紧地靠在座位上。而麦康伯呢，探出身子坐着，在和威尔逊说话。威尔逊依靠在座位背上，把头转过来开始和他说着话。

“我想要再试一下，打一头狮子。”麦康伯说道，“我现在确实已经不怕它们了。说到底，它们又能把你怎么样呢？”

“说得很对。”威尔逊说道，“人最狠的地方就是能要你的命。这话是谁说的呢？是莎士比亚说的。说得实在是太好啦。不知道我还能不能把这段话背下来啊，简直说得是太好啦。有一段时期，我常常对自己引用这几句话。我们不妨听一听。‘说实话，我一点儿也不在乎。人只可以死一回，我们都欠上帝一条命。无论如何，反正今年死了的明年就不会再死了’①。说得真精彩，呃？”

他说出了支撑他生命的观点，感觉有点不好意思，可是他之前也曾看到过男子突然长大成人的事，总会让他难免会有些感动。这和他们的二十一岁生日毫不相干。

仅仅只靠一次偶然的、奇怪的打猎，一次手忙脚乱的突然行动，麦康伯现在终于长大成人了，可是无论发生了什么样的变化，反正没有任何疑问，变化就已经发生了。现在这个家伙，威尔逊心里想。实际上，他们有些人在很长一段时间里始终就是一个孩子，有的时候，他们一辈子都是。到了五十岁，他们依旧是有孩子气的人。地道的孩子气的美国人，真是奇怪得要命。

可是现在他喜爱这个麦康伯了，真是奇怪得要命的家伙。他可能不会再当王八啦。嘿，这可真是一件好得要命的事情。这家伙很有可能害怕了一辈子，不明白到底是什么引起的，可是现在都已经过去了。刚才是因为没有时间去担心野牛。就是这么回事，另外加上那时还在发火。汽车也同时起了作用，汽车打破了拘束的气氛。现在变成一个天不怕、地不怕的人啦。他在战争当中也看见过相同

① 这段话引自莎士比亚的《亨利四世》下篇，第三幕第二场。

的情形。甚至比丧失童贞变化要大得多。害怕突然之间就这么凭空消失了，就好像动手术割除了一样。另外的东西长出来，把它代替了。无所畏惧是作为成熟男人的一种标志。有了这个东西，他就变成了一个真正的男子汉。

玛格丽特·麦康伯缩在座位的角落里面，看着他们两个人。威尔逊没有任何的变化。她望着威尔逊，他就和她昨天看见他的时候一模一样，那时候她第一次发现他的本领有多么的大。可是她现在看见了弗朗西斯·麦康伯身上慢慢发生了变化。

“你对就要去做的事情感觉高兴吗？”麦康伯问道，他依旧在兴奋地说着他宝贵的新发现。

“你不应当提起它的。”威尔逊说道，“还不如说，你感觉到心慌，这样说要时髦很多。请你注意，你还是会心慌的，并且还要慌好多次哪。”

“但是你对于将要采取的行动有一种快乐的感觉吗？”

“有的。”威尔逊说，“说得很对。但是请你不要反反复复地把这事说得没完没了。说得太多就会变成扯淡。无论什么事情，你如果唠唠叨叨地说个不停的话，就不会有什么乐趣了。”

“你们两个说的全都是废话。”玛戈说，“你们只是坐着汽车去撵了几头走投无路的野兽，但是你们说起来就好像是英雄好汉的事迹一样。”

“真是对不起。”威尔逊说，“我空话说得实在是太多了。”她已经开始担心这样的情况了，他想。

“如果你不懂我们在说什么，你为什么还要插嘴呢？”麦康伯问他的妻子。

“你已经变得很勇敢了，真的。”他的妻子轻蔑地回答，可是她的轻蔑是没有把握的。她特别害怕一件事情。麦康伯这时候哈哈大笑起来，这是十分自然的衷心大笑。“你知道我在慢慢改变了。”他说，“我是真的变了。”

“是不是迟了一点呢？”玛戈沉痛地说。因为很多年以来她是尽了最大努力的，现在他们两个人的关系变成了这个样子并不是一个人的错。

“对我而言，一点儿也不迟。”麦康伯说。

玛戈一言不发，靠在座位的角落里。

“你不觉得我们已经让它待了足够长的时间了吗？”麦康伯高兴地问威尔逊。

“我们可以去瞧一下了。”威尔逊说道，“你还有子弹吗？”

“扛枪人那里还有一些。”

威尔逊用斯瓦希里语喊了一声，这时，只见远处正在给一头野牛脑袋剥皮的、上了年纪的扛枪人站了起来，从口袋里面掏出了一盒子弹，走了过来递给麦康伯，他在枪的子弹仓里装满了子弹，把剩下的放进了自己的口袋里。

“我觉得你还是用斯普林菲尔德射击的好。”威尔逊说，“你已经用习惯了。我们把曼利切留在汽车上，留给你太太。扛枪人带着你那支大枪。我用这支该死的火铳。我来给你说一说野牛。”他把这些话留到最后才说，那是因为他不想使麦康伯担心。

“野牛跑过来的时候，总是脑袋抬得老高，笔直地冲过来，它长犄角的那块儿突出部分保护着它的脑子，那里是打不进去的，子弹只可以从它的鼻子里直接打进去。除此之外，子弹还可以从它的胸脯打进去，如果在侧面的话，就直接打它的脖子或者是肩膀中间的部分。它们被打中一次之后，想要干掉它们可是很费事的。不要异想天开地试着用什么花点子。朝着最有把握的部位开枪就行了。他们已经把那头牛脑袋的皮剥下来了。我们出发吧。”

他开始招呼那两个扛枪的人，他们擦了一下手，走了过来，那个年纪比较大的人上了车。

“我只带康戈佬。”威尔逊说，“另外的一个留在这里赶鸟儿。”

汽车慢慢地跑在这块空地上，朝着那个小岛一样的灌木丛开去，那是一片长满簇叶的狭长地带，顺着洼地的干涸河道延伸了过去。麦康伯一路上感觉自己的心一直在怦怦直跳。他的嘴巴又觉得干了，但是这是兴奋的感觉，并不是害怕的感觉。

“它就是从这里进去的。”威尔逊说道，紧接着用斯瓦希里语对扛枪人说，“我们去寻找一下血迹。”

汽车刚同那片灌木丛平行时，麦康伯、威尔逊以及那个扛枪的人就下了车。麦康伯回过头一看，只看见他的妻子身边摆着一支枪，正在望着他。他朝着她挥了挥手，她却没有回应。

前边灌木丛里面的树叶长得密密麻麻，地面是干的。那个中年扛枪的人浑身都是汗水。威尔逊把他的帽子压到了眼睛上面，他的红脖子就在麦康伯的前面。那个扛枪人忽然用斯瓦希里语对威尔逊说了几句话，然后就迅速往前跑了过去。

“它已经死在那里啦。”威尔逊说道，“干得好。”紧接着他转过身子，一把抓住麦康伯的手，他们一面握手，一面互相望着，哈哈大笑起来，就在这时，那个扛枪人发疯一样地叫起来。他们看到他斜着身子从灌木丛里面跑了出来，看他惊慌失措的样子，跑得比兔子都快，然后就看见那头公牛从他的身后追了出来，嘴巴紧闭着，鲜血淋淋，巨大的脑袋笔直向前顶着，突然一下子猛冲过来。它看着他们，那一双凹下去的小眼睛里布满了血丝，威尔逊就在前面，跪在地面上开枪，而麦康伯呢，根本就没有听见自己的枪声，因为威尔逊那支枪的响声太大了，只看到那长犄角的突出部分迸发出瓦块一样的碎片，野牛脑袋朝后一仰，他瞄准它的鼻子眼又紧接着开了一枪，只见一双犄角又迅猛地晃了一下，碎片一下子就出来了。他现在已经看不到威尔逊了。那头野牛庞大的身子眼看着就要扑到他身上，他仔细地瞄准，接着又开了一枪。他的枪几乎和那颗冲上来的牛脑袋一样高低了。他可以看见那双恶狠狠的小眼睛，紧接着那颗脑袋就开始慢慢耷拉下来。他感觉到突然有一道白热的、亮得让人睁不开眼睛的闪电在他的头脑当中爆炸。这就是他当时所有的感觉。

刚才威尔逊低下身体从侧面瞄准了野牛的肩膀中间位置开枪。麦康伯笔直地站着朝它的鼻子开枪，每一次开枪都偏高一点，最后打中了沉重的犄角，就像是打中了瓦盖屋顶一样，飞出很多碎片及碎末。汽车里面的麦康伯太太呢，眼看着野牛的犄角立刻就要撞到麦康伯的身体上时，就立马拿起那支6.5口径的曼利切朝着那头野牛开了一枪，谁知道这一枪却打中了她丈夫的颅底骨上边差不多两英寸高，稍稍偏向一边的位置。

弗朗西斯·麦康伯倒下了，脸朝下，距离那头野牛侧躺着的位置还不到两码的距离。他的妻子跪在他跟前，她身边是威尔逊。

“我是不会给他翻身的。”威尔逊说道。

这个女人开始歇斯底里地哭喊着。

“我会回到汽车里的。”威尔逊说，“那支枪在哪儿呢？”

她摇了一下头，她的脸早已吓得变了样子。那个扛枪人把那支枪捡了起来。

“摆在老地方。”威尔逊说。接着他又说，“快去把阿布杜拉找来，让他亲眼看看出事的现场。”

他跪了下去，从口袋里掏出了一条手帕，把它盖在弗朗西斯·麦康伯那颗躺着的、头发剪得就像是水手那么短的脑袋上。血慢慢渗进了干燥的松土里面。

威尔逊站起身来，看到了侧身躺着的野牛，它的四条腿伸得直挺挺的，它那长着稀稀拉拉牛毛的肚子上面到处爬满了扁虱。“真是一条呱呱叫的野牛。”他情不自禁地开始打量起来，“两支角之间最大的距离足足有五十英寸长，或者还要再长一些。”这时，他喊了驾驶员过来，让他给尸体盖上一张毯子，守在它边上。然后，他来到汽车跟前，那个女人坐在汽车的角落里面开始悲痛地哭起来了。

“干得真漂亮！”他用一种很平淡的声调说，“他早晚都会离开你的。”

“不要说啦！”她说。

“自然喽，你不是有意的。”他说，“我知道的。”

“不要再说啦！”她又生气地重复了一遍。

“不要担心！”他说，“自然免不了会有一连串不愉快的事情，但是我会照一些相片，在验尸的时候，这些相片会特别有用的。另外还有两个扛枪人和驾驶员作证。你完全可以脱掉干系。”

“不要再说啦！”她说。

“还有很多事情需要料理啊。”他说，“所以我不得不派一辆卡车到湖边去发电报，要一架飞机来把我们三个人全部都接到内罗毕去。你为什么不下毒呢？在英国她们就是这么做的。”

“不要说啦！不要说啦！不要说啦！”那个女人开始叫喊起来。

威尔逊用他那双没有任何表情的蓝眼睛看着她。

“我的工作到现在总算是结束了。”他说，“我刚才有一点生气。我原来已经开始喜欢你的丈夫了。”

“啊，请不要说啦！”她说，“请，请不要再说啦！”

“这样会好一点。”威尔逊说道，“说一声请，会好很多。现在我不说啦。”

阿尔卑斯山牧歌

就算是一大清早的时候就下山，走进了山谷也会觉得很热。太阳把我们随身携带的滑雪屐上的积雪融化了，而且把木头也晒干了。春天来到了山谷当中，可是，太阳却使得天气特别的热。我们顺着大道来到了加耳都尔，随身携带着滑雪屐以及帆布背包。当我们经过教堂墓地的时候，那里刚刚举行过一场葬礼。有一个神甫从教堂墓地走了出来，从我们身旁经过，我对他说“感谢主”。神甫哈一哈腰。

“奇怪的是，神甫总是不和人说话。”约翰说道。

“你觉得他会说‘感谢主’吧。”

“他们从来都不会搭腔。”约翰继续说道。

我们在路上停下来了，看着教堂司事在铲新土。有一个农民站在墓穴边上，他有一脸黑黑的络腮胡子，双脚穿着高筒皮靴。教堂司事歇了一会儿，伸了一下懒腰。那个穿着高筒靴的农民从教堂司事手中拿过铲子，然后就把土慢慢填进墓穴——就像是在菜园里泼洒肥料一样，把土泼得十分均匀。在这个阳光灿烂的五月清晨，这桩填墓穴的事情，看起来好像有点不大可能。我真的不能想象会有什么人死亡。

“你倒是想想看，像今天这样的日子，居然会有人入土。”我对约翰说。

“我不喜欢这类事情。”

“唔——”我是说，“我们才不要这样。”

我们接着沿大道走去，经过了镇上很多的房屋，来到了客店。我们已经在西耳夫雷塔滑了一个月的雪，这时可以下山了，来到了山谷，真的是很不错。在西耳夫雷塔滑雪自然很好，但是，那里的人是在春天滑雪，雪只有在清晨以及黄昏的时候才是雪，别的时间，雪都让太阳融化了，我们两个人都对太阳感觉到厌烦。你没有办法避开那个讨厌的太阳。唯一的阴凉地儿就是岩石及一间茅舍投下的阴影，茅舍就在冰川的边上，靠着一块岩石的庇护建造起来。但是，在这荫蔽的地方，汗水反而在你的衬衣裤里面冻结了。你不把墨镜戴上，就没有办法坐到茅舍外边去。面孔晒得黧黑本来是一件快乐的事情，但是太阳却一直令人觉得特别疲乏。你不能够在太阳下面好好地休息。可以离开雪，下山，我高兴极了。春天上西耳夫雷塔山，实在是有点晚了。我对于滑雪也有一点厌烦了。我们在这里待的时间太长了。我嘴里还有雪水的味道，那股味道源于茅舍的铅皮屋顶上融化的雪水。这样的味道也是我对于滑雪感受的其中一部分吧。我真的太高兴了，因为除了滑雪之外，还有别的一些事情可做。我很开心，可以下山，可以离开高山上那反常的春天天气，置身于山谷里五月早晨的空气之中。

客店老板坐在门廊边上，他的座椅朝后翘起，靠着墙壁。厨师就坐在他的身边。

“滑雪，嘿！”客店老板说道。

“嘿！”我们说着，把滑雪屐靠在墙根，把我们的帆布背包拿了下来。

“山上现在怎么样啦？”客店老板朝我们问道。

“现在很好，就是阳光稍微厉害了一点。”

“对呀，今年这时候阳光实在是太多了。”

厨师仍然坐着。客店老板陪我们一起向他的办公室走去，然后打开了房门，把我们的邮件取了出来。有一捆信和一些报纸。

“来一点儿啤酒吧。”约翰说。

“好的，我们一起到里面去喝。”

客店老板拿过来两瓶酒，我们一边喝酒一边看信。

“如果再来一些啤酒会更好的。”约翰说。这次送酒来的是一个姑娘。她满面笑容，接着把瓶盖打开。

“有很多信。”她说。

“对啊，很多。”

“恭喜啊，恭喜啊。”她说着，把空瓶拿了出去。

“我现在已经忘记啤酒是什么味道了。”

“我还没有忘记。”约翰说，“在山上茅舍的时候，我就特想喝啤酒。”

“唔。”我说，“今天我们总算是喝到啦。”

“所有的事情绝对都不应该干得时间太长。”

“对呀，我们在山上待的时间实在是太长了。”

“真他妈的太长了。”约翰说，“任何一件事情做的时间太长的话，都是没有任何好处的。”

太阳从敞开的窗户里面射进来了，穿过啤酒瓶，照耀在桌子上。瓶子里面还有半瓶酒。瓶子里面的啤酒上还有一些浮沫，沫不是很多，因为天气还比较冷。他把啤酒倒进了高脚杯里面，沫子瞬间就浮了上来。我从敞开的窗户向外张望，望着白色的大道。道旁的树木上全是尘埃，不远处是碧绿的田野以及一条小溪。溪流边上有一排树木，另外还有一个利用水力的磨坊。透过磨坊空旷的一边，我看到了一根长长的木头，一把锯不停地在木头里面上上下下地来回起落着，好像没有人在边上照料。有四只老鸦在绿野里走来走去。一只老鸦蹲在树上好像在监视着什么。在门廊外边，厨师从他的座椅上离开了，经过门厅，走进后边的厨房。店里面，阳光穿过空玻璃杯，照射在了桌上。约翰头靠着双臂，身体俯向前。

透过窗户，我看到了两个人走上门前的台阶。他们走进了饮酒室。其中一个是脚穿高筒靴、长着络腮胡子的农民。另外一个是教堂的同事。他们在窗下的桌子边上坐了下来。那个姑娘走进来，站在他们的桌边。那个农民似乎没有看到她。他两只手放在桌上，坐在那里。他身着一套旧军服，肘腕上面打着补丁。

“现在怎么样啦？”教堂司事问道，但是那个农民没有回答。

“你想要喝什么？”

“我想喝烧酒。”农民说。

“来四分之一升红葡萄酒。”教堂司事对那个姑娘说。

姑娘把酒拿过来，农民把烧酒喝了。他看着窗外，教堂司事望着他。约翰差不多已经把头完全靠在桌上，他已经睡着了。

客店老板走进来，走到那张桌子那儿。他在用方言说话，教堂司事也在用方言回答。那个农民看着窗外。客店老板从房间里面走了出来，农民这时候站起来了，他从皮夹子里取出一张折叠的一万克罗宁钞票，把它打开了。那个姑娘这时候走上前去。

“一起算？”她问道。

“嗯。”他说。

“葡萄酒我来付钞。”教堂司事说。

“我们还是一起算吧。”那个农民又对姑娘重新说了一遍。她把手伸进围裙口袋里面，拿出很多硬币来，给他找了钱。农民出门了。等他一走，客店老板又走进来同教堂司事说话。他在桌子边坐下，他们在用方言谈着话。教堂司事感觉很有趣。客店老板则一脸厌恶的神情。教堂司事这时从桌旁站起身来，他是一个留着一撮小胡子的小个子。他把身子探出窗外，看着大道。

“他已经进去啦。”他说道。

“到‘狮子’那里去了？”

“是的。”

他们又说了一会儿话，接着，客店老板朝我们这边走来了。客店老板是一个高个子老头儿。他望着睡着的约翰。

“他累坏了。”

“对啊，我们起得很早。”

“你们现在就吃东西吗？”

“我随便！”我说，“有什么吃的？”

“你要什么就有什么，那姑娘马上会拿菜单过来。”

这时，姑娘已经把菜单拿过来了，约翰这时候正好醒了。菜单是用墨水写在卡片上的，卡片嵌在一块木板上面。

“菜单来了。”我对约翰说。他看着菜单，可人看着还是晕晕乎乎，还没有睡醒的样子。

“和我们一起喝一杯好不好？”我问客店老板，他坐了下来。“那些个农民真不是人。”客店老板说。

“我们到镇上来的时候，看到那个农民正在举行葬礼。”

“那是他妻子入土。”

“啊。”

“他真的不是人，所有这些农民都不是人。”

“你这么说我就不懂了，是什么意思？”

“你不明白，你真的不会相信刚才那个人是一种什么样的情况。”

“你说说看。”

“我说了你也不会相信。”客店老板对教堂司事说道，“弗朗兹，你过来。”教堂司事过来了，手中拿着他那小瓶酒还有酒杯。“这两位先生是刚刚从威斯巴登茅舍下来的。”客店老板说。我们握了握手。

“你想要喝什么？”我问道。

“我什么也不要。”弗朗兹晃晃手指头。

“再来四分之一升怎么样？”

“好呀。”

“你会方言吗？”客店老板说。

“不会。”

“到底是怎么一回事？”约翰问道。

“他要把我们进镇来时看见的那个在填墓穴的农民情况跟我们说一说。”

“但是，我听不明白。”约翰说，“他说话的语速实在是太快了。”

“那个农民——”客店老板说，“今天送他的妻子来入土。他的妻子去年十一月死了。”

“是在十二月。”教堂司事说道。

“这还没有多大的关系。那么，她是在去年十二月份死的，他报告过村社。”

“十二月十八日。”教堂司事说道。

“总而言之，雪不化，他就不可以送她来入土。”

“他居住在巴兹瑙那边。”教堂司事说，“但是，他属于这个教区。”

“难道他压根儿就不可以送她出来吗？”我问道。

“对呀，必须要等到雪融化了，他才可以从他居住的地方坐雪橇过来。因此他今天送她来入土，神甫看了一下她的脸，不愿意掩埋她。你继续讲下去吧。”他对教堂司事说道，“说德国话，不要说方言了，他们都听不懂。”

“神甫感觉很稀奇。”教堂司事说，“给村社的报告是说她因为心脏病死的。我们也都知道她患有心脏病。她有的时候会在教堂里突然昏厥。她都已经好久没有去教堂了。她没有一点点力气爬山。神甫把毯子揭开，看了一下她的脸，然后就向奥耳兹问道，‘你老婆病得很厉害吧？‘不是’，奥耳兹说道。‘我回到家的时候，她就已经横在床上死了。’

“神甫又看了她一下，其实他并不愿意看她。

“‘她脸上为什么会弄成现在这个样子呢？’

“‘我不知道。’奥耳兹说。

“‘你还是先去把这个弄明白吧。’神甫一面说，一面又把毯子盖了上去。奥耳兹一言不发。神甫望了望他。奥耳兹也望了望神甫。‘你想要知道吗？’

“‘我一定要弄明白。’神甫说。”

“精彩的地方正是在这里。”客店老板说道，“你听好了。弗朗兹，接着往下说吧。”

“‘唔！’奥耳兹说，‘当她死的时候，我曾经报告过村社，我把她放在柴房里面，搁在一块大木头上边。后来我要用那块大木头，她早就已经变得硬邦邦的了，我就把她紧挨着墙竖起来。她嘴

巴张着，每当我晚上走到柴房去劈那块大木头的时候，我就把灯笼挂在她嘴巴上面。’

“‘你为什么要那样做？’神甫问道。

“‘我自己也不知道。’奥耳兹说。

“‘你曾经那样挂过许多次吗？’

“‘每当我晚上到柴间去干活的时候就会挂着。’

“‘这真是一件大错特错的事情。’神甫说，‘你爱不爱你的妻子？’

“‘对啊，我爱我的妻子。’奥耳兹说，‘我真的很爱她。’”

“你全都弄明白了吧？”客店老板问道，“你对他妻子的情况应该全都明白了吧？”

“我都听见了。”

“我们来吃东西吧，好不好？”约翰说。

“你来点菜吧。”我说，“你觉得这是真的吗？”我询问客店老板。

“当然都是真的。”他说，“这些农民真的不是人。”

“他这时候到哪儿去了？”

“他好像到我的同行‘狮子’那里喝酒去了。”

“他不希望和我一块儿喝酒。”教堂司事说。

“自从他知道他妻子的情况之后，他就不希望和我一块儿喝酒了。”客店老板说。

“喂！”约翰说，“吃东西了，好不好？”

“好吧。”我说。

十个印第安人

在一次独立节的庆祝活动之后，天色已经很晚了，尼克和吉尤·佳纳一家人乘着大车在从城里回家的路途当中，遇见了九个喝得烂醉的印第安人。他清楚地记得有九个人。吉尤·佳纳在尘土飞扬当中驾车前进的时候，不得不急刹车，然后跳下车，把其中一个印第安人拖出车道。这个印第安人的脸伏在沙土上睡着了。吉尤把他拖到灌木丛里，然后就回到了驾驶座上。

“加上他，就有九个了。”吉尤说道，“从城根到这里，也就是这一段路。”

“是印第安人。”佳纳太太说。

尼克和佳纳的两个男孩子一起坐在车后面。他从后边座位上就可以看到吉尤沿路边拖曳的那个印第安人。

“这是比利·太白苧吗？”卡尔问道。

“不是的。”

“从他的裤子来看，真的很像比利。”

“印第安人都会穿着相同的一种裤子。”

“我压根儿就没有看到。”弗兰克说，“爸爸到路上去了，过一会儿就会回来了，我什么都没有看到。我还以为他们是在宰一条蛇呢。”

“我猜，今天晚上有很多印第安人要宰蛇。”吉尤·佳纳说。

“这些印第安人。”佳纳太太说。

他们驱车慢慢前进。马车缓缓离开大公路然后转入了通往山里的小道。因为马车爬坡特别艰难，所以孩子们只好下车开始步行。路面上有很多的沙土。尼克从校舍一边的山头朝后望去，只看见波达斯克灯火辉煌，在小特瓦斯湾彼岸不远的地方，可以看到斯普林港的灯光明亮。他们又重新爬到了车上。

“他们应该在那段路上铺一些砾石。”吉尤·佳纳说。马车顺着林中的道路行驶。吉尤和佳纳太太紧挨着坐在前边的座位上。尼克就坐在他们两个男孩子当中。这时，路的前边出现了一片空旷的地带。

“爸爸就是在这里压死了那只臭鼬的。”

“还在前边呢。”

“无论在哪儿都一样的。”吉尤·佳纳甚至连头也没有回，说，“在这个地方或者是另外一个地方碾过臭鼬，都是一件比较好的事情。”

“我昨天晚上看见过两只臭鼬。”尼克说。

“在哪里？”

“就是在湖边呀，它们正在顺着水滨寻找死鱼呢。”

“你是不是看错了，它们或许是浣熊吧。”卡尔说。

“那绝对是臭鼬。可以说我是认得臭鼬的。”

“你应该认得。”卡尔说，“你还有一个印第安女朋友呢。”

“不可以那样讲话，卡尔。”佳纳太太说。

“但是，大家都这么说。”

吉尤·佳纳嘿嘿地笑了一下。

“你不要笑，吉尤。”佳纳太太说道，“我可不准卡尔那个样子讲话。”

“你有一个印第安女朋友吗，尼克？”吉尤·佳纳问。

“我没有。”

“他真的有，爸爸。”弗兰克说，“普罗娣·米歇尔就是他的女朋友。”

“她不是的。”

“我知道他每天都会去看她。”

“我没有。”这个时候，在阴影里面坐在两个男孩当中的尼克内心中感觉特别空幻和无限喜悦。“她并不是我的女朋友。”他说。

“我们听他的呢。”卡尔说，“我看到他们每天都在一块儿。”

“卡尔可是不会有女朋友的。”他母亲说，“甚至连一个印第安女朋友都不会有，我相信他。”

卡尔沉默不语了。

“卡尔在女孩子面前就没有本事了。”弗兰克说。

“把你的嘴巴闭上。”

“你做得可真是不错啊，卡尔。”吉尤说道，“女孩子到哪里也找不到这样的男子汉，看你们的爸爸。”

“好啦，你肯定会说这样的话。”佳纳太太每当在车子颠簸的时候，就坐到吉尤的身旁，“并且，你一辈子还有很多的女朋友呢。”

“我相信我爸爸从来都没有和印第安女人交过朋友。”

“你并不这样想吧。”吉尤说，“你一定要多留神，不要把普罗娣丢了，尼克。”

他太太在跟他窃窃私语，然后吉尤就哈哈大笑起来。

“你在笑什么？”弗兰克问。

“你不可以这样说呀，佳纳。”他太太警告他说。吉尤却又笑了起来。

“尼克会得到普罗娣的。”吉尤·佳纳说，“我就有一个好女友。”

“这话你可说对了。”佳纳太太说。

马车一直颠簸不停，飞奔过下一个很长的山坡。他们到家之后，全都跳下了车。佳纳太太把屋门敞开，到里边拿出了一盏灯。卡尔跟尼克把车厢后边的东西搬了下来。弗兰克坐到了前面的座位上，把车赶到牲口棚，然后把马拴在了棚里。尼克走上了台阶，推开厨房门，佳纳太太正在生炉子。当她朝着木柴上倒煤油的时候，她正好转过身面对着尼克。

“我们再见，佳纳太太。”尼克说，“真是谢谢你带我出去玩。”

“啊，不客气，都是应该的，尼克。”

“我玩得太开心了。”

“我们都欢迎你来玩。你一会儿不在这里吃点晚饭再走吗？”

“我看我还是走吧。我想，爸爸也许在等着我呢。”

“好吧，那么我就不留你了。你让卡尔来一下，好吗？”

“好的。”

“再见了，尼克。”

“再见了，佳纳太太。”

尼克从院子里走了出来，直奔牲口棚。吉尤跟弗兰克正在挤奶。

“晚安！”尼克说，“今天我玩得很痛快。”

“晚安，尼克！”吉尤·佳纳大声说，“你为什么不留下吃完饭之后再走呢？”

“不，不等了。你跟卡尔说，说他妈妈在找他，好吗？”

“好的。再见，尼克。”

尼克在牲口棚下边草地的一条小路上赤着脚走着。道路很平坦，露珠滴落在他那光着的脚板上，感觉到凉丝丝的。在那片草地的尽头，他穿过了篱笆障子，慢悠悠地向一条深谷走去，他的脚已经被沼泽的泥水打湿了。接着，他攀越干燥的山毛榉树林，看到了自己家茅屋中荧荧的灯光。他跨过自家的篱障，转到了房前面的门廊。从窗口看到他父亲坐在桌子边上，正在一盏高灯下认真地看着书。尼克把门推开，走到了屋子里面。

“嘿，尼克！”他父亲说道，“今天玩得开心吗？”

“嗯，感觉很好，爸爸。这真的是一个很痛快的独立节呀。”

“你现在饿了吧？”

“是的。”

“你的鞋子呢？”

“我把它们丢在佳纳家的马车上了。”

“赶快到厨房里来吧。”

尼克父亲拎着灯走在前面。然后他在冰箱前面停了下来，把盖子打开。尼克直接走到了厨房。他父亲用盘子给他盛过来一块冻鸡，还拿来了一罐牛奶，把它们放在尼克面前的桌上。他放下灯。

“还有馅饼。”他说，“你喜不喜欢吃？”

“嗯，很好吃，我很喜欢。”

他父亲坐在罩有油布饭桌一边的椅子上。他在厨房的墙壁上映出一个巨大的身影。

“球赛谁赢了？”

“佩特斯克，现在五比三。”

他父亲坐在边上看着他吃饭，还拿奶罐子朝他的玻璃杯里倒着牛奶。尼克喝了奶之后，把餐巾拿起来擦了一下嘴。他父亲从碗橱上把馅饼取出来，然后给尼克切了很大一块。这是一种越橘馅饼。

“你今天都干什么了，爸爸？”

“今天早上我钓鱼去了。”

“那你钓到了什么鱼？”

“我只钓到了鲈鱼。”

他父亲坐着看他吃馅饼。

“你今天下午做什么了呀？”尼克问。

“我去印第安营散步了。”

“你在路上有没有遇到什么人呢？”

“印第安人都在城里喝醉了。”

“你难道什么人都没有看到吗？”

“我看到过你的朋友，普鲁娣。”

“她在哪里？”

“她和弗兰克·瓦思本在树林里面。我是偶然之间才看到的。他们在一起好久了。”

他父亲并没有看见尼克。

“他们在做什么呢？”

“我还没来得及打听。”

“告诉我，他们在做什么呢？”

“我不知道啊。”他父亲说，“我只是听到他们在胡乱地说着什么话。”

“你怎么知道是他们两个人呢？”

“我看见他们了。”

“我还以为你说你没看到他们呢。”

“哦，是啊，我看到他们了。”

“是谁和她在一块儿呀？”尼克问。

“是弗兰克·瓦思本。”

“是他们啊。他们——”

“他们什么？”

“他们高兴吗？”

“我觉得应该挺高兴的吧。”

这时，他爸爸在餐桌旁站了起来，从厨房的纱门口走出去了。当他回来的时候，尼克正在目不转睛地注视着自己的盘子。他刚才还在哭泣呢。

“再多吃一些？”他父亲拿起刀来准备切馅饼。

“不吃了，我已经饱了。”尼克说。

“你还是再吃一块吧。”

“不要了，我真的一点都不要了。”

最后，他父亲把桌面擦干净了。

“他们在林子的哪个地方？”尼克问。

“他们就在印第安营的后边。”尼克盯住自己的盘子看。

他父亲说道：“你最好还是去睡吧，尼克。”

“那么好吧。”

尼克走到了自己的房间，把衣服脱下，然后上了床。他听见父亲在客厅里面来回踱步。尼克躺在被窝里面，把脸埋在枕头中。

“我的心已经碎了，”他心里想，“我是如此的痛苦，我的心肯定是碎了。”

过了一会儿，尼克隐约听到父亲把灯吹灭了，走到了自己的房间。他听见外边树林当中刮起了一阵风，并感到凉飕飕地从纱窗吹进了屋子里面。他把脸伏在枕头上然后躺了很久。但是没过一会儿他就忘记了想普罗娣，最后就慢慢地睡着了。当他夜里醒来的时候，听见了屋外铁杉林当中的风声以及流水冲荡湖滨的波浪声，他又重新入睡了。到了早上，狂风大作，湖波汹涌，尼克醒来很长一段时间后才想起来他的心碎了。

拳击家

尼克站起来了，竟然一点事儿也没有。他抬起头看着路轨，目送货车拐了弯，直到看不见灯光。路轨两旁全部都是水，落叶松全部都浸泡在了水里面。

他摸了一下膝盖，裤子这时候已经被划破了一个口子，皮肤也同样擦破了。两只手都受伤了，指甲里面都嵌着沙子及煤渣。他来到了路轨的另外一边，顺着小坡来到了水边洗手。他在凉水里认真地洗着，把指甲里面的污垢洗净了。然后他蹲下来，洗了一下膝盖。

这个扳闸工真是一个混账东西。他发誓总有一天要找到那个可恶的家伙，让那家伙再领教领教他的厉害。那家伙的办法真是好啊。

“快来啊，小子。我给你看一样东西。”那家伙说道。

他居然上当了，这玩笑开得实在是不怎么好。下一次他们要用这种办法骗他估计就不大可能了。

“赶快来啊，小子，我给你看一样东西。”正说着，他的双手和双膝就磕在路轨边上了。

尼克揉了一下眼睛，然后就肿起了一个大疙瘩，眼圈肯定发青了，已经感到痛了。扳闸工那个混账小子！

他用手指摸了摸眼睛上的肿块。哦，还好，只是一只眼睛而已。他就受了这么一点儿伤。这个代价还算是便宜的。他真希望能看见自己的眼睛。但是天又黑，从水里也照不到自己的影子，而且又是前不着村后不着店的地方。于是他只好在裤子上面擦了擦手，站起身，爬上了路堤，走到了铁轨上来。

他沿着路轨慢慢地走着。道路铺得很平整，走起来倒也方便，枕木之间铺满黄沙及小石子，路面十分结实。平滑的路基就像是一条穿越水洼地的通达堤道。尼克就这么向前走去，他心想，今天必须得找一个落脚点才行啊。

刚才货车减速开往沃尔顿交叉站外边的调车场的时候，尼克就已经跳到了车上。天刚黑时，尼克搭的这列货车才开过卡尔卡斯卡。这个时候他一定快到曼斯洛纳了。还要在水洼地走三四英里。他接着踩在枕木之间的道砟上，沿着路轨一直走下去，水洼地在升起的薄雾里面朦朦胧胧。他眼睛感觉很痛，而且肚子还很饿。他不停地走着，一直走了好几英里。路轨两边的水洼地仍然还是以前的老样子。

再往前走，他看到有座桥。尼克过了桥，靴子踩到了铁桥上，发出一种空洞的声音。桥下的流水在枕木的缝隙之间显得黑糊糊的。尼克踢着一枚松落的道钉，道钉就滚到水里面去了。桥外面是群山，耸立在路轨的两旁，一片漆黑。在路轨的那一头，尼克发现了有一堆燃烧的火。

这时候，他开始沿着路轨小心翼翼地向火堆走去。这一堆火在路轨的另外一侧，铁道路堤下边。他只看见了火光。路轨穿过了一条开凿出来的山路，火光亮的地方出现一片空地，但是被树林遮住了。尼克很小心地顺着路堤下来，进入了树林，来到了火堆旁。这是一个山毛榉林子，他穿过树林的时候，把掉在地面上的坚果踩得嘎吱嘎吱地响。火堆就在林边，很明亮。有一个人坐在火堆旁边。尼克在树后观察了一会儿。看起来只有一个人。他坐在那里，两只手捧着脑袋，看着火。尼克向前迈了一步，走进了火光当中。

坐着的那个人盯着火。尼克走到他的身旁，他就好像是没发现一样，仍然还是一动不动。

“嘿！”尼克说道。

那人抬眼看了看。

“你哪里弄来一个黑眼圈？”他关心地问。

“有一个扳闸工揍了我一拳。”

“从直达货车上下来的吗？”

“对啊。”

“我看见那个孬种了。一个半小时之前他路过这里。他走在车上，一面甩着胳膊，一面唱着歌。”那个人说。

“这个孬种！”

“他揍你一定感到很舒服。”那人一本正经地说道。

“哼，我一定要揍他一顿，他就等着吧。”

“咱们等他经过的时候，朝他扔石头就好了。”那人劝道。

“我一定要找他算账。”

“你是一条硬汉子吧！”

“不是的。”尼克答道。

“你们这些小伙子都是硬汉。”

“不硬不行啊。”尼克说道。

“就是吗！”

那人看着尼克，然后笑了。在火光下面尼克看见他的脸似乎变了相。鼻子塌下去了，眼睛变成了两条细缝，两片嘴唇奇形怪状，尼克没有一下子完全看清楚，他只是看到这人的脸长得很奇怪，且毁了容，就像是一个大花脸一样。在火光下面神色如同死尸一样，尼克看得都有点害怕了。

这时，那人发现了尼克的这一动作，就问道：“你难道不喜欢我这副嘴脸吗？”

尼克有些不好意思了。

“这是哪里的话。”他说。

“看！”说着，那个人就脱了帽子。

他只有一个耳朵，牢牢贴在脑袋的半边，另外的一个耳朵只剩下个耳根。

“你看到过这样的长相吗？”

“没见过。”尼克说道。他看了觉得有一点儿恶心。

“我能够忍受。莫非你认为我受不了，小伙子？”那人说道。

“没有啊。”

“他们的拳头落在我身上然后都开了花，但是谁也伤不了我。”那小个儿说道。

他望着尼克。“赶快坐下！”他说道，“你饿不？要不要来点吃的？”

“不用麻烦了。”尼克说道，“我准备上城里去。”

“你听着！你叫我阿德好了。”那个人说道。

“好的！”

“听着，我这个人不大对劲儿。”那小个儿说道。

“你怎么啦？”

“我是一个疯子。”

他把帽子戴上。尼克这时已经忍不住想要笑出来了。

“你不是明明很好吗？”他说道。

“不，我并不好，我是一个疯子。呃，你有没有发过疯？”

“没有。你为什么要发疯呢？”尼克问道。

“我也不知道。你一旦患上了疯病根本都控制不住自己，你是完全不知道的，你认得我吗？”

“不认得。”

“我就是阿德·弗朗西斯。”

“你没有骗我吧？”

“你难道不信吗？”

“我相信。”

尼克明白这是真的。

“你知道我是怎样打败他们的吗？”

“我不知道。”尼克答道。

“我心脏跳得特别慢，一分钟只跳四十下。来，按一按我的脉。”

尼克这时候有点犹豫了。

“快来啊！”那个小个儿把他的手抓住了，“快抓住我的手腕子，把手指按在脉上。”

这小个儿的手腕特别粗，骨头上面的肌肉鼓鼓的。尼克指尖下可以感觉到他脉搏跳动很慢。

“你有表吗？”

“我没有。”

“我也没有，你没有表真的是很不方便。”阿德说道。

尼克把他的手腕子放下了。

“你听着，再按一下我的脉。你来数脉搏，我数到六十。”阿德·弗朗西斯说着。

尼克指尖触摸到缓慢有力的搏动就开始数了。他听见这小个儿在大声地慢慢数着：一，二，三，四，五……

“六十。”阿德已经数完了，“刚好一分钟，你听得出是多少下吗？”

“是四十下。”尼克说道。

“一点也不错，我的脉搏就是跳不快。”阿德很高兴地说道。

有一个人沿着铁道路堤下来，穿过空地来到了火堆边上。

“嘿，柏格斯！”阿德说道。

“嘿！”柏格斯回应道。这是一个黑人的声音。看他走路的样子，尼克就可以判断出他是一个黑人。他正弯着腰在烤火，背对着他们站着。他不由得直起身子来。

“这是我的老朋友柏格斯，他好像也疯了。”阿德说道。

“真是幸会，幸会。你从哪里来？”柏格斯问道。

“从芝加哥来。”尼克说道。

“那个城市好哇。我还没有请教你大名哪。”那黑人说。

“我叫亚当斯，尼克·亚当斯。”

“他说他从来没有发过疯，柏格斯。”阿德说道。

“他运气很好啊。”黑人说。他正围着火慢慢地打开一包东西。

“柏格斯，我们要多久才吃饭？”那个职业拳击家问道。

“我们马上就吃。”

“尼克，你现在饿吗？”

“我简直要饿坏了。”

“听到了吗，柏格斯？”

“你们说的话我大部分都可以听到。”

“我问你的并不是这话。”

“我听见这位先生所说的话了。”

他正在往一个平底锅里面搁着火腿片。锅开始烫了，油嗤嗤地直响，柏格斯把黑人天生的两条长腿弯下来，蹲在火炉边，翻弄着锅里面的火腿，在锅里面打了好几个鸡蛋，不停地翻着，让蛋浸着热油，免得煎煳了。

“亚当斯先生，请你把那袋子里面的面包切下来几片吧。”柏格斯从火边转过头来说道。

“好的！”

尼克把手伸进了袋子里面，掏出来一块面包。他切了六片面包。阿德看着他，探过身去。

“尼克，快把你的刀递给我。”他说道。

“不要，不要给我。亚当斯先生，把刀攥住。”那个黑人说道。

那个职业拳击家这时候静静地坐着不动了。

“亚当斯先生，请你把面包递给我吧。”柏格斯要求道。于是尼克就把面包递给了他。

“你喜不喜欢面包蘸火腿油呢？”黑人问道。

“那还用说吗！”

“我们还是等一会儿再说吧。最好还是等到快要吃完了，给！”

黑人拿起来一片火腿，放在了一片面包上，在上边再盖上一个煎蛋。

“请把你的三明治夹好，交给弗朗西斯先生吧。”

阿德接过了三明治，张大嘴开始吃。

“注意不要让鸡蛋淌下。”黑人警告了一句，“这个给你，亚当斯先生，其余的都是我的。”

尼克咬了一口三明治。黑人紧挨着阿德坐在他对面。热乎乎的火腿煎蛋味道真是美味极了。

“亚当斯先生看来是真的很饿。”黑人说道。那小个儿不出声，尼克对他慕名已久，知道他是以前的拳击冠军。自从黑人说起刀的事他还没有开过口呢。

“我给你拿一片蘸热火腿油的面包好不好？”柏格斯说道。

“真是多谢，真是多谢。”

那小个儿白人望着尼克。

“阿道夫·弗朗西斯先生，你也来一点儿吧！”柏格斯从平底锅里面取出几片面包递给他。

阿德没有反应，只是看着尼克。

“是弗朗西斯先生？”黑人轻声说。

阿德这时候依然没有反应，只是看着尼克。

“我在跟你说话呢，弗朗西斯先生。”黑人轻声说。

阿德一个劲儿地看着尼克。他把帽檐拉下，把眼睛罩住了。尼克此时开始有点紧张不安了。

“你怎么敢这样？”他从压低的帽檐下面严厉地询问尼克。

“你把自己当成什么人了呢？你这个神气活现的杂种。人家没有请你，你就来了，还吃了别人的东西，人家向你借刀，你倒是神气啦。”

他狠狠地瞪着尼克，脸色变得煞白，眼睛被帽檐罩得都快要看不到了。

“你倒真是一个怪人，究竟是谁请你上这里来多管闲事的？”

“没有人。”

“你说得真是对极了，没有人请你来。也没有人请你待在这里。你上这里来，当着我面神气活现的，抽我的雪茄，喝我的酒，说话还装模作样。你觉得我们会容忍你到什么地步？”

尼克沉默不语，阿德已经站了起来。

“坦白跟你说，你这个胆小的芝加哥杂种。小心你的脑袋开花。你听清楚我说的话了吗？”

尼克这时有点害怕了，开始往后退了一步。小个儿慢慢地向他一步一步地紧逼，拖着脚步向前走，左脚迈出了一步，右脚就紧紧地跟上去。

“揍我啊，试一试，你敢揍吗？”他一直晃着脑袋。

“我并不想揍你。”

“你不要想着就这样脱身了。我回头就叫你挨一顿打，你明白吗？你来啊，先对我打一拳试试。”

“不要再胡闹了！”尼克说道。

“好啊，你这个杂种。”

小个儿两眼盯着尼克的脚。他刚刚离开火堆的时候，黑人就一直跟着他，这个时候趁他低头看着，黑人把身子稳住，照着他后脑勺啪的一下子。他扑倒在地，柏格斯赶快把裹着布的棍子扔到了草地上。小个儿在那里躺着，脸埋在草堆里面。黑人把他抱起，把他抱到了火边。他一直耷拉着脑袋，脸色很吓人，眼睛睁着。柏格斯这时轻轻地把他放下了。

“亚当斯先生，请你把桶里面的水给我弄过来。恐怕我下手重了一点儿。”他说道。

黑人用手朝着他的脸上泼水，又轻轻地拉他的耳朵。这才使他的眼睛闭上。

柏格斯站起来。

“他已经没事儿了，不用操心。真是对不起，亚当斯先生，他又发作了。”他说道。

“没关系。”尼克低着头看着小个儿。他看到草地上的棍子，就顺手捡了起来。棍子上有一个柔韧的把儿，抓着把儿倒是显得很得心应手。这是用旧的黑皮革做的，重的一头裹住了手绢。

“这是鲸骨把儿。现在没有人再做这种东西了。”黑人笑着说。“我并不知道你自卫的能耐如何，无论怎么样，我并不希望你把他打伤，或者是打中他要害，也不希望他打伤你。”

黑人又笑了。

“你自己倒是把他打伤了。”

“我知道应该怎么办。他一点儿都记不得了。每一次当他这样发作，我总是会给他来一下，让他晕过去。”

尼克低着头望着躺在地上的那个小个儿，在火光当中只见他闭着眼睛。柏格斯往火堆里面添了一些柴火。

“亚当斯先生，你不需要再为他操心啦。他这种模样很正常，我之前见得多了。”

“他为什么会发疯？”尼克问道。

“噢，原因很多。”黑人在火边回答说，“亚当斯先生，来杯咖啡如何？”

他递给了尼克一杯咖啡，又给那个昏迷不醒的人铺平脑袋下面的衣服。

“第一，他挨打的次数实在是太多啦。但是挨打只是使他变得头脑有一些简单而已。”黑人喝着咖啡又继续说道。“而且，那时候他妹妹是他的经纪人，人家在报纸上总是登载什么哥哥啊，妹妹啊这一些的，还有她多么爱她哥哥，他多么爱他妹妹啊什么的，到后来他们就在纽约结了婚，这下子就惹出很多的麻烦来了。”

“我倒是还记得这件事。”

“可不是吗。实际上他们哪里是什么兄弟姐妹啊，压根儿就是没影的事，但是就有很多人横竖都看不顺眼，他们整天在一起嘀嘀咕咕的，有一天，她实在是忍受不了这样的流言蜚语，最后就离家出走了，而且一去就再也没有回来。”

他喝了一杯咖啡之后，用淡红色的掌心抹了一下嘴巴。

“而后，他就变成现在这个样子了。亚当斯先生，你想不想再来一点儿咖啡？”

“不用了，谢谢你。”

“我以前见过她好几次。”黑人继续说道。“她是一个很漂亮的女人。看上去和他真的很像是双胞胎。如果不是他的脸给揍扁了，他其实也并不是怎么难看的。”

他不说话了，看起来故事已经讲完了。

“你是在哪里认识他的？”尼克问道。

“我是在牢里认识他的。自从她出走之后，他就总喜欢打人，后来没办法了，人家就把他关到牢里。我是由于砍伤一个人所以也坐了牢，就这样，我们在牢里认识并成为了好朋友。”黑人说道。

他笑了一下，接着轻声说：

“我一看到他就喜欢上了，我出了牢之后，就去看他。他拿我当疯子，我一点儿也不在乎。我愿意陪着他，我喜欢见见世面，我再也不要去偷了。我希望过一个体面人的生活。”

“那你们现在都做什么啊？”尼克问道。

“噢，我什么也不做；就是到各个地方流浪。他特别有钱哪。”

“他一定挣了不少钱吧？”

“可不是吗。但是，他的钱都花光了。或者是全都被人夺走了。她给他寄钱呢。”

“她这个女人真是好极了。”他说道，“看起来简直跟他像一对双胞胎。”

黑人对正躺着直喘大气的小个儿仔细地看着，他一头金发披散在身后，那张被打得变相的脸看起来就像是孩子一样的恬静。

“亚当斯先生，我随时都可以叫醒他。请你还是早一点儿走吧。并不是我不想招待你，实在是怕他看到你后又犯病。可我又不希望敲他脑袋，但是遇到他犯病，也只能那么办啊。我只有尽量不让他见人。亚当斯先生，你应该不介意吧！好了，不要谢我，亚当斯先生。其实我早就应该提醒你注意他了，但是当时他看上去还是很喜欢你的，所以我心想这下可太平了呢，可没想到最后还是出现了这种不愉快的事情。你顺着路轨走两英里就看见城了。大家都叫它曼斯洛纳。再见吧，我真的很想留你过夜，但是实在办不到。你想不想要带点儿火腿面包？不要吗？你最好还是带一份三明治吧。”黑人说这番话时彬彬有礼，声音十分低沉，而且还很柔和。

“好的。那么再见吧，亚当斯先生。再见，祝你一路顺风！”

尼克离开火堆走了，穿过了空地走到铁道路轨上。当他一走出火堆范围时，他就竖起耳朵听着。只听见黑人低沉轻柔地在说话，但是听不清楚说了些什么。到后来又听见那个小个儿说："柏格斯，我的脑袋好痛啊。"

"弗朗西斯先生，过一会儿就会好的。你只需要喝上一杯热咖啡就会好了。"黑人劝慰着说道。

尼克爬上了路堤，走到了路轨上。手里还拿着一份三明治，所以就先把它放进了口袋。趁着路轨没有拐进山洞，他站在渐渐高起的斜坡上回头望着，依然能看见空地上那一片火光。

最后的一片净土

“尼基！”妹妹对他说道，“你听我说，尼基。”

“我一点儿也不想听。”

他注视着泉水底部正在慢慢冒泡的地方，那里有一小股泥沙随时都有可能喷射出来。泉水边的碎石滩上，还插着一枝树枝，在上边叉着一只铁皮水杯，尼克·亚当斯看看杯子又看了一阵水泡，泉水涌出沙层之后，清澈地流在了路旁的河滩上。

站在路口他能把大路两端看得清清楚楚，他的目光最先朝着丘陵搜索，接着看看山下的船坞及湖泊，再接着看了看湖湾对岸的一簇丛林以及那广阔的湖面，还有在湖岸上晃动着的白色水手帽。他在高高的山坡上紧靠着一株大杉柏，然后坐在地面上，后边是一片郁郁葱葱的杉柏沼地。他妹妹紧挨着他坐在青苔上，她的一条胳臂搭在他的肩头上面。

“他们都在家中等你回去吃晚饭。”妹妹说道，“他们一共是两个人，都是赶着单座马车过来的，他们在四处打听你的下落。”

“是不是有人告诉他们了？”

“除了我之外谁也不知道你在什么地方。尼基，你捉到鱼了吗？”

“我捉到了二十六条。”

“都是好鱼吗？”

“都是适合客人们吃的。”

“哦，尼基，我真的很希望你不要再卖鱼了。”

“她给了我一磅一块美金的价钱。”尼克·阿丹姆斯说道。

他的妹妹浑身都晒成了棕色，本来双眼就是深褐色的，深棕色头发里面夹着太阳晒成的浅黄色。她跟尼克情同手足，但是对其他的人却是漠不关心。兄妹两人一直把家中别的成员当成是“外人”。

“他们知道所有的底细了，尼基。”妹妹绝望地说着，“他们说要以你为榜样，并且还说送你去自新学校上学。”

“他们也只抓到一件证据而已。”尼克对妹妹说道，“但是我还必须暂时避一避风头。”

“我可以跟着你一块儿走吗？”

“不可以。真的很抱歉，小妞。我们有多少钱？”

“一共是十四元零六毛五分，我全部都带来了。”

“那批人还说了什么？”

“没有什么，他们口口声声说一定要等你回家才肯走。”

“母亲肯定会讨厌，总是得侍候他们吃喝。”

“她早就已经把他们的午饭做好了。”

“他们都在那里干什么？”

“不过是闲坐在纱门阳台上。他们向母亲要你的长枪，但是我一看见他们走近篱笆就把它藏到了木棚里。”

“那么你是不是早就料到他们会来的？”

“对啊，你不是也预料到了吗？”

“我大概也是知道的，希望上帝惩罚他们。”

“我也一样诅咒他们。”妹妹说，“我已经到离家的年龄了，难道不是吗？我把枪藏好了。我把钱都带在身上了。”

“我必须得为你想呀。”尼克·阿丹姆斯跟她说，“我自己也不清楚该上哪儿去。”

“你会明白的。”

“两人一起走，他们就更查得紧了。一个男孩跟一个女孩在一起太显眼了。”

“放心吧，我会装扮成男孩儿走的。”她说，“无论怎么说，我可是一直都想当个男孩子呢。我如果把头发剪掉他们就弄不清楚我是男是女了。"

"分不清楚。"尼克说，"这确实是真话。"

"那让我们想一个好办法吧。"她说道，"求求你尼克，我恳求你。我能为你做很多的事情，但是你没有我该多冷清。你说对不对？"

"想着要和你分手，我已经感觉到很冷清了。"

"你看！并且我们或许会长年不回家。谁能肯定？请你带我走吧，尼基。求求你带着我一起去好吗？"她吻了他一下，又用双臂把他紧紧搂住。尼克·阿丹姆斯望着她，又冷静地想了一下。这件事情太为难了，但是他一时也想不出其他的办法。

"我不应该带你走。总而言之，我根本就不应该做这样的错事。"他说，"但是我现在没有办法，所以就只好把你带走，也许就走开几天而已。"

"那就这样吧。"她回答道，"如果你用不着我了，我就会马上回家。假如我变成了你的累赘，惹人讨厌或者是花钱太多，我一定会主动回家的。"

"让我们认真盘算一下。"尼克·阿丹姆斯跟她说。他又把大路上上下下看了一遍，看了看天色，中午之后大朵的云彩正在随着风高高地飘浮，随后望着起伏在丛林之外湖面上的白色遮阳帽。

"我应该穿过林子先到湖那边的小旅馆去看一下，把鳟鱼先卖给她。"他对妹妹说道，"这是她早就为今天的晚餐所预订下的。现在旅客们爱吃鳟鱼已经超过鸡丁饭了。我也不明白这是怎么一回事。鳟鱼确实是长得大小刚刚好。我把鱼膛洗净了，把它们一条一条地包在纱布里面，鱼新鲜而且冰凉。我只能告诉她，我冒犯了那批猎场看守人，他们现在正在追捕我，我只好暂时出去躲一段时间。我会从她那儿弄到一只小平锅，要一些盐和胡椒粉，一些咸肉、黄油以及玉米。我还必须向她要一只麻袋装这些东西，我去弄一些杏子干和李子干，还有茶叶、大包火柴及一把斧子。可是我只有一条毛毯。她会帮助我的，因为鳟鱼买卖对双方来说都是很棘手的交易。”

“我可以弄到一条毯子。”妹妹说道，“我拿毯子把长枪裹住，接着把你和我的皮鞋都带上，我想换一套工作服和衬衫，然后再把身上那一套藏起来让他们猜不透我到底穿了什么衣服出来的。我还要带肥皂，梳子，剪刀以及针线，另外还要再拿一本小说《洛娜·杜恩》①和一本《瑞士人家鲁滨孙》②。”

“搜集全部的二二口径子弹，带到这里来。”尼克·阿丹姆斯说着说着，突然之间话音变得急促起来，“不要走，隐蔽一下。”他看到路那头有辆单座马车这时候正迎面朝他们驶来。

兄妹两人躺倒在杉柏丛后面，脸部紧贴在长满苔藓的泥地上，仔细地听着马蹄踩踏软软的沙土地声，还有那悠悠的车轮转动声。马车上的汉子沉默不语，但是尼克·阿丹姆斯可以闻到从他们身边擦过的气味以及马汗的酸臭。他这时候紧张得已经浑身是汗了，直到马车远远地朝着船坞赶去，因为他害怕这些人可能会停下来去水边饮马或者是喝口酒什么的。

“那是他们吗，小妞？”他问。

“是的！”她说。

“赶快往后退！”尼克·阿丹姆斯急忙说道。他赶快向沼泽地爬去，拖着一口袋鱼。沼泽地尽管长满了藓类，水还是那样清澈不浑。因此他站起身来，把口袋隐藏在一棵大杉树的背后，招手叫小妞也到后面来。他们蹑手蹑脚地来到了沼泽的杉树丛中，比麋鹿还要轻巧。

“我认出了其中的一个人。”尼克·阿丹姆斯说道，“他是一个很下流的杂种。”

“他说自己已经追踪你四年多了。”

“我知道的。”

“那个粗大汉，脸色像烟草渣儿一样，身上穿着蓝色的衣裤，他是从州里偏僻地区来的。”

---

① 英国小说家布莱克默（1825—1900）所著的一部历史小说。

② 瑞士作家魏斯（1781—1830）用德文写的小说。

“好的！”尼克说道，“我们既然已经认真仔细地打量过他们了，那么我就应该出发了。你可以自己一人待在家吗？”

“没有问题，我可以越过山头走，然后避开大道。今天晚上我在什么地方跟你会合呢，尼基？”

“我觉得你还是不要来了，小妞。”

“我怎么可以不去呢？你现在的情况还不确定。我可以给妈妈留一个字条，就说我已经跟着你走了，你会好好照顾我的。”

“那么好吧。”尼克·阿丹姆斯说道，“我会在那株遭雷电劈裂的铁杉树边等着你。从河湾一直往上走，就能看到那棵倒在地上的大树，它就横在那条通往大路的小径上。到时候你能认得吗？”

“那地方离我家很近。”

“我很不愿意你拿着这些东西跑那么远的路。”

“我会照你说的话去做的。但是你千万不要冒风险，尼基。”

“按照我的心愿，我真的很想抓起长枪马上跑到林子边，趁着那两个杂种还在码头上的时候枪杀他们，随后用铁丝在他们身上捆一块大磨石，然后把他们沉到水渠底里去。”

“接着又怎么办呢？”妹妹问他，“他们可是奉命来的呀。”

“第一个杂种是没有人派遣他来的。”

“你把他们的麋鹿打死了，接着又出售鳟鱼，他们还从你的小船上面把你杀死的猎物拿走了。”

“打死这些东西其实并不能算什么大错。”

他不希望提到打死的东西，“正是因为这些东西，才是他们手中的证据。”

“我知道的。但是你也不能因为这个就一定非得杀别人呀，我之所以准备和你一块儿走就因为这件事情。”

“不要再说这些事情了。反正我已经下了决心，一定要杀了那两个杂种才算痛快。”

“我明白。”她说道，“我也是这么认为的。但是我们不可以杀人呀，尼基。你可以向我保证吗？”

“不可以。你这么说，我倒开始有点儿犹豫起来了，亲自送鳟鱼能不能保险不出事？”

“让我替你送过去吧。”

“不可以。麻袋太重了，你背不动的。我能穿过沼泽地走到旅店的背后。你从旅店的正面进去，看一看她是不是在屋里，所有的一切都照老样子，如果一切都平安无事，你就可以去大椴木树后来找我。”

“如果要穿过沼泽地就必须得绕远路，尼基。”

“如果想从自新学校里回来，那么路途就会更远了。”

“我和你一起穿过沼泽地，可以吗？随后我先进旅店去找她，你就待在外边，等到我出来然后再帮你一块儿把东西送进去。”

“好。”尼克说，“但是我仍然希望你换个别的办法。”

“为什么呢，尼基？”

“因为顺着大路走，你或许能看到他们，那么你就可以告诉我他们的去向了。我就会在旅店后边的再生林场里跟你碰头，也就是在大椴树那边。”

尼克在林子里面等了足足一个小时的时间也没有见到妹妹的影子。她来到跟前的时候却又显得太过于兴奋，他知道她一定是太过于紧张和疲劳了。

“他们在我们家里。”她说，“闲坐在纱门阳台上喝着威士忌和姜汁水，他们把马卸下来了，让马休息。还说等不到你回去就不走。妈妈跟他们说，说你上溪沟钓鱼去了。我想她并不是有意告诉他们的。无论怎么说我希望不是那么回事。”

“派克尔太太那边的事情现在是什么情况？”

“我在旅店的厨房里遇到了她，她问我有没有看到你，我说没有看到。她说她正等着你今天晚上给她送些鱼过去。看样子她有点担忧。你还是把鱼送过去吧。”

“好的。”他说，“鱼又鲜又美，我用凤尾草又重新把它们包好了。”

“我能和你一起进去吗？”

“当然可以啦。”尼克说。

旅店原来是一座木板房子，它的阳台朝着湖边。门前安装了宽阔的木板，人行道直接通到湖上的码头，远远地伸展到水上，人行道的两头以及阳台的四周都装上了没有加工过的杉木栏杆。阳台的坐椅也是用没有加工的杉木制作而成的，现在坐着一些穿白色服装的中年人。阶前草地上面安装了三条水管，喷着泉水，另外还有几条小路通到了水边。泉水带着一股硫黄般的臭蛋味儿，因为这是一种矿泉水，尼克兄妹很小的时候把它当作健身饮料不得不强迫自己喝它。现在他俩来到了旅店后面的厨房外边，跨过了一座木板桥，下边小溪潺潺流到了旅店旁边的湖泊里，他们悄悄地溜进了厨房。

“把鱼洗一洗之后放进冰箱里吧，尼基。”派克尔太太说，“等一会儿我来给你过秤。”

“派克尔太太。”尼克说，“我想跟您商量一件事情，可以吗？”

“你说吧！”她回答，“你没看到我有多忙呀？”

“我可以向您预支一些钱吗？”

派克尔太太是一位很漂亮的女人，她束着细麻布的围裙。她的姿色尤其妩媚，她正忙着干活，厨房里面的帮手们也在那儿忙得不可开交。

“你不可以卖鳟鱼给我吧，你难道不知这是犯法的吗？”

“我知道的。”尼克说，“这条鱼是我送给您的礼物。我想的是我替你劈木柴还有捆绑等等花的工夫钱。”

“我过去取来。”她说，“跟我来吧，我到后边小屋里去一趟。”

尼克兄妹跟着她走出了厨房，来到外面通往冷藏屋的木板便道的时候，她伸手到围裙口袋里掏出钱包来。

“你们赶快走。”她急匆匆地说着，这句话并没有使尼基不高兴，因为他知道她是好心的。“给我赶快离开这里。你需要多少钱？”

“我现在只剩十六元钱了。”尼克说。

“那你拿二十元钱去吧。”她跟他说，“不要让小妞儿牵涉进去。让她回家去看好那伙人，等你走远了之后再说。”

“您难道也知道这伙人的事情了？”

她向他摇了一下头。

“收买和出售这样的东西一样不好办，可能还会更倒霉。”她说道，“你躲躲吧，等风声平息了再说吧。尼基，无论别人怎么说，你都是一个好孩子。如果情况不妙，那么就去找派克尔吧。你假如需要什么，晚上就到我这儿来。我睡觉很轻，在玻璃窗上敲一下就可以了。”

“今天晚上您不会供应客人们吃鱼了吧，派克尔太太？您难道不给他们做晚饭吃吗？”

“我不做。”她说，“但是我也不会把鱼浪费掉呀。派克尔一个人就可以吃半打，我认识许多的人都喜爱吃。你一定要小心，尼克，等风声平息了我们再聚吧。现在你最好先出去避一避风头。”

“小妞想要跟我走。”

“一定不要带她。”派克尔太太说，“今天晚上你再来一次，我给你准备准备要带走的东西。”

“您可以给我一只小平锅吗？”

“凡是你需要的我都会给你，派克尔清楚你所需要的东西。我不会给你带太多的钱，我怕你出事。”

“我特别想找派克尔先生，告诉他我想要的东西。”

“放心吧，你需要什么他都会给你的。但是千万别上铺子里去找他，尼克。”

“我会让小妞送一个纸条给他。”

“你需要东西就找我。”派克尔太太说道，“不要发愁。派克尔会替你考虑周全的。”

“再见吧。”

“再见了！”她一边说着一边吻了他一下。她的味道真是香甜。这种滋味就和厨房里烤面包的那种味道一样。派克尔太太身上的那种香味儿就和她厨房的味道一样甜滋滋的，总是那么让人喜爱。

“别担心，不会有事的。”

“一切都会好的。”

“那是当然喽。”她说，“派克尔一定会替你想出解决问题的好办法的。”

兄妹两个人这时候已经到老家后边的小山上的一片铁杉林里了。薄暮时分太阳已经落到湖对面的群山背后。

“我把所有的东西都备齐了。”妹妹说，“装了一个大背包，尼基。”

“我知道的。那伙人现在在做什么？”

“他们吃了晚餐，正在阳台上喝酒。两个人互相在吹牛，都说自己有多么的机灵。”

“一直到现在，他们还不算是很机灵。”

“他们准备用饥饿来压你。”妹妹说道，“据说他们想在林子里饿你两三夜，到时候你就得乖乖地回家了。你有没有听说过人们常常叫喊的疯话，什么肚子空空就必须得回头？”

“母亲给他们做了什么晚餐？”

“糟糕透了。”妹妹说。

“好的。”

“我照清单把所有的东西都拿齐了。母亲已经上床了，一直都在喊头痛得要命。她给父亲写了一封信呢。”

“你有没有看那封信？”

“没有。信就放在他们屋子里面的清单上，那是明天上铺子购买东西的清单。明天一大早她如果发现家里少了那么多的东西，她就得重新再列一个清单了。”

“他们喝了多少酒？”

“我估计差不多喝了有一满瓶。”

“我真后悔没有在酒里面放些迷魂药。”

“只要你告诉我应该怎么放，我一定去干。直接把药放到瓶子里吗？”

“不，就加在酒杯里。但是可惜我们没有迷魂药。”

“家中那个药箱里面有吗？”

“没有啊。”

“我可以把拔力高[1]加在酒瓶子里面。他们还另外带了一瓶。或者是放一些甘剂[2]进去，家里边有这些东西的。”

“不可以！”尼克说，“等他们睡着了之后你要想办法把那瓶酒倒出一半，然后再找一个旧药瓶子装进去。”

“那么我赶快进去看着他们。”妹妹说，“天啊，我真希望家中有迷魂药。我从来没听说有这东西。”

“它并不是什么真的迷魂药。”尼克跟她说，“只是水合三氯乙醛剂。每当伐木工人对妓女想要施行强暴的时候，他们就会偷偷地把这东西放在她们的酒里。”

“听起来好像有点吓人。”他的妹妹说道，“我们或许应当带上一些，以防万一。”

“让我吻你一下。”她的哥哥说道，“这样也是以防万一。我们下山去看看他们喝酒的熊样。我倒是很想听听他们坐在我们家里还敢说些什么。”

“你能保证不发火也不会闹出什么事吗？”

“我可以保证。”

“也不要惊动马，马并没有什么罪过。”

“也不动马驹。”

“我只盼望家中有迷魂药就行了。”妹妹真诚地说。

“哦，但是我们就是没有。”尼克对她说道，“哪怕是这半个波恩尼城都不会有的。”

兄妹两人蹲在家后门的棚子里面，看着坐在阳台桌子边上的两个汉子。月亮还没出来，四周漆黑一片，但是背着湖光坐在那儿的两个汉子的身影却是隐隐可见。眼下他们已经不再说话了，两个人用胳膊肘撑在桌子上面俯视着。紧接着尼克又听见水桶里冰块的碰撞声。

“姜汁已经喝光了。”其中的一人说。

“我早就说过汁水已经不多了。”另外一个汉子说道，“你偏

① 含鸦片的复方樟脑酊，作用主要是止痛、镇咳、止泻。

② 一种泻药。

说还有很多。”

“去打点儿水吧。厨房里有水桶和勺子。”

“我喝得够多了，我想要去睡觉。”

“你不是说要等那个孩子吗？”

“我不等了，太困了，我要先去睡觉了。你等着吧。”

“你看今天晚上他会回来吗？”

“不知道啊。我现在睡觉去了啊，你如果困了就叫醒我。”

“我可以整夜不睡。”那个本地狩猎管理员说道，“有多少个夜晚我整夜守着那些违法的打鹿人，连眼皮都不会合一下。”

“我不也那样吗。”来自州里偏僻地区的管理员说，“但是眼下我还必须去睡一会儿。”

尼克跟妹妹看着他走进门去。他们的母亲对这两个人说过，他们可以到起居室隔壁的卧室里面去睡觉。他走进屋，划了一根火柴，兄妹两个人看得一清二楚。随后窗子又漆黑了。他们转过头去看那个坐在桌子边上的人，一直看到他垂头睡熟在胳膊里，接着又听见他的打鼾声。

“再等一段时间，看看是不是真的睡死了。随后我们就进去取东西。”尼克说。

“你就待在篱笆外边。”妹妹说道，“我在屋子里走动不会出事的。不然的话，万一他醒了，会看到你的。”

“好的。”尼克同意了，“我就在这儿把所要的东西都拿走。东西多半都是在手边。”

“没有灯你能找到每一件东西吗？”

“可以的，长枪放在哪里？”

“就平放在棚顶后边的高梁上，小心不要滑下来，也不要碰到木柴堆，尼克。”

“放心吧。”

她来到了篱笆的尽头，尼克正在那儿捆扎东西，他在那株大铁杉后边，大铁杉去年夏天被雷电劈裂后又被秋季的一次暴风雨刮倒在地。月亮正在远处山峦后慢慢地升起，透过树叶的月光照亮了尼克在手里捆扎的东西，他的妹妹走过来把肩上的麻袋放下了，说道："他们睡得简直就像死猪一样，尼克。"

"好呀。"

"屋子里面的那个乡下佬鼾声跟阳台上那个打得一样响。我看需要拿的东西都齐了。"

"你真是一个好小妞儿。"

"我已经给妈妈留了一个条子，跟她说我已经陪你走了，这样免得会出什么事情，让她保密，而且说你会好好地照顾我的。我把条子塞到了她的门底下。她的房门现在是反锁着的。"

"哦，该死的。"尼克说道，接着他又说，"真是对不起，小妞。"

"这并不是你的错，我也不能怪你。"

"你说得实在是有点过火了。"

"现在我们两个人都高兴了吧？"

"是的。"

"我把威士忌也带来了。"她很有兴致地说，"我还留了一点儿在他们的瓶底里面。他们醒来谁也不能肯定是不是对方喝的。无论怎么说，他们还有另外一瓶呢。"

"你自己也带了一条毛毯吗？"

"那是当然的喽。"

"我们赶快走吧。"

"如果我们可以到我想要去的那块地方，那么所有的一切可都真的称心如意了。可是这条毛毯加重了负担，让我来帮你背长枪吧。"

"好的。你带了什么鞋子过来？"

"我带了一双工作便鞋。"

"带了什么书？"

"《洛娜·杜恩》和《诱拐》[①]，还有《呼啸山庄》[②]。"

"除了《诱拐》以外，其余的都是大人看的。"

---

① 《诱拐》是英国作家史蒂文森创作的一部经典小说。

② 《呼啸山庄》是英国女作家艾米莉·勃朗特创作的一部小说。

“《洛娜·杜恩》并不是大人看的书啊。”

“我们能够朗诵。”尼克说，“朗诵可以让书多读一些时候。但是小妞，这么你就使我更不好办了，我们只得出发。这伙杂种绝对不会像他们假装的一样傻，很有可能是喝醉了酒才那样的。”

尼克早已经捆扎妥当了，把背带也打好了，所以坐下来换上便鞋。他用胳臂搂着妹妹，“你真的想走吗？”

“我只能走了，尼基。不要再犹豫了，我早就已经留下了字条。”

“那么好吧。”尼克说，“我们就赶快出发吧。你先背着长枪，背不动告诉我。”

“我全部都准备齐了，可以上路啦。”妹妹说道，“让我替你把背包整好。”

“你知道吗，你今天一点觉都没睡，可是我们现在又得出发旅行了。”

“我知道的。我像那个趴在桌子上打鼾的家伙说的一样，一整夜都没合眼。”

“很有可能他也真的有过那么一回事儿。”尼克说，“可是你千万别把脚磨破了。便鞋磨脚吗？”

“不磨了。整个夏天我都光着脚走路，脚板练得特别厚实。”

“我的脚也特别好。”尼克说道，“快来，我们现在就动身走吧。”

他们开头先是在柔软的杉树针叶地上走着，铁杉树又高又挺拔，林子里面没有长棘藜丛。他们顺着山坡而上，月光穿透林子映照出尼克背着大包的身影，他的妹妹正扛着点二二口径长枪。他们登上山顶回头一看，只见湖水荡漾在月光之下，明亮的湖光使他们可以看到湖上的黑点以及对岸高耸的山峦，这样的夜景真是太漂亮了。

“我们为什么不在这里向它告别呢？”尼克·阿丹姆斯说。

“那么再见吧，湖水。”小妞说，“我多么爱你啊。”

兄妹俩翻山越岭下了坡，走过了宽阔的空地，穿过果木园，爬过了一道栅栏围篱，然后进入到收割完了的田野。走过麦茬地以后他们朝着右边看，看到了屠宰场以及幽谷里面的大谷仓，还有面向湖泊的另外一处高原以及高原上面的圆木农舍。山下月色当中只见那条长着细高白杨树的狭长大道一直通向湖边。

“你的脚怎么样，小妞？”尼克问道。

“还行。”妹妹说。

“我选择这条路不会遇到狗，”尼克说，“狗假如知道是我们，会立刻不叫的，但是人们那时早就听见狗叫了。”

“我知道的。”她说道，“狗叫完了之后人们就会知道是我们路过这里了。”

举目望去，他们能看到大路尽头黑黢黢升起的山脊。他们走过一整块割完谷物的田野，跨过那条通向冷却室的小水渠。随后爬上更高山坡上的一块割过的麦田，又过了一道栏杆围篱，来到了沙土路以及对面被开发过的森林地带。

“等我爬上之后再帮你上来吧。”尼克说道，“我要先去打探一下路面。”

站在栏杆上他看着远处起伏的田野，老家边上的黑林子，还有月光下闪亮的湖水，最后他转过身来看着路面。

“我们走过的这条路线，估计他们没有办法跟踪的，并且这样厚厚的沙土地让他们也没有办法辨认出我们走过的足迹。”他对妹妹说道，“我们可以走在大路的外沿，只要沙土不硌你的脚就行。”

“尼基，说实话，我看他们没这么机灵，他们应该不会去侦察别人的足迹。你看他们光等着你回去自首，但是却没等到吃晚饭就喝得醉醺醺的，吃饭之后还接着喝，真是一群蠢货。”

“但是他们到过码头上。”尼克说，“我正待在那儿，假如不是你事先告诉我，那我估计就会被他们逮个正着。”

“他们也并不一定这么机灵，是妈妈让他们知道你很有可能出去钓鱼了，所以他们这才猜到你可能会去大水湾。我离家之后，他们肯定发现湖边的小船一条都不缺，这又使他们想起你很有可能会在河湾里打鱼。大家都知道你总是在磨坊跟榨坊[①]的下面钓鱼。但

① 榨苹果汁的作坊。

是这两个家伙甚至连这一点儿都捉摸不到。”

“就算是这样吧。”尼克说，“可是他们也的确猜得够准的。”

他的妹妹把长枪穿过围篱递给了尼克，枪柄朝着他，自己则从栅栏中间爬过去。她在大路边上和他一起肩并肩地站着，他用手轻轻抚摸着她的头顶。

“你现在很累是吧，小妞？”

“我不累啊。我真的很好，我现在高兴得都忘记疲倦了。”

“到你觉得太累的时候，就选路边的沙土地走吧。他们的马匹在沙土里踩下许多的窟窿。沙土又软而且又干很难保留足迹，我在路边的硬石地上走。”

“我也可以走硬石地。”

“不行，坚决不行。我不愿意你把脚磨破了。”

他们一块儿爬上斜坡，尽管不断遇到一些起伏不大的山冈，总而言之是向着那个介于两座湖之间的高原走去。大路两边到处是树枝交错，茂密无间的二茬树林，底下长满了黑草莓及红草莓的小嫩芽，从路边一直延伸到林间，抬头远眺可以看见一系列的山峰就像是刻在林子里面的锯形波纹，月亮在山后悄无声息地就落了下去。

“你感觉怎么样，小妞？”尼克问他的妹妹。

“我感到很有趣。尼基，你每一次从家里逃出去都是那么有意思吗？”

“不是啊，一般都是特别的寂寞。”

“你究竟感到怎样的寂寞呢？”

“简直像漆黑一团的寂寞，很难受。”

“有了我之后，你还会感觉寂寞吗?”

“不会的。”

“和我在一块儿你不后悔没有去找杜露蒂[①]吧?”

“你为什么总是喜欢谈论她呢？”

“我一直都没有说。或许你心中在想她，反而觉得是我在讨论

① 尼克的恋人，一个印第安姑娘，参见海明威的另一篇小说《两代父子》。

她。”

“你实在是太聪明了！”尼克说道，“我想起她了，无非都是你告诉了我她的下落。那么我既然知道她在哪里，自然也就会猜出她可能在做些什么事情等等。”

“我想我确实不应该跟你走。”

“我早就告诉过你不应该来。”

“哦，去你的！”妹妹说，“我们也要像他们一样吵吵闹闹斗嘴吗？我现在回去，你不需要我了。”

“赶快闭嘴。”尼克说。

“不要那么说话，尼基。我可以回去的，也可以按照你的意思在这里留下来。不管什么时候，只要你跟我说一声，我就会立刻回去。可是我并不愿意吵嘴，我们在家中见过的打闹难道还不够吗？”

“是啊。”尼克说。

“我知道原本是我逼着你带我出来的。但是我已经安排好了所有的一切，不让你受牵累。我不是已经想办法阻止他们抓到你了吗？”

兄妹两个人爬上了高地，他们在这儿再一次眺望着湖面，但是此处看见的湖水居然狭窄得像是一条大河了。

“我们要在这里横穿旷野。”尼克说，“接着就踏上古老的伐木大道。这也是应该考虑要不要回家的地方了，假如你想回去就从这里走吧。”

他把背包卸下来安放在林子里，他的妹妹随即把长枪靠在了背包上。

“赶快坐下吧，小妞，休息一会儿。”他说道，“我们两个人都已经够累的了。”

尼克躺下后拿着背包枕着头，妹妹挨着他躺下，把头枕在了哥哥的肩膀上。

“我不准备回去，尼克，除非你命令我走。”她说，“我也不想和你争论。请你答应我，我们绝对不能够吵架，好吗？”

“我答应你。”

“那么我也不再提起杜露蒂。”

“让杜露蒂去见鬼吧。”

“我只想对你有用，当一个好伴。”

“你就是这样。你难道不在乎吗，有时候我会发一点儿野性，有时候又会纠缠到孤独的情绪当中去？”

“对于这些我一点儿也不在乎。我们要好好地互相照顾，那样就会过得很快乐。我们一定可以很愉快的。”

“那么好吧。从现在开始，我们开开心心的。”

“我一直都过得很愉快。”小妞说。

“但是我们还必须先度过一些难关，吃一点儿苦头，最后我就到达目的地了。我们不妨在这里先待一阵子，等到天亮再上路。你先睡一会儿觉，小妞。你觉得够不够暖和呢？”

“哦，还好，尼基。我身上穿着毛衣。”

说着她就蜷缩在他身旁入睡了。没有多长时间，尼克也进入了梦乡。他差不多熟睡了两个小时，曙光就把他照醒了。

尼克领路穿过二茬林子绕了一圈，随后来到古老的伐木大道。

“我们不要把脚印留下来，露出从大马路转入伐木古道的痕迹。”他对妹妹说。

那条古老的路缠满了重重的树枝，他很多次不得不低头弯腰躲过树杈。

“我们简直就像钻隧道一样。”妹妹打趣地说道。

“再忍一会儿就可以找到开阔的空地了。”

“我从来都没有来过这个地方吧？”

“没有。这条路会把你带到远远超过我之前和你一块儿去打猎的地方。”

“这条路可以领我们到那个隐秘的地方去吗？”

“不可以，小妞。我们这次要通过很多被乱砍滥伐的森林。我们必须要走别人没有走过的路。”

他们两个人沿着古道走了一会儿之后又进入另外一处幽径，比之前有更多的枝叶蔓延集结，很难通过。最后他们来到了一处开垦过的土地，周围用火烧净的地方又长满了杂草及矮丛，处处散立着伐木营的旧木屋。屋棚年久破败，好几处屋顶都已经塌了下去。可是道旁有一股清泉涓涓流出，兄妹两个人看到后兴奋极了，此处竟然还有这么好的泉水，于是便俯身畅饮起来。尽管太阳还没有升出来，他们经过大半夜的跋涉，这时候感觉周遭寂寂，肚子里可是空荡荡的，都快饿坏了。

“这一大片森林原来都是铁杉树。”尼克说道，“人们把树砍下来只是为了剥树皮，他们并不用树身。”

“那条路呢？”

“他们或许先从远处砍起，然后拖走大树皮，堆积在路旁，这样就便于慢慢运走了。到了后来越砍越近，全部都砍到大路边沿，把树皮一直都堆到这个地方，随后一一拉走。”

“那个秘密的地方就在这些被乱伐的木场后边吗？”

“没错。我们先穿过这个乱木场，横过一条大路之后再经过一处乱树林，这样才能到达原始森林。”

“人们既然把这个地方的林子全部都砍成乱七八糟了，为什么又要留下一座原始森林呢？”

“这我可不知道啊。我估计那座森林应该属于某一个主人的，但是他又不愿意出售。人们就开始偷伐森林的外圈，或许是交了一些采伐费。可是里面还留着很大一片没有采伐的森林，并且估计里边已经是无路可通。”

“那么人们为何不顺着溪流走下去呢？那一条溪流肯定是从某一个水源流出来的吧？”

兄妹两个人在起步横穿那座乱木场以前，先休息了一阵儿，尼克还有话想要给妹妹说明白。

“你看，小妞。这个溪沟的确穿过我们之前走的那条大路，并且还穿过一家农民的土地。这一位农民用篱笆把地圈起来当作牧场，他这是为了防止过路人在溪水里钓鱼。所以人们只能走到农民修建的桥头上就不得不停下来了。假如人们想要穿过他的牧场，就一定要跨过溪流的某一段，他立刻从农舍后边放出一头公牛。那牛非常凶狠，足足可以把过路人顶出牧场。这是头我所见过的最最蛮狠的雄牛，它一整天都在牧场上等着人们过来，这样一来它就能够猛撞过去。追完那头牛之后也就走完农民的土地了，紧接着就出现一处沼泽地，上边长着杉柏，下边却是泥塘。你如果不熟悉那些坑坑洼洼就不要想通过这个沼泽地。就算你知道哪一处可以通行，也是一定会让人够受的。走完这些路才到我们的隐秘地。我们现在还是在越岭过山，也正是绕道而走的背面路。就在隐秘地的下边还有一处地地道道的险沼泽。情况如此糟糕，你竟然不想通过它。那么好吧，让我们最先从糟糕的部分开始吧。”

兄妹两个人已经走完了糟糕的一段路程。尼克爬过很多乱木堆，有的比他的身高还要高，有的齐他的腰部。他总是先把长枪放在木头顶上，接着把妹妹拉上来，然后再让她跨到背后滑下去。不然的话．他就先爬下木材堆把长枪接住了，随后搀妹妹下木堆。遇见成片灌木的时候，他们就绕道前行。整个乱木场火热难忍，满地丛生的蓬蒿及猪草把姑娘的头发染上了花粉，而且还呛得她一直打着喷嚏。

“真是讨厌的乱木场。”她对尼克说。他们高高地坐在一根大木材的顶上休息了一会儿，紧挨着剥树皮工人下过刀斧的地方。剥了皮的树身早已经变成铁灰色，所有的木材也都在腐烂。周围堆放着很多的大段灰色树干，灰色的灌木以及树枝，但是上边却长了鲜艳夺目的野花，漫无目的地徒然盛放。

“这就是最后一个乱木场了。”尼克说。

“我真的特别恨它们。”妹妹说道，“真是讨厌这些野草闲花，简直就像是森林墓地，没有人看管，即使开了花也没有一点儿用。”

“如今你明白了吧，为何我不愿意在黑夜里穿行这些地方。”

“我们压根儿就穿不过去。”

“不仅仅这样，根本没有人会选择这条路来追捕我们的。现在我们来到好地方了。”

他们从烈日曝晒的乱木场走了出来，进入到了荫凉的大森林。这些被乱伐的场地一直延伸到了山冈上，穿越过山顶，到了背面山下才是真正大森林的开始。他们踩上了富有弹性的褐色地面，感觉脚下非常轻快。森林里面没有灌木丛，株株大树长到了六十英尺高之后才分出枝叶。站在树荫下面清凉怡人，尼克能从高矗的枝干之间听见由远及近的微微风声。他们走着走着，阳光已经没有办法照射进来了，可是尼克心里很清楚，只有到了中午时太阳才能穿过树顶的最高枝叶层。他和妹妹手拉手就这么欢快地走着。

“我一点儿也不觉得害怕，尼基。可是这个地方倒是给我一种十分奇怪的感觉。”

“我也有过这种感觉。”尼克说，“我常常都是这样。”

“以前我从来没有到过这种树林子。”

“这附近也就剩下这一座还没有砍伐的原始森林了。”

“我们穿过这段林子需要很长的时间吗？”

“是的，还需要很长的一段路。”

“假如我一个人在这林子里，我就会觉得有点儿害怕了。”

“它也让我感觉古怪，但我并不觉得害怕。”

“我已经说了害怕的。”

“我知道的。或许我们都有一点儿害怕，因此才说的。”

“不对，和你在一块儿我就不觉得害怕了。但是我知道如果仅仅是我一个人就会觉得害怕的。你之前是不是和别人一块儿来过这个地方？”

“没有，我是自己一个人进来的。”

“你并不觉得害怕吗？”

“我不觉得害怕，可是我总是会有一种古怪的感觉。就像一个人走进教堂里去那种阴森森的感觉。”

“尼基，我们将来去生活的地方不会就是像这阴森森的森林一样吧，会不会？”

“绝不会的。不要担心，你是不是想得有点多了。我们要到愉快的地方去。等着吧，你肯定会高兴的，小妞。这样一来对你也有好处。古老的森林就是会给人一种这样的感觉。这也是我们仅仅剩下的最后一片净土了。其他人谁也没有来过的。”

“我特别喜欢古老的时光，可是我不喜欢这样阴森森的地方。”

“这里其实并不算怎么阴森。铁杉林里面才真的是阴森森的呢。”

“光着脚走在林子里感觉真好。在来这里之前，我一直把我家后面的草地看得特别美妙，但是到了这里，我才发现这个地方比那里更好。尼基，你相信上帝吗？假如你不想承认，你就不要回答我。”

“我自己也弄不清楚。”

“好吧，你不需要说了。但是我每一天晚上都会做祈祷，你应该不在乎吧？”

“我一点儿也不在乎。假如你忘记了做祷告，我倒是还会提醒你的。”

“真是谢谢你。走进这样的大树林子，一般会使人感觉到特别想要相信宗教。”

“所以人们要建造像如此气氛的大教堂。”

“你没有见过大教堂吧？”

“没有。可是我以前在书中读到过大教堂，并且我也能想象出来它是什么样子。这是我们在附近可以找到的最好的地方。”

“你认为将来有一天我们可能会到欧洲去参观一些大教堂吗？”

“我们当然可以去。可是我首先一定要摆脱现在所处的困境，接着就要学会如何赚大钱。”

“你觉得写书可以给你挣钱吗？”

“那只有等我学好了写作之后再说吧。”

“如果你可以学会写一些愉快开心的故事，你是不是就可以赚到更多的钱呢？这并不是我的意见。妈妈经常说，你写的东西全都是恐怖以及充满仇恨的。”

“《圣诞老人》杂志说它实在是太恐怖了。”尼克说道，“我知道他们嘴里不说，其实心中就是不怎么喜欢我的故事。”

“可是《圣诞老人》是我们最喜爱读的杂志呀。”

“我知道的。”尼克说道，“我早就已经被他们看作是太怪僻的人了，我已经习以为常了。不过我现在还没有长大成人呢。”

“那你说男人到了什么时候才算真正成人了呢？等到他结了婚吗？”

“那不一定。人们说你还没有到成年期，所以才把你送进自新学校。等你到了成年期，他们就会把你送进感化院。”

“我真的很开心，你还没有到成年期。”

“什么地方他们也没有办法把我送去。”尼克说，“我们就不要谈论这些怪僻的东西了，尽管我写的都是一些恐怖的故事。”

“我没说那些故事是怪僻的啊。”

“我明白，但是别人都说它是怪僻的。”

“让我们高兴起来吧，尼基。”妹妹说道，“那些大树林让我感觉太严肃了。”

“没事的，我们不用多久就会走出这片阴森的树林。”尼克对妹妹说，“之后你就可以看到我们将要去生活的地方了。你现在肚子饿吗，小妞？”

“有一点儿。”

“看来我猜对了。”尼克说，“好吧，让我们就先来吃几个苹果。”

兄妹两个人从山冈高处朝下走，最后终于在大树的树干之间见到了前边的阳光，来到了林子边沿可以看见四处长着的鹿蹄草以及一些蔓虎刺，而树林中的地面布满了各种各样的草木。他们又从大树枝之间瞥见一方宽广的牧场，顺着斜坡一直延伸到山下泉水边长有白桦树的地方。接下去，远在草场和一排白桦的外边是一片暗绿色的杉柏沼泽地，越过沼泽远处是一系列深蓝色的山峦。介乎两者中间原来有一条从大湖分出来的支流，但是从眼前的高处眺望是根本看不清楚的。他们只可以凭感觉，知道那一边确实有一波湖水。

“你看这泉水！”尼克对妹妹说道，“这儿还留着我以前搭过帐篷用的大石块呢。”

“这地方真是太美了，尼基，我好喜欢。”妹妹说道，“我们还可以再看一眼湖水吗？”

“那需要到更远的地方才可以看到大湖。可是，我们还不如在这里搭帐篷。我去捡一些木柴，接着就先做一顿早饭吃吧。”

“这几块耐火石都已经很老了。”

“这里的环境都是很古老的。”尼克说，“这些耐火石还是印第安人留下来的哪。”

“我一路上在林子里穿行，既没有看见地面上有足迹，也没有见到树上有标记[①]，可是你又是怎么找到这里的呢？”

“你难道没有注意到三座小岗上竖立着指方向的石头标志吗？”

“我没有看见。”

“等过一会儿我指给你看。”

“是你竖在那儿的吗？”

“不是的，很久之前就有的。”

“那么你为何不早指给我看呢？”

“我也不知道为什么。”尼克说，“或许是想在你面前显摆一下我的本领吧。”

“尼基，我真的很希望他们永远不会找到我们这儿来。”

“我也不希望他们能找到我们。”

正当尼克兄妹进入了第一个乱木场的时候，他们家阳台上面睡着的那个本地猎场看守人被那正从屋后坡地慢慢上升起的太阳晒醒了。他们家原来是建在湖边一排树荫当中的。

看守人先前在深夜的时候起来找水喝，他从厨房出来的时候就顺手在椅子上抓了一个垫子铺在地面上当枕头睡觉。现在被照在脸上的太阳晒醒了，这时候才发现自己睡的不是地方，所以忙着站了起来。他是侧着右边身子睡的，因为左臂腋下夹着一支从肩上下来的三八史密斯·威森手枪。他一觉醒来立刻先摸了一下手枪，发现它还在，然后就放心了，接着才避开了刺眼的阳光，慢悠悠地走进了厨房，从餐桌旁边水桶里面舀了一勺水喝。女工这时候正在点燃炉子里面的火，看守人询问她：“做一点儿早饭吃，怎么样？”

① 在森林中行路，常相隔一段距离就在树上削去一块树皮，露出白碴，作为指路标志。

“这里没有早饭。”她说。晚上她就睡在屋后的小房子里，半小时之前才到了厨房里来烧炉子。看见躺在阳台地上的看守人还有桌上那只快要喝空的威士忌酒瓶子，她此时感觉到既害怕又恶心。这所有的一切都使他很生气。

“什么叫作没有早饭。”看守人说，手里还提着那只水勺。

“没有就是没有。”

“那又是为什么呢？”

“因为没有吃的东西。”

“这里有没有咖啡？”

“没有咖啡。”

“有茶叶吗？”

“没有茶叶，没有麦片，没有盐，没有胡椒，没有咖啡，没有巴登罐头奶油，没有吉米马姑妈牌荞麦粉，也没有咸肉。什么东西都没有了。”

“你到底在啰唆什么？昨天夜里我还记得食品可是还很多呢。”

“但是现在什么都不剩了，一定是被大老鼠偷走了。”

那位从边远地区来的看守人听见了他们在说话，也早已经醒了，就走进了厨房。

“早晨好啊？”年轻的女工向他问候。

但是那人却不予理睬，却说：“出了什么事儿吗，伊文思？”

“小杂种昨天晚上来过了，把一大堆食物全部都弄走了。”

“不要在我的厨房里骂人。”女工说。

“去外面来说话。”边区看守人说道。两个男人来到了阳台上，接着就随手把厨房门关紧了。

“这是怎么一回事，伊文思？”边区猎场看守人说着指指桌上那瓶不到四分之一的老青河酒，“你究竟烂醉到什么程度？”

“我跟你喝的一样。我靠着桌子坐——”

“坐着干什么呢？”

“等候那个见鬼的阿丹姆斯小伙子露面呀！”

“一面喝着酒。”

“没有喝酒。差不多半夜四点多的时候，我站了起来到厨房里去找水喝，随后在前门躺下伸了一下腰。”

“你为何不睡在厨房门口呢？”

“我躺在这里，假如这小子进来，我不是能看得更清楚吗？”

“那么究竟出了什么事呢？”

“他肯定是溜进厨房，很有可能爬窗子进来的，把一大堆吃的东西全都装走了。”

“所有的都是废话！”

“既然这样你在干什么呢？”本地猎场看守人问道。

“我也和你一样睡着了啊。”

“那么好吧，我们就不要再吵嘴啦，吵嘴又有什么用呢？”

“把那个女工叫来。”

年轻的女工被叫来了，那个边区看守人对她说：“你去跟阿丹姆斯太太说，我们有话要对她说。”

女工一声不响地走进了大房间，然后把门关上了。

“你赶快收拾一下酒瓶子，无论满的还是空的。”边区看守人说道，“剩下这些也没有什么用了，你就把它喝光吧。”

“真是谢谢，不过我不想再喝酒了。今天还有一些其他的事情要做。”

“我来喝一口吧。”边区看守人说道，“酒也分得不怎么公平。”

“你走了之后我一口也没喝。”本地看守人不服气地说。

“你为什么总是说一些没有用的话呢？”

“这并不是废话。”

边区看守人把酒瓶子放下。“好啦好啦！”他转过身对进来顺手又关上门的女工说，“太太在说些什么呢？”

“她这会儿正在闹头痛，估计现在不能见你。她说你既然带着一张拘人传票，假如想搜屋子就搜吧，搜完之后就请你离开这个地方。”

“关于那个小伙子她说了些什么？”

“她压根儿没有看到他，而且也不知道他的情况。”

“别的孩子都到哪儿去了？”

“他们都到查尔伏华探亲去了。”

“他们去那里探什么亲啊？”

“那我可不知道，甚至连她也不知道。他们先到那里去跳舞，星期天就干脆住在朋友家里。”

“昨天在这儿的那个孩子是谁？”

“昨天我没看见有孩子在这里。”

“我明明看到有啊。”

“或许是孩子们的朋友来找他们，也有可能是那些旅客的孩子吧。是男的还是女的？”

“一个差不多十一二岁的女孩子，棕色头发以及棕色的眼睛。她脸上有雀斑，晒成了深褐色。身穿劳动服和男孩子的衬衫，光着一双脚。”

“大家都这样打扮。”女工说，“你不是说她十一二岁吗？”

“哦，全是废话。”边区看守人说道，“你别想从这些乡下人口里问出什么话来。”

“说我是乡下人，他又是什么呢？”女工朝着本地看守人瞥了一眼。“伊文思先生又算什么呢？他的孩子和我进的是同一所学校。”

“那个女孩子究竟是谁呢？”伊文思又问她，“赶快说吧，苏珊。你不说的话，我也有办法找出来的。”

“我什么也不清楚。”那个年轻的女工答道，“眼前似乎任何人都能上这里来。我反倒是觉得自己像生活在大城市里一样。”

“你这话不是想给自己找麻烦吧，是不是，苏珊？”伊文思反问道。

“当然不想，先生。”

“我说的话从来都是认真算数的。”

“你也不想给自己找麻烦吧，对不对？”苏珊反问他。

两个男人在屋后谷仓里套上马，边区看守人说道：“我们做得不太出色，对不对？”

“这一次又把他放走了。”伊文思说道，“他有了吃的东西，并且很有可能带着长枪。可是他绝对还在这附近。我一定可以把他抓回来。你能辨认足迹吗？”

“不能，我认不准。你可以吗？”

“雪地里还可以。”本地看守人一边笑一边说着。

“我们也不一定非认足迹才能抓到他。我们先动脑筋想一下他有可能会去的地方。”

“他带的食物还不够让他远奔南方。他或许会朝着这个方向走一段路，随后再奔铁路线走去。”

“从木棚里看不出来他究竟拿了些什么。可是他从厨房里弄走了一大堆吃的。他自然是想去投奔什么地方。我一定要好好检查一下他的生活习惯，还有他所有的朋友，和他经常去的地方。你先上查尔伏华或者是彼得罗斯克或者圣依格奈斯及希博依根去拦住他。假设你处在他的立场，你会朝着哪个方向跑呢？”

“我会朝半岛上端奔去。”

“我跟你想到一起了，并且他的确去过那个地方。去渡口是很容易截住他的。但是从此地出发到渡口和希博依根之间隔了一大片旷野，而且他又特别熟悉这附近的地形。”

“我们还不如先下去找一找派克尔。今天本来是准备先查问他的铺子的。”

“那个小子有什么理由不投奔东约旦跟大特拉弗斯方向呢？”边区看守人问道。

“没有什么原因。只是那里不是他的乡土。这小子一定会选一个他熟悉的地方而去的。”

他们把栅栏门打开了准备走出去，苏珊这时候跑了出来。

“我可以搭你们的车上铺子去吗？我必须要买一些日杂品。”

“你是怎么知道我们要上商店去呢？”

“你们昨天的时候就在谈论要去找派克尔先生。”

“那你怎样把日杂品运回来呢？”

“我看或许半路上可以搭一个便车，不然的话就从湖上走。今天可是星期六呀。”

“好的，上车来吧。”本地看守人说道。

“真是感谢你，伊文思先生。”苏珊客气地说道。

到了乡间杂货铺跟邮局之后，伊文思把马匹就系在了槽边，他们先是在外面谈了一会儿才走进商店。

“我简直没办法跟那个该死的苏珊说一句话。”

“没错。”

“派克尔倒是一个老好人。周围的老乡都能和他谈得来。但是你也不要想从他们的嘴里打听出什么指责他买卖鳟鱼的事情。任何人也吓不倒他，我们自然也不愿意去得罪他。”

“那么你觉得他会和我们合作吗？”

“强迫他，他是不会答应的。”

“我们进去看一看吧。”

苏珊早已经进了铺子，一直走过玻璃橱窗，走过地上各式各样的没盖儿木桶以及纸箱，而且看也不看一眼货架上的罐头食品，不和任何人打招呼就来到了邮政柜台前面，上边排列着带锁的信箱以及普通的邮件，另外还有一个卖邮票的窗口。这个时候窗口关闭着，她一心一意朝着商店后门走过去。派克尔先生正在用铁棍撬开一箱货物。他看了她一眼然后微笑了一下。

“约翰先生。”女工说得很快，“尼克走了之后便来了两个管理猎场的看守人。他是昨天晚上出去的，小妹也跟他一起走了。不要和别人说这件事情。他妈妈知道的，所有的一切都没有问题。并且她也不打算把这件事情说出去。”

“他把你的日杂品都带走了吗？”

“大部分都拿走了。”

“你自己去挑选需要买的东西，开一个清单，我来和你一起计数。”

“那伙人这时进门来了。”

“你从后门走出去，再绕到前门走进来。我先到外边去和他们谈一会儿。”

苏珊沿着长长的木板房走到了前边，接着又踏上了门前的石阶。这一次进入商店的时候，她便仔细观看了每件货物。她认识那些送手编篮子来的印第安人，而且她也熟悉那两个印第安男孩儿，他们都站在靠左边的玻璃柜旁看着里边陈列的钓鱼钩。第二个玻璃柜里面摆着的所有成药她都清楚，并且知道谁常常来买这些药品。有一年夏天的时候，她在这儿当过售货员，所以懂得各种各样纸盒外边写着的字母号码之类的意思，这中间分别装着皮鞋，套鞋，羊毛袜，手套，便帽以及毛衣等等之类的东西。她懂得这些印第安人拿来的手编篮子可以值多少钱，现在既然已经过季节了，送过来太迟就不能卖什么好价钱了。

“你为何直到现在才送篮子来，泰皮肖太太？”她问道。

“七月四日的节日狂欢过头了。”印第安女人笑着答道。

“别莱还好吗？”苏珊问她。

“我不清楚呀，苏珊，我已经有四个星期没见到他了。”

“那你为何不把篮子送到旅馆去呢，尝试一下卖给旅客们怎么样？”苏珊问。

“我以前试过一次的。”泰皮肖太太说。

“你应该每一天都去试一次。”

“路实在是太远了。”泰皮肖太太说。

苏珊和熟人聊天，一边写下她需要替主人购买的各种日杂品。这两个看守人却在商店后边和约翰·派克尔搭着话。

约翰的一对眼睛灰中有些发蓝，头发和胡子却全部都是黑色的，他进出店堂的时候总是会带着一副偶然之间闯进来的那种急匆匆的表情。他年轻的时候从密执安北部出走，一去就是十八年的时间，回来之后就很像一名保安官员，而且又像一个故作镇定的赌徒，但是一点儿也不像一个店主的样子。在他走运的那些年，他也开过好几家酒铺并且经营得也不错。等到伐木业衰落的时候，他就开始购置农田。到了最后整个县享有地方自主权了，这时候他又弃农经商，买下了这家杂货店。他早就已经开了一家旅馆，但是他认为旅馆不准许办酒吧就太没有意思了，所以从来不过问旅馆的事情，只有派克尔太太自己在管理它。她比约翰更加雄心勃勃。可是约翰常常说他不想浪费时间和一些到处度假的有钱人打交道，他们到他的旅馆来但是又找不到酒吧，所以只能坐在阳台上的摇椅里消磨时光。他称呼那些旅客为“赶时髦”的人，他总是喜欢在派克尔太太跟前开他们的玩笑。但是她特别钟情于自己的男人，而且也不在乎他开的各种玩笑。

“我不管你怎么样叫旅客们是赶时髦的人……”有一天晚上她在枕边对丈夫说，“我有能力使你只敢对付我这个女人，可以吗？”

她特别喜欢接待旅客，因为他们中间有一些人很有教养。约翰却说她爱文化教养等于伐木工人爱大力士牌烟草。但是她又把文化教养比作是丈夫爱喝的陈年威士忌，这样才使得约翰对她另眼相看。她对丈夫说：“派克尔，你不需要把文化教养放在心上，我绝对不会干涉你的。但是文化教养确实使我感到美妙无比。”

约翰说她完全能够享受文化教养，只要魔鬼不反对就行，可是千万不要让男人去参加“雀泰括”组织或者是什么品德自修课。他年轻的时候曾经参加过露营晚会以及一些宗教会议，他说这一些集会够糟的了，但是起码大家男女混杂过一夜，倒是一个不错的选择，只可惜聚会结束后所有人一哄而散，没有见到有人交过会费。他还跟尼克·阿丹姆斯说自从派克尔太太参加了吉卜赛人史密斯的一次大规模布道会之后，一直在操心丈夫的灵魂，到现在她又感觉派克尔特别像史密斯，所以两人又和好如初了。但是他总是认为“雀泰括”组织有一点儿稀奇古怪，自然有文化教养好像比宗教聚会要高明一点儿。反正这种主张全都是冷冰冰没劲儿的事情，而且人们居然狂热追求着，可见这还不只是一时的风尚而已。

“它一定能把人们吸引住。”他以前对尼克说过，“这样的集会有一点儿像小兴奋能使人头脑发昏。你可以先研究一下，把你的想法跟我说说。你不是想成为一个作家吗，所以就应该早些动脑筋，不要让这批人赶在你的前面。”

约翰·派克尔先生特别喜欢尼克·阿丹姆斯，说他居然敢犯《圣经》里面的“男女原始罪”。尼克不太明白他的意思，但是对这种评价特别的自豪。

“你应当做几件宁愿到日后忏悔的事。小伙子。”约翰对尼克说，“那是一些特别有意思的事情。等它们过后你会常常惦记着应不应该后悔。可是重要的是先干了之后再说。”

“我不想做坏事。”尼克之前说过。

“我也并不是让你去干。”约翰说，“但是人活着总是应该有行动的。你一定不能撒谎，不可以偷窃。自然人都难免会说谎，但是既然你选中某一个人，那么你就应该永远不可以对他撒谎。”

“那么我就选中您。”

“很好，无论碰到什么事情，你绝对不可以对我撒谎，而且我也不会骗你的。”

“我肯定会想办法做到的。”尼克也答应过他。

“但是这还不够。”约翰说，“这件事情是一定要做到的。”

“好的。”尼克说，“我是永远也不会欺骗你的。”

“那么你那位姑娘现在情况怎么样呢？”

“有人跟我说，她现在在索区干活。”

“这是一位漂亮的姑娘，我一直以来都很喜欢她。”约翰之前说过。

“我也是这样的。”尼克说。

“尽可能地把心放开些吧，不要感到太难受了。”

“我没有任何办法。”尼克说，“这件事情不能怪她。她生性就是这样的。有朝一日我如果可以再碰到她，我看我还是不会放开她的。”

“或许不至于那样。”

“很有可能会这样的，我要想办法抑制自己。”

约翰先生一边走到后面的柜台旁边去招呼在那儿等着他的两个汉子，心中一直不停地想着尼克。他站了下来仔细打量这两个人，看起来一个也不顺眼。他一直以来都很讨厌这位看守人，所以就很看不起他。但是又本能地觉得那位边区看守人有一点点的阴险难测。他目前还来不及分析这个人，但是瞧他那一双冷漠无神的眼睛以及紧紧咬住的嘴唇，就知道他不是一个普通嚼烟草的粗汉。他的表链上面还挂着一枚真正的鹿牙，的确是一颗长了五年的雄鹿大牙。这种完美的长鹿齿禁不住引起了约翰的注意，他又仔细地瞧了一遍，并且看了看那人大衣肩膀鼓起的一大块十分显眼的地方，里边正挂着他的枪套儿。

“你是用肩上挂着的那尊大炮打死的那头雄鹿吗？”约翰先生故意询问那个边区看守人。

那个人很不高兴地盯着约翰。

“不对。”他说，“我是在怀俄明旷野地里用温切斯特45-70型长枪把那头雄鹿打死的。”

“既然这样，那么说你是一个喜爱用重枪的大亨了？”约翰先生反问道。他又朝台下瞧瞧那个人的脚，“那双脚一点儿也不小。你出来抓小伙子们难道有必要带这么大号的长枪吗？”

“小伙子们，这话是怎么说呢？”边区看守人抓住了这个话柄。

“我的意思是说你要找的小伙子。”

“你刚刚明明说的是小伙子们。”边区汉子接着说道。

约翰先生这时候不得不转移目标，“伊文思到底带了什么枪去追赶那个曾经两次打败他儿子的男孩子呢？你或许也应该带上重型枪吧，伊文思。那孩子是完全可以把你打败的。”

“那你为什么不把他交出来，我们倒是可以和他较量一下。”伊文思说。

“你刚刚不是说小伙子们吗，杰克逊先生？”边区汉子说道，“你有什么理由可以这么说呢？”

“看你这模样，最多也不过是拍马奉承之流罢了。”约翰先生说，“也是撇着八字脚走路的一些狗杂种。”

“有嘴说这样的话，但是没胆儿走出柜台来较量。”边区汉子说道。

“你和谁这样说话，这可是美国政府的邮政局长，你知道吗？”约翰先生说，“你胡说八道连一个证人都没有带，就带了这个臭粪脸的伊文思。你要知道为什么每个人都叫他臭粪脸，你最好还是好好地打听一下吧。你自己不是搞侦探的吗？”

他现在特别的高兴。他把这次袭击挡住了，又像以前那样扬眉吐气起来，不稀罕眼前那种只侍候旅客食宿的行当，让他们在他办的旅店阳台上悠闲地荡着旧摇椅欣赏湖面上的景致去吧。

“你给我听着，你这个撇脚的家伙，我现在想起来了。你忘了我吗？撇脚佬？”

那个边区看守人盯着他看一直看着，可是还是想不起来他是谁。

“我现在记得你在首府夏延的时候，那天把汤姆·霍尔恩送上了绞刑台。”约翰先生提醒他说道，“你就是诬告汤姆受贿那些人之一。现在你想起来了吗？你被一家私人侦探雇佣来谋杀汤姆，你记得那时候在曼迪生街开酒店的是哪个人了吗？莫非是为了同样的事情你现在又重操旧业了吗？我觉得你不可能把它忘得一干二净吧。”

“那么你是什么时候回到这里来的？”

“在汤姆案结束之后两年。”

“我真是碰见了鬼。”

“你不能忘了是我送给你这颗雄鹿牙齿的吧，那个时候我们一起从格雷博尔撤离。”

“很对，你好好听着，杰姆，我一定会逮住这个孩子的。”

“我的名字叫作约翰。”约翰先生说，“约翰·派克尔，请到里边来我们喝一杯酒吧。你不妨先了解了解你带来的这个伙伴。他原来的绰号叫做烂疮脸伊文思。我们都已经习惯了叫他臭粪脸，为了给他留一点儿面子所以才改成这个诨名。”

“约翰先生。”伊文思说道，“你为什么不能对我们友好一点呢？不如我们大家合作吧。”

“所以我为此改了你的诨名，是不是？”约翰先生说道，“你们二位到底要和我怎样合作呢？”

在店铺的后边，约翰先生从屋角里面一个货架下边拿出一瓶酒来直接交给了那个边区看守人。

“赶快喝吧，撇脚佬！”他说，“看你这副模样估计就想找一点儿酒喝。”

他们每个人都喝了酒，然后约翰先生又问：

“你们究竟为什么要找这个孩子，他到底犯了什么罪？”

“那是因为他违反禁猎法规。”边区人说道。

“违反的是哪一条具体法律呢？”

“他在上个月的十二日那天打死了一头雄鹿。”

“就是因为上月十二日打死一头雄鹿，两个大男人就因为这个而持枪追捕一个小孩子？”约翰先生问道。

“当然不是，他还有别的违法行为。”

“但是这一条是你们已经掌握了证据的。”

“基本上是这样。”

“他还犯了别的什么案子呢？”约翰先生又开口问道。

“还有很多呢。”

“可是你们找不到任何的证据。”

“我并没有这么说。”伊文思说道，“但是眼前这一条证据是确实的。”

“你是说十二日那一天干的？”

“对啊。”伊文思说。

“你为何总是一直有问必答，但是自己却没有办法提问题呢？”边区看守人在责问他的伙伴。约翰先生听了之后开始哈哈大笑起来。他又接着说道：“不要理他，撇脚佬。我倒是要瞧瞧他那脑袋有多么的高明。”

“你跟这个孩子很熟吗？”边区人问。

“特别地熟。”

“之前和他打过交道吗?”

“他有的时候会到这里来买一点东西，一直都是付现款的。”

“你想他这个时候能往哪里跑？”

“他有一个亲戚住在俄克拉何马。”

“你最近一段时间见他是在什么时候呢？”伊文思也问道。

“好啦，伊文思。”边区人说道，“你这时候又在耽搁时间了。

多谢你的酒，杰姆。”

“是约翰！”约翰先生说，“你现在的名字叫什么呢，撇脚佬？”

“我的名字是柏托尔，亨利·柏托尔。”

“撇脚佬，你可千万不要对那个孩子开枪。”

“我一定要逮活的。”

“但是你一直都是一个杀人不眨眼的家伙。”

“我们走吧，伊文思。”边区人说道，“我们在这里只是白白浪费时间。”

“你一定要记住我的话，不要开枪。”约翰再一次轻声说道。

“我记住了。”边区人说。

那两个猎场看守人穿过店堂，把拴在门外面的轻便马车解开，开始驱车上路。约翰一直望着他们朝着大路出发，只看见伊文思执鞭，那个边区人一个劲儿地在对他说着些什么。

“叫什么亨利·J. 柏托尔！”约翰心想，“我只记得他的真名叫作撇脚佬。他生来就有一对大脚，靴子还必须是订做的。大家都叫他撇脚人，到了后来变成撇脚佬。由于他善于辨认足迹，所以就在泉水旁认出了乃斯托的儿子被枪击的地方，这才使得汤姆上了绞刑台，撇脚佬。但是他究竟姓什么呢？或许我从来没有弄明白过。他究竟是笨伯·撇脚佬，还是笨伯·柏托尔？他一定不叫柏托尔。”

“泰皮肖太太，真是抱歉，这些篮子不好存放。”他说，“现在季节已过没有办法保存了。但是你上旅馆那边去跟她们好好说说，或许可以卖掉。”

“你把它买下来，然后再到旅馆去卖掉吧。”泰皮肖太太向他提出建议。

“不可以，她们宁愿从你手上买。”约翰先生对她说，“你的长相还好，不算难看。”

“多年之前的事了。”泰皮肖太太说。

“苏珊，我想跟你说一句话。”约翰先生说。

他在店堂后边对她说：“告诉我，那是怎么一回事。”

“我已经都告诉你了。这两个人是来找尼克的，他们一直在等着他回家。小妹通知他有个人在家等着。尼克趁他们醉倒的时候，就回家取了要用的东西之后便远走高飞了。他拿走了足够半个月的粮食，带上长枪跟小妹一起跑掉了。”

“小妞为何也要跑呢？”

“这个我也不知道，约翰先生。我估计她特别想照顾哥哥，怕他做错事情吧，你是了解他的。”

“你家挨着伊文思家。你觉得尼克很有可能去的地方，那个人会猜中多少呢？”

“他肯定能猜到，但是我不知道他可以猜中多少。”

“你看兄妹两个人会到什么地方去呢？”

“我不知道啊，约翰先生。尼克对四乡很是熟悉。”

“跟伊文思一块儿来的人很不好，他是一个坏人。”

“他看起来并不怎么精明。”

“他是在装傻，烈酒把他喝醉了。”

“你要我做些什么呢？”

“没有什么，苏珊。有情况就立刻通知我。”

“我已经把杂用品计好数了，约翰先生，你可以清点一下。”

“你怎么拿回家呢？”

“我可以搭船到亨利家码头，接着就从湖边小屋摇条小船来运东西。约翰先生，他们究竟想对尼基干什么呢？”

“我正在为这件事情发愁呢。”

“他们议论准备要把他送到自新学校去。”

“我想他是不应该打死那头麋鹿的。”

“他自己也不希望这样干。他跟我说过的，那天他正读到一本书说是能用子弹擦过动物的表皮但是并不伤及肌肤。子弹只是把它击昏了，因此尼基想尝试一下。他也说这种做法很愚蠢，但是他又特别想去试一次。所以，他就对那头雄鹿做了一次试验，但是最后却打断了鹿颈，他感到特别后悔。他认为首先不应该考虑子弹擦破皮肤的事情。”

“我知道。”

“那么，一定是伊文思发现了那块晾在旧冷冻房里面的鹿肉。无论怎么说，有人拿走鹿肉了。”

“那么又有谁会去报告伊文思呢？”

“我看应该就是他的儿子发现的，他总是喜欢跟踪尼克。你平常见不到这小子，他倒是很有可能看见尼克打死那头鹿。这个小子可不是一个什么好东西，约翰先生。可是想要盯一个人的梢，他真的是很有办法。说不准他现在就躲在这间屋子里呢。”

“绝对不可能的。”约翰先生说道，“但是他很有可能在房子外面偷听。”

“我估计他这时候还正在追踪尼克。”姑娘开口说道。

“你在家里有没有听到他们谈论关于这个小子的事情？”

“他们从来都不吐露一个字。”苏珊说。

“伊文思一定要把他留在家里面打杂。我看我们也不需要为他操心，而且等这两人回到伊文思家里之后再说吧。”

“今天下午我可以先摇船到他家里去一趟，让我们的小伙子去了解一下情况，伊文思有没有雇人来照料那些杂事。这样就可以证明他放走儿子出外活动去了。”

“反正这两个汉子年岁已老，估计没有办法去追踪别人了。”

“但是那小子真是够厉害的，约翰先生，他知道尼基的事多一点，了解来龙去脉还有行踪。他很有可能去跟踪兄妹两个人了，并且把那两个汉子带到他们的跟前。”

“赶快进邮局里面来。”约翰先生说。

两个人走进插信架子的后面，那里放满了上锁的信箱以及挂号登记簿，还有那种普通的邮票本，以及报废邮票还有存根等等之类的东西。他把邮件递进窗口然后关紧，苏珊待在里边又像以前在店里帮工的时候那样坐进邮局，感到十分光荣。约翰先生说：“你估计兄妹两个人会上哪儿去呢，苏珊？”

“我实在是想不出来。或许不会走得太远，不然的话他不会带着小妞一起走的，并且一定是一块特别美好的净土，不然的话他也不会让她一起去的。那批人对他钓鳟鱼做鱼贩的地方很是了解，约翰先生。”

“那小子也清楚吗？”

“当然了。”

“那么我们就要赶快想办法来对付伊文思的儿子。”

“如果是我，一定非杀了他不可。我可以肯定就因为这一点，小妞才跟着她哥哥走的。这样，尼基就不会再杀人了。”姑娘说。

“你想一个办法让我们能够尽快知道他们两个人的行踪。”

“好的，但是你也应该想一个办法，约翰先生。考虑考虑他母亲阿丹姆斯太太，她精神都快崩溃了。现在又开始像以前那样头痛欲裂了。这是她想要寄的信。”

“你把信投进邮筒。”约翰先生说，“那是一封美国国内邮件。”

“昨天晚上我真的很想趁他们熟睡之际把他们杀了。”

“不可以！”约翰先生警告她，“不要这么说话，也不要这么考虑这件事。”

“你难道从来就不想杀人吗，约翰先生？”

“我是想过的。但这种想法是不对的，并且也不能从根本上解决问题啊。”

“我爸之前就杀过一个人。”

“这对他而言没有什么好处吧。”

“可是那时他实在是没有其他的办法了。”

“你一定要学会思考问题，然后想出解决的办法。”约翰先生说，“苏珊，你这会儿就走吧。”

“我今天晚上来找你，或者是明天早晨的时候。”苏珊说，“我真的很盼望还能在这里替你干活，约翰先生。”

“我也特别希望如此，苏珊。可是派克尔夫人的看法不一样啊。”

“我明白。”苏珊说，“事情总是这样的。”

尼克和妹妹两个人躺在一席铺满软草的床铺上，上边架了一个防风棚子，这就是他们两个人一起在铁杉林边上搭起来的。从这里能够依着山丘的斜坡直通杉柏沼泽地，还可以看到更远的青色山峦。

“小妞，如果你躺着不舒服，我们还可以在铁杉枝上把松针垫得稍微厚实一些。今天晚上够累的了，就这样凑合着睡一晚吧。明天我们一定要好好地弄一下。”

“这里躺着太美了。”妹妹说，“四肢放松睡觉真的好香甜，尼基。”

“确实是一块美好的露宿营地。”尼克说，“为了不暴露给外人，我们只有少用点儿火。”

“远山能看到火光吗？”

“很有可能的。”尼克说，“晚上点火，光照千里。可是我可以挂一条毯子在背后，这样一来就不会让火光漏出去了。”

“尼基，想一想假如没有人在后面追赶我们，我们到这儿玩该是多有趣呀！”

“不能这么快就想到乐趣。”尼克说，“我们现在才刚刚开始。再说，如果只为了玩乐，我们大可不需要到这个地方来。”

“实在是对不起，尼基。”

“不需要道歉。”尼克告诉她，“小妞，我先下溪水里去捞几条鳟鱼，然后做我们的晚餐。”

“我跟你一起去，可以吗？”

“不可以。你待在这儿休息一会儿吧，这一天已经够劳累的了。你不妨先看一会儿书，安静一下。”

“过那乱木场的时候真是够累人的，你说是不是？我确实是感到有一点累。我走得还可以吧？”

“你干得实在是好极了，搭帐篷就更加出色了。但是现在你应该舒服一会儿了。”

“这块营地应该叫它什么名字，你想好了没有啊？”

“让我们称呼它为第一号营地吧。”尼克说。

他沿着山坡向溪边走去，快到沟沿的时候便停下来了，砍一条长约四英尺的柳枝，经过修整以后留着上边的青皮钓鱼用。沟里清澈见底的溪水急流汹涌。这是一条又窄又深的山沟，两岸都是苔藓，溪水流过，然后瞬间就没入了沼泽中。略带暗绿色的水流跑得这么快，以至于水面上时不时地鼓起泡沫来。尼克很清楚这水是穿过岸石流出来的，所以不可以到岸石上细察，不然的话赤足踏乱石就会惊散鱼群。

他暗想，开阔处或许会聚集很多的鱼儿，因为现在已将近夏末季节了。

所以他从衬衫的左胸袋里面掏出一只烟丝包，里边装着一卷丝质细绳，他按照柳枝长短剪了一段细绳，然后系在树枝顶部又轻轻打了一个结。接着再从烟包里边掏出一只鱼钩来接上。他一只手握住鱼钩的细把，把丝绳拉紧试了一下弹力，接着又把柳枝弯成了弓状。所有的一切就绪，他把钓竿平放在了地上，走到了一株枯了几年的白桦树边，树身刚好横倒在溪旁的杉柏中间。他把树身推开，在下面湿泥当中发现了几条蚯蚓，不算太大。但是条条鲜红肥硕，刚好抓来装入一只盖儿上打了眼的圆铁罐子里，这原本是一只哥本哈根鼻烟盒。他又抓了一些土盖住穴孔，把桦树推回到了原处。他已经连续三年在这个地方找到过活鱼饵了，并且每次抓过蚯蚓后总是把枯树照旧滚回原处。

他在想，这条溪沟究竟会有多么深呢，估计从来都没有人知道。但是它可以容纳从上游一处肮脏沼泽地里面流出来的大量活水。他抬头看了一遍溪沟的上下游，从山顶一直看到了铁杉林里搭棚子的地方。这时候走到钓竿以及丝绳边上，把鱼钩拿起来仔细穿上鱼饵，然后只见他在上边啐一口唾沫祝愿今朝可以碰上好运气。他右手举着系好鱼饵的钓竿以及钓丝，接着轻手轻脚地朝着狭窄但流量不小的溪边走过去。

他来到了一处十分陡狭的沟旁，在这里只要轻轻一甩钓竿就可以到达彼岸，但是他紧紧贴着沟边细听那汹涌奔腾的溪水。接着在岸上选了一个不在水面上显露身影的地方慢慢地蹲下来，从烟包里面摸出两枚裂开的弹壳卡在离鱼钩一英尺长的钓丝上，接着用牙齿把铅壳咬死在绳上。

他一举手就把卷着两条蚯蚓的钓鱼钩甩出了水面，然后任它慢慢沉入水里随着急流漂去，一边又放低手里的柳条让溪水拖着丝绳跑，因此钓钩顺着流水慢慢地钻入了沟下深处。他突然觉得丝绳挺直绷紧，并且突然被什么东西咬住了不放一样。他立刻举起钓竿，柳枝在他手里几乎成了弓形。他完全可以感觉出一种震颤和拼命地挣扎，就在他用力收绳时，那种挣扎也没有放松过片刻。上钩者像是松懈了一下，又突然带着丝绳跃出水面。深且窄的急流终于被一阵笨重猛跃的划水动作打乱了，这时候只见一条肥大的鳟鱼跳出水面，越过空中，接着逾越过尼克的肩头向他身后的岸上蹦去，尼克看见它在阳光下面泛白发亮，等到它再一次蹦入凤尾草丛中的时候他才把它捉住。这条沉甸甸的鳟鱼在尼克手里发出特别鲜美的香味，他看到鱼背是多么乌亮而且布满了闪闪发光的斑点，鱼鳍边沿多么光亮夺目而且一片白鳍当中又镶着一道黑线。鱼肚却焕发着一种美不胜收的晚霞金光。尼克用右手把那条鲜鱼托起来，他的手指刚刚够勒住鱼肚，这条鱼真的是不小啊。

他又在思考，偌大一条活鱼估计装不进他的长柄浅锅。如今既然已经把它摔伤了，倒不如就地宰了它。

他举起身旁猎刀的木柄，用力敲打鱼的脑袋，接着把它平放在倒地的桦树躯干上。

“真是倒霉！”他咒骂着，“这条鱼的尺寸刚刚合适派克尔太太给旅客们做鳟鱼饭吃，给我和小妞来受用未免太大一点儿了吧。”

他心想还不如再往上游去，寻找一个浅滩抓它几条小一点的鱼儿。这个倒霉鬼，我竟然把它弄得鱼肚朝天上了钩，它不可能没有感觉的。鱼儿有时候还会戏弄钓鱼人，碰到没有办法钓大鱼的人是不可能理解鱼儿心理的。如果戏弄的时间不长的话，那又该怎么办呢？眼下刚好处于你死我活、互不相让的当口，鱼儿是自己愿意上钩的，而且不用管它来的时候作何打算，又是为何腾空而起。

他越想越感觉这条溪沟古怪难测，尤其当一个人想找一条小鱼来钓时，简直就是无能为力。

他再一次拾回那根摔得特别远的钓竿。鱼钩已经被那鱼整歪了，他只好把它扳直。接着便拿起那条沉重的大鱼，朝着上游兴奋地走去。

一直到了溪水挨近山上沼泽的时候才找到一处卵石浅滩，这一次他觉得很有可能在这里会钓到几条小鱼了。小妞或许不喜欢吃大鱼。假如她想家了，我就只好送她回去。不知道这时候那两个老家伙又在做什么？我不相信那该死的伊文思小子能发现这块宝地。他这个婊子养的杂种。我看除了印第安人知道这个地方外，再也不会有其他的人来钓鱼了。他心里想着，自己倒还不如去做个印第安人更好。这样一来就可以省却很多的麻烦事了。

他一路来到了溪沟的上游，尽可能地不挨近水边，可是有一次踩踏了岸石，原来这个地方的泉水从下边地层里流过去。紧接着又是一条大鳟鱼猛力跃出水面，搅起很大一片涟漪。它长得实在是太大了，以至于在淡水中都快没有它的容身之地了。

尼克望着这条大鱼钻进了堤岸下的水滩中就自言自语道："你是在什么时候蹦出来的呢？老兄，这鱼儿真是够瞧的！"

他挑选了一处多卵石的浅滩，在那儿钓了好几条较小一点儿的鳟鱼。鱼儿特别鲜美，肉质也很结实。他一共宰了三条活鱼，把内脏全部都又扔回到水中，而且又在清水里仔细地洗净鱼肉，接着从口袋当中找出一只小小的砂糖袋子把鱼包上了。

幸好姑娘喜欢吃鱼，他自己寻思着。我真的很希望可以采到一些草莓。我倒是很清楚有几处常常长草莓的丛林。因此他向上坡爬去，回到了搭棚子的地方。太阳早已经落到了山后，天气特别凉爽。他向着沼泽地看过去，又抬头望了望天空，那边有一只正翱翔着找鱼吃的老鹰，而在它的下边就是湖湾了。

他蹑手蹑脚地走近了露宿棚，唯恐惊动了小妞。进去后看见她侧身躺在草上看书，他就轻声静气地跟她说话。

"小猴儿，你做了什么事情啦？"

她听了之后转过身去瞧着他，笑了一下，接着摇摇头。

"我把我的头发剪短了。"她说。

“是怎么剪的？”

“用一把剪子呗。你看现在这样子可以吗？”

“你是怎么看得见自己的头发来动手剪呢？”

“我把头发揪在一边之后就下剪子了。这件事情容易。你看我像一个男孩子吗？”

“倒是很像婆罗洲的野小子。”

“我总不可以把头发剪成主日学校圣童的那种样式吧？这个发型看起来是不是有点儿太野蛮了？”

“不会啊。”

“这样，我感觉挺不错的。”她说，“我现在不仅仅是你的妹妹，而且又是一个男孩。你说这样做了之后会不会真的把我变成一个男孩子啊？”

“那肯定是不会的。”

“我倒希望可以变。”

“你简直是疯了，小妞。”

“或许是真的有些疯吧。你看我现在像不像一个呆头呆脑的傻小子？”

“哦，还真的有一点儿像。”

“你可以帮我修得整齐一点儿。你能看清楚我的头发，自然就可以用一把梳子比着修剪。”

“我一定要替你剪得齐一点，可是估计也好不了多少。你现在饿吗，我的痴呆弟弟？”

“我就不可以当一个不痴不呆的弟弟吗？”

“我才不想把你换成弟弟呢。”

“现在你没有办法不换了，尼基，你明白吗？这是我们没有办法避免的事情。我原本准备先征求一下你的意见呢，可是我觉得这件事情没法不做，所以我刚才就干脆悄悄地剪了头发打算谁也不告诉。”

“剪了之后倒更好。”尼克说，“其余的都是废话，我就是喜欢你现在这个样子。”

“真是谢谢你，尼基，我真的很高兴。我听你的话躺在这儿休息。但是我情不自禁想起很多要为你做的事情。我特别想去希博依根这种地方找一个大酒店，随后就给你弄一烟盒的迷药来。”

“你去找谁要呢？”

这个时候尼克已经坐了下来，他的妹妹就坐在他的膝上用胳膊挽着他的脖子，然后用剪短了头发的脑袋轻轻地擦着他的脸。

“我能问婊子皇后娘娘要一些迷魂药，”她说，“你知不知道那家酒店的名字啊？”

“我不知道。”

“叫作皇家十金币客店和商场。”

“你在那里边做什么事情呢？”

“我就是婊子娘娘的侍女。”

“娘娘的侍女又做些什么事情？”

“哦，娘娘起步的时候侍女必须跟在后边提着长裙，然后替她把马车的门打开，把她领到客人的房间里。我觉得，这也许和女皇身旁的宫女差不多吧。”

“那么侍女又得对娘娘说些什么话呢？”

“凡是合乎礼节的，想到了什么就说什么呗。”

“打个比方怎么样，老弟？”

“比如说，‘啊唷娘娘，今天这么热还关在金丝笼子里，真是叫人够受的。’等等之类的话。”

“婊子说些什么呢？”

“她就说：‘对啊，真是很热，真有些热得发汗。’因为我侍候的那一位婊子娘娘出身低微。”

“既然这样，你又是什么出身呢？”

“我是一个恐怖作家的妹妹或者是弟弟吧，但是我是一个娇生惯养的人。所以我特别适合大婊子娘娘的宠爱，还有她周围的人们。”

“你弄到迷魂药了吗？”

“当然搞到了。娘娘还说：‘亲爱的，把这一些小迷汤拿走吧。’我对她说：‘真是谢谢您老人家了。’娘娘最后还说：‘要我向你那位恐怖哥哥问好，他什么时候到了希博依根就请他进商场来看看我们。’”

“你下地走一走吧。”尼克对妹妹说道。

“商场里面的人说话都是这个德性。”小妞说。

“我现在要做晚饭了，你难道没感觉到饿吗？”

“我现在来做晚饭。”

“不要！”尼克说，“你接着闲聊吧。”

“你说这种聊天有意思吗，尼基？”

“我觉得这就很有意思了。”

“我还给你办了另外的一件事情，你想不想听呢？”

“你的意思是说：在你下决心做一些实际有用的事情之前先把头发剪掉吗？”

“这件事情已经够实际的了。你暂且听我来讲清楚，你在做晚饭的时候我可不可以亲你的嘴？”

“等一会儿吧，之后我会回答你的。你究竟准备做什么事情啊？”

“哦，昨天晚上我偷了那瓶威士忌以后，我可能就已经道德败坏了。你觉得就这么一件小事会使你的道德败坏吗？”

“那倒不至于，这么说来那瓶酒早就已经被人打开了。”

“对啊。但是我先拿那只装一品脱容量的空酒瓶，接着再拿那瓶二品脱装的威士忌到厨房里，在灌那只空瓶子的时候手上溅了一些酒，我就把它舐去了。我觉得这一舐就败坏了我的道德。”

“酒的滋味感觉如何呢？”

“特别呛，还有一点点古怪，并且有一点儿恶心。”

“那倒还不至于败坏你的道德吧。”

“哦，那样就好啦，不然的话我的道德既然败坏了，怎么可以对你有好的影响呢？”

“我不明白。”尼克说，“你到底准备要做什么呢？”

他这时候已经生起火来了，并且把平底锅放在火上，正开始把咸肉片放在锅里面煎。他的妹妹在边上瞧着，两只手抱住膝盖。过一会儿，她放开手垂下来了一条手臂撑着身子，把两腿伸直了，照着男孩子的坐相就那么肆无忌惮地坐着。

“我一定要学会把手的姿势放得准确一些。”

“手绝对不要捧脑袋。”

“我明白，如果有两个同岁的男孩在你面前，那么估计就容易模仿了。”

“学我的样子吧。”

“那么就更自然一些，对不对？你该不会笑我吧。”

“可能会。”

“嗯，但愿在旅途中我不会露出女孩的那种腔调来。”

“不要担心。”

“我们两个人的胳膊腿都长得一个样。”

“你说另外要做的一件事情是什么？”

尼克这时候已经开始煎鳟鱼了。咸肉片早已经在新砍下的树枝火堆上烤得焦黄，兄妹两人闻到一阵喷香的咸肉油脂炸鲜鱼味儿。尼克在不停地忙活着，把锅中的油脂不断地浇在鱼皮上面，然后把鱼在锅里面翻过身之后再浇上油脂。这时候，天色已经渐渐黑下来了，他就在这堆小小的营火后面支起一张帆布，把火光挡住不让它向外面射出。

“你究竟准备想要干一件什么事呢？”他再一次问妹妹。小妞靠近火前啐了一口唾沫。

“你吐哪了？”

“反正我没有啐进锅里。”

“哦，说起那个计划可真是不太妙。我从《圣经》里面获得启示。我准备带上三支针头，给三个坏蛋每个人刺上一针。趁他们熟睡的时候，先在两个老家伙的太阳穴那边儿刺进一根针头，接着再刺那个坏小子[1]。”

“你拿什么样的工具来做针头呢？”

“拿上一把包了布的铁锤。”

“铁锤怎么可以用布包上呢？”

“放心吧，我自有办法。”

“要刺得准是一件很不容易的事情。”

“哦，可是圣经故事里刚好是一个女孩子做的这件事情，我既然看见带枪的男人喝得烂醉昏昏睡去，所以就趁黑夜在他们中间巡视一遍，又把他们的威士忌偷走了。那么为何不坚持到底，尤其是听说《圣经》里就有人这么做过的。”

“《圣经》上面可没有说她使用已经包扎好的铁锤。”

“我估计肯定是弄错了，或许是一条裹着布的船桨。”

“可能是吧。但是我并不想要杀死任何人，这不就是你跟着我出走的缘故吗？”

“我明白。但是对你我来说犯罪是一件很容易的事情，尼基。我们跟别人不一样。我另外又想到了，既然已经道德败坏了，或许可以做一个有用的人。”

“你真的疯了吗，小妞儿？”他说，“你听我说，你喝一点儿茶会失眠吗？”

“我也不清楚。我夜里从来都没有失眠过的。我们只有薄荷叶茶。”

“我把它沏得特别淡，再加上一些炼乳。”

“不需要再加什么了，尼基，我们储备得并不多。”

“加一点儿茶会使牛奶更香的。”

他们开始吃晚饭了。尼克给每个人切了两片稞麦面包，每个人用一片面包浸咸肉油脂吃。而且他们又吃了鳟鱼，鱼烤得看起来外焦里嫩的，看着就使人的食欲大增。接着把鱼骨放到火里烧掉，到最

① 此处说的是《旧约·士师记》第四章第二十一节，西西拉沉睡后，希百的齐雅亿取下帐棚的木橛子，手里拿着锤子，轻轻地走到他身旁，将木橛子从他的鬓边钉进去，钉入地里，西西拉就死了。

后把咸肉夹在另外的一片面包里面做成三明治。小妞就开始喝那杯加了炼乳的清茶，尼克顺手在牛奶罐头上的小孔里面插了两根碎木片。

“你现在吃饱了吗？”

“嗯，已经饱了。鳟鱼真的好鲜美，而且咸肉也很香。我们是多么幸运能弄到稞麦面包。”

“最后再吃一个苹果吧。”他说，“明天或许可以搞到更好的东西。小妞，我实在是应该给你做一顿更加丰盛的晚餐。”

“不需要了，我已经吃得够饱了。”

“你真的不饿了吗？”

“不饿了，我吃得实在是饱饱的。我还另外带了一些巧克力呢，你想吃一点儿吗？”

“你从哪里弄来的？”

“从我的百宝囊里啊。”

“在什么地方？”

“我的百宝囊，我存放各种东西的地方。”

“哦。”

“这是新做的巧克力，另外的是厨房用的硬块。我们先吃新鲜的，其他的就留着特殊情况下用。看，我的百宝囊里面还带一条拉绳，像烟叶包一样的，能用来切割金块以及这一类的东西。你说我们这次旅行有可能会到西部去吗，尼基？”

“我现在还没有想好。”

“我真的很希望能把我的百宝囊装满金块，每两值十六美金。”

尼克把小锅清理了，然后把它放在背包里，最后扔在了棚子里。接下来只见他用一条毛毯在草地上铺平做床，另外的一条给小妞当被子盖。他洗净了那只煮茶用的半加仑铁桶，接着从小溪里灌上清水。回到宿营棚，看到他妹妹已经睡熟了。她把蓝色牛仔裤包上便鞋当做枕头用。他吻了吻她，但是并没有惊醒她。把她那件大方格厚呢大衣披上，接着就在背包里面掏出半瓶威士忌。

他把瓶塞子打开闻了闻，感觉香醇扑鼻。所以从小桶溪水中舀了半杯清水，再倒进一些威士忌。他坐在那儿慢慢地独自一个人酌着，每呷一口就首先含在舌下稍停片刻，接着溢上嘴来吞下。

双眼盯着面前的残火被夜晚的微风吹得一亮一暗，他品尝着凉水掺威士忌的滋味，瞧着余烬便落入沉思当中。最后他饮尽水酒，再舀一些凉水喝下肚，然后就上床睡觉了。他那支长枪压在左腿下面，脑袋则枕在长裤包的硬鞋上，接着他把半边毛毯拉上身子紧紧地裹住，接着等他做完晚祷之后便熟睡了。

睡到半夜的时候他感觉到有点冷，赶忙把厚呢大衣盖在妹妹身上，自己把背靠着小妞取暖，这样一来就可以更好地在自己身下包紧那半条毯子了。而且又摸了一下长枪，把它放好在自己的腿下。周围空气里都显得特别寒冷，呼吸呛入了鼻子，可是他能够嗅到新砍的铁杉以及枞树胶脂味儿。这一阵寒气把他冻醒之后，他才真正感觉到全身乏力。背紧靠着妹妹的身体好久才渐渐地暖和过来，让自己又一次舒服地躺着沉思，我一定要悉心照料她，让她觉得开心，接着把她平安地送回家去。他仔细听了一阵她的呼吸，想着万籁俱寂的夜空，紧接着又一次进入了梦乡。

等他一觉醒来时，晨曦只能让他远眺到沼泽之外的山峦。他悄悄地躺着尽力伸展四肢以驱散浑身麻木的感觉。接着坐起来套上了卡其长裤，这会儿才穿上大盖鞋。他看着妹妹在严严实实盖着的厚格呢大衣下睡得正香呢，那高高的颧骨、点点雀斑的棕色皮肤以及新剪的棕色短发更显现出脸上眉清目秀、笔直的鼻子以及紧贴的双耳。他真希望可以把她的娇美素描下来，尤其是那闭着的睡眼下面松散着的长睫毛。

沉思了一会儿，他又感觉小妞的睡相真的很像是一头野生的幼畜。譬如说那一头短发，看起来竟像是有人在枕木上用斧子把它一刀斩齐似的。整个形象特别像是一件完美的雕塑作品。

他当然深深地爱他的妹妹，而且小妞也爱他甚至超越所有的一切。他想兄妹的情感就是这样的诚挚，起码他的自我感觉就是那样的。

所以他想，我又何必唤醒她呢？我自己既然已经累成这个程度，她一定也累得够呛。我们如果可以在此安度几天，那也算是做对了。可以避一避耳目，就让风声慢慢平息下去，那个外地狩猎人也就走了。我应该做一些好的东西给她吃。只可惜我不能储备更好的作料等等。

可是，手上也抓到很多的东西。那只背包现在已经够沉的了。我们今天一定要弄到手的是一些草莓。如果可能的话，最好打到一两只山鸡之类的东西，那就再好不过了。我们还可以采到鲜美的蘑菇。咸肉需要节省点儿用，昨天晚上似乎给她的太少了。她一直以来都喝大量的牛奶，而且吃甜食。但是不要为这些小事烦恼吧。我们可以有办法做好吃的。她喜爱吃鳟鱼是一件好事情。这些鱼实在是太鲜美了。不用替她担心了。她肯定能吃得称心如意的。但是，我的尼克老弟，昨天晚上那顿饭实在是不怎么样。这时候让她好好睡个够吧，别去惊动她。你自己也有很多事情需要做啊！

他很小心地从背包里面取出一些东西来，小妞在睡梦当中嫣然一笑。她棕色的双颧尽管有些绷紧，笑的时候却透出肉色来。她一时醒不过来，尼克就开始动手做早饭，先把火点着了，干木柴到处都有，他生起来了一堆小火，把茶烧好，就等着做早餐了。他自己也喝起了清茶，吃了三个杏干，然后想要读一会儿《洛娜·杜恩》。这本书他早就念过，如今再读似乎失去了最开始的魅力，他清楚地知道这是这次旅行带给他的损失。

那一天傍晚，他们搭好露宿棚以后，他在一只铁皮杯子里面泡上几只干梅子，然后就把它放在火上炖着。他又在背包里面找出筛过的荞麦面，用搪瓷小锅舀出来一些，再加上一杯水把面和好。他把那罐植物油脂拿出来。撕了一小片面粉口袋布包在树枝上面，用钓鱼细绳把它扎得紧紧的。小妞真让哥哥高兴，竟然带来四条面粉口袋。

他和好面糊之后，把平底锅放在火上面烤着，用那根缠了面袋布的树枝蘸了一些油脂涂在锅里。小锅这时候发出了乌亮的光泽，随后嗞嗞起泡，他再另外涂上一层油，就把面糊慢慢倒入锅内摊平了，望着它鼓起泡来之后，就顺手压实四边。他留神注视面饼发酵和成形，煎饼渐渐转变成了深暗色。他又用一小片干净的木柴把煎饼铲起来，把面翻了过来，把烤成漂亮金色的一面朝上，底下的一面又开始发出一阵阵的嗞嗞声。他手里提着平底锅，掂掂面饼的分量，看见它在油锅里面慢慢地膨胀成形。

“早上好啊！”妹妹说，“我是不是起来得太晚了？”

“没有啊，你这个小鬼。”

她站了起来，男式衬衫已经盖过她的棕色大腿了。

“你把活都做完了？”

“还没有啊，我才刚刚开始烤蛋糕。”

“这东西真香呀。我先到溪边把它们洗一洗，回来之后再帮你做。”

“不要在溪水里洗。”

“我才不会像白人那样。”她说。她慢慢隐入棚子后面。

“你把肥皂放到哪里了呢？”她问道。

“我放在溪边了。在那里有一只空油罐，请你一会儿把黄油也一块儿带来，就是放在溪水里冷冻的。”

“我马上就回来。”

她在空罐当中找到裹在油纸里面的半磅黄油，把它拿了回来。

他们开始吃荞麦煎饼，上边涂了黄油及木屋牌罐头糖浆。糖浆是装在一只带长颈螺丝口的铁罐头里面的。兄妹两人这时正感到有点饥饿，煎饼涂上黄油之后流满糖浆，吃起来甚至比蛋糕还要香甜。他们还吃了那些浸透了的干梅子以及果汁，接着又用杯子沏了一些茶喝。

“吃到梅子汁简直就像是过节似的。”小妞说，“真是不敢相信。你睡得如何，尼基？”

“非常好。”

“感谢你替我盖上厚呢大衣，夜晚真是美啊，对不对？”

“对啊。你是一觉睡到天亮的吗？”

“我到现在都还没有全醒。尼基，我们可以一直待在这个地方吗？”

“我估计不行吧。你可能会长大成人，接着就要面临着结婚。”

“我反正就只和你结婚，我要成为你的不行婚礼的妻子。我在书本里面读到过的。”

“是不是你读的那部不成文法律？”

“对啊。在不成文的法律之下，我能做你不行婚礼的妻子。我可不可以，尼基？”

“不行。”

“我说行。我肯定会使你大吃一惊的。我们只要过它一段夫妻生活就可以了。我要让人们从现在起就计算有效时间。这和开垦定居法是相同的。”

“我不准你申请。”

“你也没有办法控制自己。这就叫作不成文法律。我已经反反复复想过许多次了。我绝对要印些名片——尼克·阿丹姆斯夫人，十字村，密执安——不行婚礼的夫人。我每一年都会发几张名片给别人，一直到生效日期为止。”

“我看这件事情估计行不通。”

“我还可以换个办法，我要在成年之前生他两三个孩子。那么按照不成文法律你就一定要和我结婚不可了。”

“这不叫作不成文法律。”

“我现在都被你整得有点儿糊涂了。”

“无论怎样，谁也不知道这样可不可以。”

“非行不可！”她说道，“放宽法制的苏先生[1]特别重视这部法典。”

“苏先生很有可能是犯了过错。”

---

① 这里和下文提到的苏生生、斯坦福·怀特先生，牵涉到一桩轰动美国的一桩凶杀案，因陪审团意见不一致而未作出裁定，最后以被告精神不正常而将苏开释。

“你怎么啦，尼基，这部不成文法典其实就是苏先生一手炮制的。”

“我记得是他的律师做的这件事。”

“哦，反正把它付诸实际的正是苏先生。”

“我不喜欢苏先生。”尼克·阿丹姆斯说道。

“实在是妙极了。在某些方面我也不喜欢他，但是他把这部法典写得很有意思，对不对？”

“他还提供给别人一些可恨的新题目。”

“他们也很痛恨斯坦福·怀德先生。”

“我觉得人们是嫉妒这两个人。”

“我相信事情就是这个样子的，尼基。就像是他们嫉妒你我两人一样。”

“如今还有人嫉妒我们吗？”

“不一定是现在。我们的母亲就觉得你我是逃避法律的亡命之徒，沉浸在罪孽以及邪恶之中。幸好她不知道我为你偷了那瓶威士忌，酒味特别醇，这是多么美妙的事情啊！我以前觉得他们那伙人是不会做出什么好事来的。”

“我应该多多地考察考察他们的行动。我们不谈论它。”尼克说。

“那么好吧。我们今天做些什么呢？”

“你喜欢做什么？”

“我特别想到约翰先生的商店去买一些生活必需品。”

“这件事办不到。”

“我知道。你到底想干什么呢？”

“我们应该采些草莓，我出去打一两只雉鸡来。我们随时随刻都可以钓到鳟鱼。可是我不想让你吃腻了。”

“你以前吃腻过鳟鱼吗？”

“没有。可是有人说它吃多了会吃腻的。”

“我一定不会腻烦的。”小妞说，“吃梭子鱼一下子就令人倒胃口。可是你永远吃不腻鳟鱼还有鲈鱼。我明白的，尼基。这话说得一点儿也不假。”

“你应该也不会讨厌大眼淡水鱼的吧。”尼克说，“扁嘴鱼就是不好，老弟。这种鱼吃一次就倒胃口。”

“我也不喜欢吃多刺鱼。”妹妹说，“那是会吃伤人的。”

“我们先来清理这块营地吧，我去找一个地方把弹药都埋藏起来，随后出去采草莓和打山鸡等等。”

“我来提那两只油罐以及面口袋。”妹妹说道。

“小妞——”尼克说道，“不要忘记了先去解手，可以吗？”

“当然可以。”

“这件事情很重要。”

“我知道，你也不要忘了。”

“我肯定不会忘。”

尼克回到树林中，把一盒点二二口径的步枪子弹和几盒散装的点二二步枪短弹埋在一棵大铁杉的根部，然后用松针盖在上面。他又用小刀割了一把松针放回原来那个地方，并高高地在厚树皮上刻了个记号。另外再把树的方位记清楚了，接着来到山坡上，朝着露宿棚走去。

早晨的太阳很明媚，晴空高爽，天空蔚蓝，这个时候还没有出现一点儿云彩。有妹妹在身边，尼克感觉到特别愉快。他想，无论这件事的结果怎么样，都要愉快地度过这段时间。他已经明白了，你可以过完一天就算一天，并且只有眼前这一天才是真的。在黑夜来临之前，这一天还是你的，到了明天之后就说不准又有一个今天。活到如今他就明白了这么一个重要的道理。

今天天气很晴朗，他很有兴致地背着长枪返回营地，尽管灾祸依旧像放在口袋里面的渔钩一样，每走一步都扎得他手指发疼。他们两个人把背包留在棚子里面。大白天里很有可能会撞见狗熊在沼泽地附近找草莓吃。尼克就把那瓶威士忌埋在溪沟的背面。小妞这时候还没有回来，所以尼克坐在那段劈木柴用的大圆柱上检查他的长枪。他准备去打松鸡，所以他就先把枪膛里的长子弹倒在手上，另外装上了短子弹。后者威力小一些，如果瞄准鸟的头部开枪，就不至于把嫩肉打烂了。

所有的一切准备就绪，他想立刻行动。可是现在小妞上哪儿去啦？他心里想着。他又把自己制止住了，不要那么兴奋。你不是让她从容不迫，不要着急吗。自己反倒着急起来了，所以他又恼恨自己一番。

“我回来了！”妹妹说道，“真是抱歉，我耽误了很长的时间，我或许走得太远了。”

“你来得刚刚好。”尼克说，“我们一起走吧。你拿了水桶吗？”

“嗯，连盖子也带上了。”

他们顺着山坡走下去，一直到达了山坳边。尼克很谨慎地视察了一遍上游以及山坡一带的地域。妹妹盯着他瞧。她把水罐全都装在一只面口袋里面，系住另外的一只袋子然后搭在了肩上。

“你带棍子了吗，尼基？”她问他。

“没有带。如果你想钓鱼，那么我就帮你砍一条树干。”

他走在了妹妹的前头，一只手提着长枪，然后就这样在溪边小心翼翼地走着。他现在要打鸟了。

“这条溪沟真是古怪。”妹妹说。

“这就是我所知道的最大的一条小溪。”尼克对她说。

“说它小，它又深得吓人。”

“它不断地冒出新泉水来。”尼克说，“它深到岸下，越流越深。水凉得出奇，小妞。不信你可以来试一试。”

“真的。”这时，她感觉溪水凉得麻手指。

“晒着太阳的地方稍微暖和一点儿。”尼克说，“但是也不太热。在这里打鸟倒是很合适。坡下有一块长满了草莓的地方。”

他们顺着溪沟继续向下走去。尼克一路上细察溪沟两岸，发现了有貂的足迹，他赶忙指给妹妹看。他们又看到了几只金冠鹪鹩在捕捉昆虫，它们的捕捉动作灵巧、敏捷，兄妹两人被吸引了过去。没有料到的是看到杉丛中的雀儿却是特别安详自若，翼尖和鸟尾上面都点缀着神奇的彩羽，小妞情不自禁地喊道：“它们真的是世上最最美丽的雀儿，尼基。人世间再没有比雀更美的鸟儿了。”

“它们长得和你很像啊。”他说。

“不是，尼基。不要开我的玩笑。杉丛和雀儿永远使我感到既骄傲又快活，甚至还会流下眼泪来。”

“看它们来一个急转之后就轻轻地落在枝上，紧接着傲慢地走过来，不仅亲切安详而且又温和友好。”尼克说。

他们继续走着，尼克突然举起枪来放了一枪，他的妹妹还不知道哥哥打的是什么。只听见一只大鸟挣扎着倒在地面上不停地在那里拍打着翅膀。她又看到哥哥按动一下步枪，紧接着放了两枪，每响一次就会跟着落下一只大鸟在柳丛中乱拍翅膀。到了最后才听见一群褐色大鸟乱哄哄地从柳枝上面冲出来，中间有一只鸟飞出来一小会儿又回到树枝上去，歪着脖子朝下瞧热闹。那只鸟长得羽毛丰满，肥硕异常，此时正在笨头笨脑地向下看着，所以尼克又举起枪来瞄准它，妹妹轻轻地说：“不要打了，尼基。不要再打它，我们已经够吃的了。”

“那么好吧。”尼克说道，“你想不想打它一枪呢？”

“不要，尼基，我并不想。”

尼克走进了杨柳林子里捡回那三只大松鸡，用枪托把它们敲死，接着就平放在青苔上。妹妹走过来用手按着松鸡背，感觉又热又肥，羽毛特别的美。

“等到我们吃到嘴里了，那滋味才好呢。”尼克说。他情绪高涨起来了。

“我真的为它们感到惋惜。”妹妹说，“它们不也和我们一样在欣赏早晨的阳光吗？”

说着她又抬起头来看着那群停歇在枝头不动的大鸟。

“它们还在低头看着我们呢，真是有点儿傻。”她说。

“这个季节里的松鸡，印第安人称呼它们为笨鸡。等到猎人把它们追苦了才开始聪明起来，它们本性并不是笨鸡。只有那些学不会的柳树松鸡才真的是笨鸟，颈子上面长满了皱毛。”

“我倒是希望咱俩愈学愈聪明。”妹妹说道，“把它们都哄走吧。”

“你去哄吧。”

“赶快飞走吧，大松鸡。”

此时，笨鸡仍然没有要飞走的趋势。

尼克故意向一只鸟举枪，它只是呆呆地瞧着他。尼克知道他不能打死这只鸟，不然的话会使妹妹伤心的，他只得鼓动舌头做出射子弹的响声，又用嘴唇吹响了哄走松鸡的声音，但是笨鸡还是好奇地看着他。

“我们还是不要去打扰它们了。”尼克说。

“真的很抱歉，尼克。”妹妹说，“它实在是太笨了。”

“等着我们把它吃掉。”尼克说，“那个时候你才明白了我们为什么要打它。”

“这群鸟是不是已经过季节了？”

“对啊，它们到现在长得厚厚实实，但是除了我们以外，谁也不会上这儿来捕猎它们了。我杀过许多大角猫头鹰，其中一只大角猫头鹰几乎每一天都得吃一只松鸡。并且不断捕捉，它们把一些肥美的好鸟全都吃光了。”

“想要吃这只笨鸡可是太容易了。”妹妹说，“这一次我心里不再难受了，你想不想要一条面口袋来装它们呢？”

“我先开了膛裹上凤尾草再装进口袋里面。现在离草莓地已经不算太远了。”

他们依着一株大杉树坐下，尼克把松鸡全部都开了膛，把滚烫的内脏掏了出来，然后又用右手伸进了鸡肚里面取到可以吃的胗肝，把它们在溪水里面清洗干净。仔细地洗完鸟之后，他就理顺了羽毛用凤尾草包上，接着装进面口袋里。他又用一段钓绳把袋口以及袋角捆在一块儿，扛上肩头，把鸟肠子丢进溪沟里，接着又捡起几片鲜红的鸟肺在急流当中逗引鳟鱼浮出水面来。

“这就是上等鱼饵，只可惜现在我们不需要这些了。”他说，“我们的鱼儿全部都养在溪水里，随时吃随时来拿。”

“这条小溪假如能流过家门口，那就可以发财了。”妹妹说。

“鱼也估计早就被人钓完了。这一条可以说是唯一没人管的野溪，另外还有一条小溪坐落在大湖背面的旷野里，我从来都不带人去那里钓鱼的。”

“那么又有谁去那里打过鱼呢？”

“据我所知，没有人去过。”

“那是一条原始溪沟吧？”

“不是的，印第安人在那儿打过鱼。但是自从他们停止剥铁杉树皮之后，帐篷全部都撤走了。”

“伊文思家小崽子知道那个地方吗？”

“应该不会知道的。”尼克说。但是他想了一下，心中又烦躁起来。他似乎转眼看到了伊文思的小崽子一样。

“你在想什么呢，尼基？”

“没想什么。”

“我看你明明是在犯愁。跟我说说吧，我们可是小伙伴呀。”

“他或许知道。”尼克说，“上帝惩罚他，他或许知道。”

“可是你又拿不准他是不是知道这个地方。”

“真是说不好。毛病就出在这里。如果早就知道我就不来这个地方了。”

“他可能已经找到我们的营地了。”妹妹说。

“不要胡说。你是不是想把他找来呢？”

“我不想。”她说，“真是对不起，尼基，很抱歉，我不应该提起这件事情的。”

“我一点儿也不后悔。”尼克说，“我只是感激不尽。不管怎么样我都明白。我只是不再去想它罢了。我的一生要想很多的事情。”

“你总是会考虑很多的事情。”

“但是我不考虑这类事情。”

“让我们下山去采草莓吧，好不好？”小妞说，“我们到现在也没有什么办法了，对不对？”

“实在是没办法。”尼克说，“我们赶快去采草莓吧，之后我们就回营地去。”

尼克尽管努力使自己接受现状，却还是怀有走着瞧的那种情绪。他不愿意为这件事情提心吊胆到恐慌的地步。情况还没有变化。所有的一切都停留在他下决心来到这里避风的时候那样。伊文思的儿子很有可能以前就跟踪他来到过这个地方。可是看来又没有多大的可能性。除非有一次他穿过霍格斯住所暂时离开大路的时候就被那小子盯上了。但是也不一定这样。反正从来没有人来这偏僻的地方钓过鱼，关于这一点他完全有把握。那是由于伊文思家那小子对钓鱼并不怎么感兴趣呀。

“那杂种一心一意只想盯我的梢。”尼克说。

“我知道，尼基。”

“他已经有三次找我们的茬了。”

“我知道，尼基。可是你千万不要杀害他。”

尼克心想，难怪妹妹一定要跟我一块儿出走。

“我也知道不可以杀害他。”他说，“如今已经没有办法了。我们不要再谈论这件事情了。”

“只要你不杀害他。”妹妹说，“我们就不会有摆脱不了的事情，而且也没有平息不了的风波。”

“让我们回到营地去吧！”尼克说。

“难道我们不采草莓了吗？”

“我们改天再采吧。”

“你这会儿又犯愁了，尼基？”

“对啊。真是抱歉。”

“可是现在我们回到营地又有什么好处呢？”

“我们就能快一点儿掌握情况。”

“我们不能依据原来的路程行进吗？”

“现在不可以。我并不感觉害怕，小妞。因此你也不需要害怕。可是有些事情确实使我犯愁。”

尼克换了一个方向离开溪沟，顺着林子走，并且总是在树荫下走着，从山坡上边绕回营地去。

他们很小心地从林子回到营地，尼克手里端着步枪走在前边。好像没有人来过营地。

“你待这儿不要走开。”尼克对妹妹说，“我到那边去看一看。”他把装着松鸡的口袋以及草莓桶交给小妞负责看管，自己远远走向了溪水的上游。当他走到了妹妹看不到的地方时，就把枪膛换上长子弹。心中想，我不想要杀害他，但是这件事情干了也不算错。他仔细地搜寻四野，没有发现任何人迹，所以就再次来到下游，最后才回营地。

“真的很抱歉，我又开始犯愁了，小妞。”他说，“我们倒不如做一顿好吃的午餐，免得到了晚上的时候让火光透露出去。”

“我也有一点儿担忧了。”她说。

“你不需要担忧，所有的一切都平安无事。”

“可是那小子没有露面就已经把我们吓得不敢出去采草莓了。”

“我知道的。他没有到过这个地方，可能他从来就没有涉足这条溪沟，可能我们永远不会再碰到他。”

“他真有些让我觉得害怕，尼基，他的人影没有出现反倒比在这个地方出现更吓人。”

“我知道，可是这也没有什么可怕的。”

“我们应该怎么办呢？”

“哦，我等到天黑了之后再做饭吧。”

“你为什么突然改变主意了呢？”

“他晚上一个人不敢到这个地方来。天黑了之后他也没有办法穿过沼泽地。大清早是不需要怕他出现的，傍晚还有黑夜也不会碰到他。我们学好麋鹿的行踪，早晚出去活动一下，白天的时候睡大觉就可以了。”

“可能他永远不会来找人。”

“很对，也许是这样的。”

“可是我可以留下来吧，行不行？”

“我应该送你回家。”

“不，千万不要这样，尼基。谁可以来制止你不‘杀’人呢？”

“你好好听着，小妞，从今往后不要再提‘杀’字，并且要记住我从来不谈论杀人的事。而且也不会发生杀人的事情，永远也不会发生。”

“是真的吗？”

“确实是真的。”

“我真的很高兴。”

“不要说这样的事情，从来没有人谈论这种事情的。”

“那么好吧。我再也不会去想它了，也不会去谈它。”小妞说。

“我也这样做。”

“你自然没有谈过。”

“我甚至连想也不去想它。”

他心里想，不能这么做。你甚至连想都不要去想它。不管白天或者是黑夜，总而言之不能在她跟前露出苗头来，她是能够感觉到的，因为她是你妹妹，而且你们又彼此相亲相爱。

“你现在觉得饿吗，小妞？”

“还不是很饿。”

“吃一点儿巧克力硬块吧，我先到溪边去打一些水回来。”

“我现在还不需要吃东西。”

兄妹两人望着沼泽之外的蓝色山峦，此时正是中午十一点，朵朵白云伴随着阵阵微风正在升起万里晴空，一片蔚蓝，升起的白云渐渐超出了山顶，高高地飘浮空中，迎面吹过来的微风异常清凉，白云飘过沼泽以及山坡，带来浓荫。微风吹过了林间，他们静静地躺在树荫下感觉一阵凉爽。从溪边打回来的清水在锡杯里面更是觉得阴凉，巧克力尽管不算太苦可是特别坚硬，他们是一边用力啃着，一边细细品尝着。

“味道真的很好，溪水甜得就像我们第一次从溪边打来的一样。”妹妹说道，“现在吃一些巧克力更感觉这水味儿好喝。”

“你如果觉得饿，我们就可以做饭吃。”

“你不饿，我也不会觉得饿。”

“我一直感到饿。我真傻，不敢下去采草莓。”

“不，你是忙着要回来弄清楚情况的。”

“你听着，小妞。我另外还知道一个地方就在我们穿过的乱木场的后边，在那儿也能采到草莓。我把东西都藏好了，随后穿过林子回去采它两满桶草莓回来，我们明天的时候再补上这一段路。这种散步真的很不错。”

“是的，对于这所有的一切我都感到很合适。”

“你难道不饿吗？”

“我不饿，吃了巧克力之后就一点儿也不饿了。我只是想在这里看一会儿书。我们在打猎的时候已经很好地散过步了。”

“那么好吧。”尼克说，“我们昨天的步行让你累了吧？”

“似乎有一点儿累。”

“那么我们不要着急，让我来朗读《呼啸山庄》。”

“我现在已经长大了，再听你朗读好像已经不合适了吧？”

“你还不算大。”

“那么你来朗读吗？”

“好的，我这就读。”

印第安人营地

又有一条船这时候被拉上了湖岸。有两个印第安人默默地站在湖边等待着。

尼克和父亲跨进了船艄，这两个印第安人就熟练地把船推下了水，中间的一个跳上船去划桨。乔治叔叔就坐在营船的船艄，那个年轻的把营船推下了水，接着就跳进去帮乔治叔叔划船。

两条船在黑暗当中慢慢划出去。在浓雾当中，尼克听见前边远处传来桨架的声响。两个印第安人一直在不停地划着，掀起了一阵又一阵的水波。尼克就这样静静地依偎在父亲的胳膊里。湖面上特别冷。为他们划船的那个印第安人使出了浑身的力气，可是另外一条船在雾里始终都是划在前边，并且距离拉得是越来越远了。

“到哪里去呀，爸爸？”尼克问道。

“到那边印第安人营去。有一位印第安妇女病得很严重。”

“哦。”尼克答应道。

划到了海湾的对岸，他们发现了那另外的一条船已经靠岸了。乔治叔叔这时正在黑暗当中抽着雪茄烟。那个年轻的印第安人把船推上了沙滩。乔治叔叔给这两个印第安人每人一支雪茄烟。

父子两人从沙滩走上去，穿过了一片露水浸湿的草坪，紧跟着那个年轻的印第安人，他的手里拿着一盏灯笼。接着他们进入了林子中间，顺着一条羊肠小道走了过去，小道的尽头就是一条伐木的大路。这条路朝着小山那边折去，到了这儿之后光线就好多了，因为两边的树木都已经被砍掉了。那个年轻的印第安人此刻立即停了下来，吹灭了灯笼，五个人一块儿顺着伐木大路朝前走去。

他们绕过了一道又一道的弯，一只狗在那里汪汪地叫个不停，然后就迅速跑了出来。前边，从剥树皮的那些印第安人住的棚屋里射出了灯光，又有几只狗朝着他们冲了过来。两个印第安人就把这几只狗打发回棚屋去了。最靠近路边的棚屋有灯光从窗口里面射出来，有一个老婆婆手里提着灯站在门口。

屋子里面，一个年轻的印第安妇女在木板床上躺着。她正在生孩子，已经躺两天了，但是孩子还是生不出来。营里的老年妇女一直在帮她。男人们都跑到了路上，一直跑到再也听不到她叫喊的地方，在黑暗中坐下来一直抽着烟。尼克和两个印第安人跟着爸爸和乔治叔叔走进棚屋的时候，她刚好在痛苦地叫喊着。她躺在那个双层床的下铺，身上盖着被子，肚子鼓得很高。她的头侧向一边。她的丈夫就躺在上铺。就在三天之前，他把自己的腿砍伤了，是用斧头砍的，伤势较重。他正在抽板烟，屋子里面夹杂着烟味以及其他的味道，很是难闻。

尼克的父亲吩咐人放一些水在炉子上烧，在烧水的时候，他就和尼克聊着天。

“这位太太快要生孩子了，尼克。”他说。

“我知道啊。”尼克说。

“你其实并不知道。”父亲说，“你听我说吧，她正在忍受着阵痛。婴孩要生下来，她一定要把婴孩生下来。她浑身的肌肉都在用力要把婴孩生下来。刚刚她大声直叫就是这么回事。”

“我现在明白了。”尼克说道。

就在这时候，产妇又大声叫了起来。

“噢，爸爸，你难道不能给她吃一点儿什么安慰吗，没看到她一直这么痛苦地叫着吗？”尼克问道。

“不可以，我一点儿麻药都没有带。”他的父亲说道，“但是让她叫吧，没有关系的。我听不到，没有关系。”

那个做丈夫的在上铺转了个身靠着墙。

厨房里面那个妇女朝着大夫做了一个手势，示意水热了。尼克的父亲走进了厨房，把大壶里面的水往盆里倒了一半。接着他解开手帕，拿出一点儿药放在剩下的水里。

“这半壶水一定要烧开。”他一边说着，就一边用营里带过来的肥皂在一盆热水里把手洗了一遍。尼克看着父亲全是肥皂的双手搓了又搓。他父亲一边小心地洗手，一边说道：

“你看，尼克，按常理说，小孩出生的时候是头先出来，可是有时候也并不完全是这样。如果说并不是头先出来，那么就要给大家添很多麻烦了。说不准我要给这位太太动手术呢，过一会儿就知道了。”

大夫觉得自己的双手已经洗干净了，所以他慢慢地走进去准备打算接生了。

“掀开被子，好不好，乔治？”他说，“我最好还是不碰被子。”

过了一会儿，他就要动手术了。乔治叔叔跟三个印第安男人把产妇按住了，不让她动。她在咬乔治叔叔的手臂。乔治叔叔说道：“这个该死的臭婆娘！”那个给乔治叔叔划船的年轻印第安人听了之后就笑他。尼克在边上给父亲端着盆，手术做了很长的一段时间。

他父亲把婴儿举起，拍打了一下，让他呼吸，接着就把他交给老妇人了。

“看，是一个男孩，尼克。”他说道，“做一位实习大夫，你难道不喜欢吗？”

尼克说：“好的。”他把头转了过去，不敢望他父亲在做什么。

“好的，这就行啦。”他父亲一边说着，一边把什么东西放进了盆里。

尼克看都不敢看一下。

“现在——”他父亲说道，“需要缝上几针，看不看随你便，尼克。我需要把切开的口子缝起来。”

尼克并没有看，他的好奇心此时早就已经没有了。

他父亲做完手术后，站了起来。乔治叔叔跟三个印第安男人也一起站了起来，尼克把盆端到了厨房。

乔治叔叔看了看自己的手臂。那个年轻印第安人颇有回味似的在笑着。

“我给你涂一点儿药膏，乔治。”大夫说。

他弯下腰去看了一下印第安产妇，这时她安静下来了，她把眼睛紧紧闭着，脸色看起来灰白。至于孩子怎么样，她不知道——她什么都不知道。

“我早晨要回去。”大夫站了起来说，“到中午的时候会有护士从圣依格那斯来，我们需要的那些东西她都会带来的。”

这个时候，他的劲头儿来了，很喜欢说话了，就像是一场比赛之后足球员在更衣室里的那种得意劲儿。

“这个手术简直可以上医药杂志了，乔治。”他说，“用一把大折刀做剖腹产手术，而且还用九英尺长的细肠线缝合。”

乔治叔叔靠着墙站着，看了看他的手臂。

“噢，你真是一个了不起的人物。”他赞叹地说道。

“应该去看一看那个得意扬扬的爸爸了。对于这些小事情做爸爸的常常是最痛苦的。”大夫说，“我必须得说，他倒是真能够沉得住气。”

他把蒙着那个印第安人头的毯子揭开。他往上一揭，双手是湿漉漉的。他蹬着下铺的床边，用一只手提着灯，向上铺一看，只看见那印第安人脸朝墙躺着。他把自己的喉管自两耳中间都割断了。鲜血往外直冒，流了一大摊，他的尸体使床铺下陷。他的头枕在左臂上面。一把剃刀是打开的，锋口朝上，掉在了毯子上。

“赶快把尼克带出棚屋去，乔治。”大夫说道。

不需要多此一举了。尼克刚好在厨房门口，把上铺看得一清二楚的，那时候他父亲正一只手提着灯，另外一只手把那个印第安人的脑袋轻轻地推到一边。

他们顺着伐木道走回湖边的时候，天才刚刚有一点儿亮。

“说实话，这一次我真的不应该带你来，尼克。”父亲说，他做了手术之后那种得意的劲儿这时候全没了，“真是糟透了——拖你过来从头看到底。”

“女人生孩子都得受这么大的罪吗？”尼克问道。

“不是的，这是很少见的例外。”

“他为什么要自杀呀，爸爸？”

“我不知道，尼克。他这个人受不了一点儿惊吓，我猜想。”

“自杀的男人多不多，爸爸？”

“不算多，尼克。”

“那么女人呢，多吗？”

“也很少的。”

“到底有没有呢？”

“噢，有时候会有的。”

“爸爸？”

“嗯，是呀。”

“乔治叔叔去哪里了呀？”

“不知道，不过他一定会来的，没有关系。”

“死，很难吗，爸爸？”

“不难，我觉得死应该是很容易的吧。尼克，那就需要看情况了。”

他们一起上了船，坐下了，尼克在船艄，他的父亲在划桨。太阳刚好从山的那一边升起来。有一条鲈鱼跳出水面，使得安静的河面上迅速画出了一个水圈。尼克把手伸到了水里面，跟船一块儿滑过去。在很冷的早晨，水里反倒是很温暖。

一大清早，在湖面上，尼克坐在船艄，他的父亲依然在划着船，他确信他是永远不会死的。

穿越雪原

缆车又接着颠簸了一次之后停了下来。这个时候雪已经严严实实地封闭了轨道，它不可以再继续前进了。狂风掠过山坡上面裸露的地面，在挡风的地方将表层的雪吹积成堆。尼克正在行李车当中给雪屐打蜡，把靴子塞进了铁制的脚趾套里面，并且还紧紧地扣上夹板。他从车上斜跳到了一个坚硬的雪堆上面，马上弹跳旋转，屈膝缩着身子，拖着滑雪杖，迅速就溜下了山坡。

乔治在下方白茫茫的雪地上一起一伏，就这样，然后就慢慢地消逝了。尼克跃下山之后，飞奔而去。这个时候他心里没有别的念头，只是想着要尽情飞腾，还感觉到自己身体在慢慢地坠落。不久之后，他把身体挺起来轻轻朝着高处滑行，之后又急转直下，向下滑得是越来越快，到了最后迅猛地冲下了一个陡峻的长坡。这个时候雪就好像是从他身下飞落下来。为了可以降低重心，他弓背下蹲，差不多已经坐到了身后的雪屐上面，只看见雪如飞沙走石一样冲天而起，他意识到了他前进的速度太快了。可是他还可以支撑得住，他不会由于失去控制而跌跤。到了后来，他被风吹到了坑洼里边松软的积雪当中，瞬间就被绊倒了。紧接着，他连续翻了几个筋斗，脚上面两柄雪屐噼啪碰撞，他感觉自己就像是中了枪弹的兔子一样。但是不久之后就慢慢地停了下来，他两条腿互相交叉着，雪屐直直地竖着，他的鼻子以及耳朵里全部都灌满了雪。

乔治就站在山坡下不远的地方，用力地拍去他风衣上面的残雪。

“你样子真的好狼狈，尼克。”他对尼克大声叫喊，“那个软雪坑真的很讨厌，也把我绊了一下。”

“在那个大峡谷滑雪又会怎么样呢？”尼克仰卧着，后来站起来，在雪屐四周踢了一下。

“你必须得靠左边滑。虽然说有篱笆保护，你急速滑下去，在下面也免不了会有一个大倒旋。”

“稍微等一会儿，我们一块儿去。”

“不行，你还是先走吧。我特别想看一看你是怎样溜下这个大峡谷的。”

尼克·亚当斯从乔治前面走过，他那宽厚的脊背以及金黄色的头发上面依旧残留着雪花。他开始慢慢用雪屐的边棱滑行，迅速下山，脚下面晶亮的雪粒发出嗞嗞的声响。当他在波峰起伏的山谷里面奔腾而下的时候，就好像是在上下飘荡。他朝左边滑去。到了最后，当他朝着篱笆冲过去的时候，他双膝紧紧地互相靠拢在一块儿，就像是上螺丝钉一样旋转着自己的身体，又把雪屐陡然朝右带去，猛然间激起了一团雪雾，随后又减慢了速度，与山坡及铁丝篱笆互相平行，而后就慢慢地停了下来。

他朝山上望过去。乔治正在以内外旋转的滑雪姿势，弯曲着双膝迎面而来。其中的一条腿在前面弯着，另外一条腿在后面拖着。他的滑雪杖就像某些昆虫干瘦的腿那样悬着，当它们蹭着地面的时候，蹬起一阵又一阵的雪浪。到了最后，他单腿下跪，整个身体打了一个好看的右旋，然后蹲伏而行，双腿前后滑动，身躯前倾旋转，雪杖显得异常光亮，曲线格外分明。这一切全部都发生在一团狂骤的飞雪当中。

“我不敢倒旋滑雪。”乔治说，“雪实在是太厚了。你做得简直是美极了。”

“我的腿可不会下蹲旋转呀。”尼克说。

尼克用雪屐把篱笆顶上面一股铁丝压低，乔治就趁机溜了过去。尼克随后就来到了大路上。他们顺着路屈膝滑行，一直进入到了一片大松林。这里路面已经变成光滑的坚冰了，只是被托运木料的车队染上了一种橙红色和草黄色互相交染的斑痕。两个人沿着路旁的雪地就那样慢慢地滑行，大路朝着一条小溪陡然倾斜下去了，然后又直奔上山。他们从树林深处看到一座久经风雨侵蚀，檐头很长的低矮房舍。从树林中间发现那是一座色泽有些暗淡的黄房子。迈进了一瞧，才看到涂有绿颜色的窗柜。油漆已经开始剥落了。尼克用一根滑雪杖把脚上面的夹板敲松，一下子踢下雪屐。

“我们最好还是把它们带到这里来会更好一些。”他说道。

他自己扛着雪屐攀登陡峭的山路，鞋跟上面的钉子接连扎进脚下的冻冰里面。他听到了乔治在他身后的喘息以及正在踏着他的足迹爬坡。他们把雪屐收拢到一块儿，竖放在店墙上面，把每个人裤子上面的雪扑打下来，把皮靴上面的雪跺了个干净，随后就走进了客店。

屋子里面很暗。有一个大瓷炉子在角落里面熊熊燃烧，天棚显得很低矮，后边暗处有光滑的长凳，屋子四周全部摆着有酒渍的桌子。火炉的旁边，有两个瑞士人正坐着抽烟斗，面前摆着两杯很浑浊的新酒。火炉的另外一旁有好几个男孩子，他们都脱下了上衣，靠着墙坐下。隔壁房间里的呼叫声让歌声停止了。刹那间，一个身着天蓝色围裙的少女走了进来，询问他们要什么牌子的酒。

“要一瓶西翁。”尼克说，“你看好吗，乔治？”

“好的。”乔治说，“关于酒，你比我内行多了。我什么酒都可以，听你的吧。”

那个女孩子走出去了。

“实在是没有什么运动比滑雪更好的了，是吗？”尼克说，“当你长距离滑行第一次停下来的时候，就会有这种感觉。”

“嘿！”乔治说，“简直是妙不可言。”

那个女侍者把酒送来了，瓶塞子很难起。但是尼克最后把酒瓶子打开了。女侍者已经回去了，他们听到了她在隔壁唱德语歌曲。

“酒里面有一点软木塞子的碎渣子，没关系。”尼克说。

“不知道那个女孩子有没有蛋糕。”

“我们问一问。”

那个女侍者回来了。这时尼克才发现她的围裙鼓鼓囊囊地遮着她那怀孕的身体。尼克暗自思忖：真奇怪，她第一次进来的时候，我当时怎么就没有发现呢。

“你在唱什么歌？”他问她。

“是歌剧，德国歌剧。”她不怎么喜欢讨论这个话题，“我们有苹果奶酪卷，不知道你们想不想品尝一下。”

“她不太热情，对不对？”乔治说。

“噢，是的。她不认得我们，或许她认为我们要取笑她的歌呢。她或许是从讲德语的地方来的人，因此不高兴。她可能还没有结婚就已经怀孕了呢，所以她才会有点儿不耐烦。”

“你怎么知道她还没有结婚呢？”

“她手上没有戴戒指啊。他妈的，这附近的女孩子都是不怀孕不结婚的。”

门开了，有一群伐木工人顺路走了进来，他们在房间里面跺着靴子，散发着热气。女侍者为这帮人送来了三升新酒，他们就坐在两张餐桌四周，安静地抽烟。他们把帽子摘了下来，有的人背靠着墙，有的人趴在桌面上。店外面的木雪橇上的马偶尔抬头时，铃铛就会发出刺耳的声响。

乔治和尼克都显得特别高兴。两个人情投意合。他们都知道，他们回家的路程还很远。

“你什么时候回学校？”尼克问。

“今天晚上。”乔治答道，“我一定要赶上十点四十分从蒙特罗来的那一趟车。”

“我希望你再待一天的时间，然后我们明天就可以一起滑回去。”

“嗨，尼克，你不愿意我们在一块儿痛痛快快地玩一场吗？把雪屐带着上火车，找个地方我们好好滑一下。接着我们再继续赶路，在客店里面过夜，一直越过奥波兰，到瓦来斯，跑遍整个恩加丁，只带上修理包还有背袋当中的毛衣及睡衣，上学的事情就不用管了，其他的什么事情也都不用管了。”

“好的，那么就这样再穿过斯瓦支沃德，走遍所有的好地方。”

“这就是你去年夏天钓鱼的那个地方，对不对？”

“是的。”

他们在吃苹果奶酪卷，把剩余的酒全都喝完了。

乔治背靠着墙，把眼睛闭上了。

“我喝了酒总是会有这样的感觉。”他说。

“感觉到难受吗？”尼克问。

“不是的。我觉得舒服得很，只是感觉有点怪怪的。”

“我明白的。”尼克说。

“自然了。”乔治说。

“我们再来一瓶好不好？”尼克问。

“我不想再喝了。”乔治说。

他们坐在那儿，尼克将胳膊肘抵着桌子边，乔治就依靠在墙上。

“海伦就快要生孩子了吧？”乔治说，他身体离开了墙，伏在桌子边上。

“不错。”

“是什么时间？”

“明年夏末的时候。”

“你开心吧？”

“对啊，现在就很开心。”

“你准备回美国去吗？”

“我想应该会的。”

“你是不是也特别想回去？”

“不。”

“那海伦呢？”

“我也不想。”

乔治沉默地坐着。他注视着那只空瓶子还有空玻璃杯。

“特别苦闷，是吗？”他说。

“不，也不完全是。”尼克说。

“怎么回事？”

“我不知道。”尼克说。

“你们在国内的时候想一块儿滑雪吗？”乔治说。

“不知道的。”尼克说。

“那里山好像不太多吧？”乔治说。

“不多。”尼克说。

“石头太多了，树木也很多，并且也太远了。”

“不错。”乔治说，“加利福尼亚正是这个样子。”

“是的。”尼克说，“我以前去过的地方都是这个样子。”

“对啊。”乔治说，“确实是那个样子。”

那些瑞士人站起来，付了账，走出去了。

“我真的好希望我们也是瑞士人。”乔治说。

“他们都有肿脖子病。”尼克说。

“我不相信。”乔治说。

“我也不相信。”尼克说。

两人都开始哈哈地大笑起来。

“或许我们不会再在一块儿滑雪了，尼克。”乔治说。

“一定会的。”尼克说，“你如果不能滑，那就一点儿意思也没有了。”

“我们会一块儿滑的。”乔治说。

“一定啊。”尼克赞成地说。

“如果我们能立一个约就好了。”乔治说。

尼克站了起来，把风衣扣紧了。他依靠着乔治，把竖在墙上面的两根雪杖拿了起来，把中间的一根插在地上。

“立约也没有什么好处。”他说道。

他们把门敞开，走出去了。外面的天气特别寒冷，雪冻得很硬。眼前有一条路直奔山坡而去，通达松林。

他们把竖在客店墙上面的雪屐拿了起来。尼克戴上手套。乔治这时候早已经上路了，雪屐扛在肩上。现在他们要一块儿飞奔回家了。

你们决不会这样

部队已经攻过了田野，在这片低洼的公路以及附近农舍的前方，曾经遭到过机枪火力的打击，到了镇子可就没有再遇到什么抵抗了，最后一直攻到了河边。尼古拉斯·亚当斯骑了一辆自行车沿着公路奔过来，遇到路面实在坎坷不能走的地方就只得下车推着走，按照地面上遗尸的位置，他已经揣摩出了当时战斗的情形。

尸体可以有单个的，但也有成堆的，在茂密的野草里面有，沿路也有，口袋全部把兜底翻了出来，身体上叮满了苍蝇，不管单个的还是成堆的，尸体的周围都是纸片狼藉。

路边的野草以及庄稼地里面还丢着很多的物资，有的地方甚至连公路上面都是满地狼藉。有一个野外炊事场，那绝对是打仗顺利的时候从后方运过来的。另外还有很多的小牛皮盖的挎包，以及手榴弹、钢盔、步枪等等之类的，还有步枪枪托朝天，刺刀插在泥土当中——看起来他们到最后还在这儿挖过好些壕沟。除了手榴弹、钢盔、步枪之外，另外还有挖壕沟用的家伙，弹药箱，信号枪以及散落满地的信号弹，还有药品箱，防毒面具以及装防毒面具使用的空筒，一挺用三脚架支起的特别低的机枪，机枪下面是一大堆空弹壳，子弹箱里面还露出了夹得满满的子弹带，加冷水使用的水壶倒翻在地，水都已经干了，水壶也被炸得面目全非，机枪手东倒西歪的，在前后左右的野草地里，纸片更是多了。

乱纸堆里面有弥撒经，还有印着合影照的明信片，照片里面的人正是这个机枪组的成员，全部都红光满面的，兴高采烈地站成了一排，就像是一个足球队照一个相打算登上大学年刊一样，现在他们全都歪歪扭扭地倒在野草里面，浑身都是出血肿胀。另外还有印着宣传画的明信片，上面画的是一个穿奥地利军装的士兵正把一个女人按倒在床上，人物形象很有印象画派的那种味道，说起画倒也画得确实是动人，但只是和现实情况一点都不符合，实际上那些强奸妇女的全都要把裙子掀起来把妇女的头蒙住，这样让她喊不出声来，有的时候还有一个同伙骑在她的头上。这样煽动性的画面会有很多，这很显然都是在进攻之前不久发出来的。现在就和那些弄得污黑的照相明信片一起散得满地都是。除此之外，还有乡下照相馆里面拍的乡下姑娘的小相片，偶然还有一些儿童照，另外还有就是一些家信，除了家信还是家信。总而言之，有尸体的地方就绝对有很多的乱纸碎片，这一次进攻留下的遗迹也不例外。

这些阵亡者刚牺牲并没有多长时间，因此除了腰包之外，还没有什么人过问。尼克一路上注意到，我方的阵亡将士（起码在他心目中还有我方的阵亡将士）倒是少得有一些出乎意料。他们的外套也都被解开了，口袋也一样兜底翻过来了，按照他们的位置，还能够看出这次进攻采用的什么样的方式，以及什么样的战术。但是炎热的天气是不管你属于什么国籍的，因此他们也都一样被烈日烤得浑身肿胀。

镇上的奥军到了最后显然就是顺着这条低洼的公路设防死守的，退下来的可以说是绝无仅有。街上一共只看见三具尸体，看起来都是在逃跑的时候被打死的。镇上的房屋全都被炮火打坏了，街上到处都是零零落落的墙粉屑以及灰泥块，另外还有断梁、碎瓦以及很多的弹坑，有一些弹坑让芥子气熏得边上都发黄了。地下弹片累累，瓦砾堆里到处可见开花弹的弹丸。镇上压根儿没有人影。

尼克·亚当斯从离开福尔纳齐之后，还没有看见过一个人。但是他顺着公路一路而来，经过了树木茂盛的地带，曾经看到公路左边桑叶顶上腾起一阵又一阵的热浪，这些热浪表明茂密的桑叶后边显然有大炮隐蔽在那儿，炮筒全部被太阳晒得已经发烫了。现在看到镇上竟然是空无一人，他感觉出乎了他的预料，所以就穿镇而过，来到了紧靠河边、低于堤岸的那段公路上。在镇口有一片光秃秃的空地，公路就是从这儿顺坡而下的，在坡上他看见了平静的河面，以及对岸曲折的矮堤，另外还有奥军战壕前垒起的泥土，全都已经晒得变白了。很长一段时间未见，这周围已经是那么郁郁葱葱，绿得甚至刺眼，虽然现在已经成了一个历史性的地方，但是这一段的河仍然是浅浅的。

部队部署在河的左岸。在堤岸的顶上有一排坑，坑里面全部都是一些士兵。尼克看见有的地方架着机枪，焰火信号弹也上了发射架。堤坡上坑里面的士兵却全都在睡大觉。谁也没有来向他查问口令。他只顾着往前走，刚刚顺着土堤拐了一个弯，冷不防出来一个胡子拉碴、眼皮红肿而且满眼都是血丝的年轻少尉，手里拿着枪对准了他。

“站住，请问你是什么人？”

尼克跟他说：“有证明的。”

尼克出示了通行证，证件上面有他的照片，还有他的姓名身份，另外上面还盖了第三集团军的大印。少尉就一下子抓在手里。

“就放在我这里吧。”

“那不可以。”尼克说，“证明必须要还给我，手枪赶快收起来。把它放到枪套里面去。”

“那我怎么知道你是什么人呢？”

“证件上面不是已经写得很详细了吗？”

“如果证件是假的呢？这证明必须要交给我。”

“不要再胡闹啦。”尼克笑着说道，“赶快带我去见你们连长吧。”

“我必须要送你到营部去。”

“好啊。”尼克说，“哎，你认识帕拉维契尼上尉吗？就是那个留小胡子的高个子，之前当过建筑师，还会说英国话的。”

“你难道认识他？”

“当然认识啦。”

“那你说他指挥几连？”

“指挥二连。”

“现在他可是营长。”

“那好啊。”尼克说，听说帕拉安然无恙，他心中很宽慰，“我们快到营部去吧。”

就在刚才尼克走出镇口的时候，右面一所破房子的上空以前爆炸过三颗开花弹，在此之后就一直没有打过炮。但是这军官的脸色却总是像在挨排炮一样。不仅仅脸色那么的紧张，甚至连声音听上去都不怎么自然。他的手枪让尼克觉得特别不自在。

“赶快把枪收起来。”他说，“敌人和你还隔着那么大的一条河呢。”

“我如果真当你是奸细的话，那么这就一枪毙了你啦。”少尉说道。

“好啦！”尼克说，“我们现在赶快到营部去吧。”这个军官把他弄得特别不自在。

营部安置在一个掩蔽部里，代营长帕拉维契尼上尉坐在桌子后面，比之前更加消瘦了，那种英国气派也更足了。尼克先给他敬了一个军礼，他立即从桌子后面站起来了。

“好啊！”他说，“乍一看，简直认不出来是你了。你穿了这身军装在做什么啊？”

“就是他们让我穿的。”

“能见到你真是太高兴了，尼古洛。”

“真是太高兴了。你面色看起来还不错吗！仗打得如何啊？”

我们这场进攻战打得真是漂亮极了。确实，真的是太棒了。我给你说说，你来看看。”

他就在地图上面随便比画着，讲了一些进攻的过程。

“我就是从福尔纳齐来的。”尼克说，“一路上也可以看出一些情况。你们确实打得很不错。”

“真是了不起，实在是了不起。你如今是在团部吗？”

“不是的。我的任务就是到处走走，让大家看一看我穿的这身军装。”

“有这么神气的事情。”

“如果看到有这样一个身穿美军制服的人，那么大家就会相信美国军队真的就快要大批地到了。”

“但是怎么让他们明白这就是美国军队的制服呢？”

“你跟他们说吗。”

“啊，我现在明白了，我真的明白了。那么我就派一名班长给你带路，陪你到部队里去转一转。”

“就像是一个臭政客一样。”尼克说。

“你如果穿了便服，那么就要引人注目多了。在这里穿了便服才真的是叫作万众瞩目呢。”

“另外还要戴一顶洪堡帽。”尼克说。

“或者是戴一顶毛茸茸的费陀拉也是不错的。”

“照理说我口袋里面应该装满了香烟啦，明信片啦之类的东西。”尼克说道，“另外还应当背上一满袋巧克力。遇到人就发，另外捎带着慰问几句，还需要拍拍脊背。但是如今一没有香烟、明信片，二也没有巧克力。因此他们让我随便走上一圈就可以了。”

“但是我相信你这一来对部队绝对是一个很大的鼓励。”

“你可不能那样想才好。”尼克说道，“说实话，我心里实在是觉得烦透了。实际上按我的一贯宗旨，我倒是巴不得给你带一瓶白兰地过来。”

“按照你的一贯宗旨。”帕拉说着，这才开始笑了一下，露出了一排发黄的牙齿，“这话说得实在是妙极了。你想不想要喝一点土白兰地呢？”

“不要了，谢谢你。”尼克说。

“酒里面并没有乙醚啊。”

“我到现在还觉得嘴巴里面有一股乙醚味儿呢。”尼克一下子全都想起来了。

“你知道，要不是那次一起坐卡车回来，在路上听你乱说一气，我还压根儿就不知道你真的喝醉了呢。”

“我每一次进攻之前都要灌醉自己。”尼克说。

“但是我就受不了。”帕拉说道，“我第一次打仗尝过这个滋味，那就是我人生中打的第一次仗，一喝醉反倒觉得肚子里面实在是难过极了，到了后来又变得渴得要命。”

“照这样说你用不着靠酒来帮忙。”

“但是你打起仗来确实比我勇敢多了。”

“什么话哟！”尼克说，“我可是有自知之明的，知道自己还是喝醉的好。我反倒不觉得这有什么难为情的。”

“我可是从来没有看到你喝醉过的。”

“没有见过？”尼克说，“怎么会没见过？你莫非不记得了，那天夜里我们从梅斯特雷乘卡车到波托格朗台，在路上的时候我要睡觉，甚至还把自行车当作了毯子，准备拉过来齐胸盖好呢，那些事儿你都忘了吗？”

“那并不是在火线上。”

“我这个人是好是孬，我们先不要谈了。”尼克说，“这个问题我自己心中太清楚了，我都不愿意再提了。”

“那你还是先在这里待一段时间吧。”帕拉维契尼说道，“想要打盹只管请便。这个洞子打几炮还经得起，这个时候天还热，出去走一走还早。”

“我看反正也不怎么忙。”

“你的身体确实好了吗？”

“真的蛮好，很正常。”

“不，你应该实事求是地说。”

“确实已经好了。但是睡不着觉，就是还有这么一点儿毛病。”

“我早就说过你应当动个开颅手术。别看我不是一个医生，但我可是很懂的。”

“但是，医生觉得还是让它自己慢慢吸收的比较好，那也只好这样了。现在怎么啦，莫非你看我的神经不正常吗？”

“哪里，绝对的正常。”

“谁只要让医生下了一个精神失常的诊断，那么就够你受的，”尼克说，“从此之后就再也没有人信任你了。”

“我说还是打个盹比较好，尼古洛。”帕拉维契尼说道，“这个地方和我们之前见惯的营部可不能相比。我们就等在这儿转移呢。这时候天还热，你千万别出去——犯不上的。所以就躺在那张铺上吧。”

“那么我躺一段时间吧。”尼克说。

尼克躺在床铺上。他身上好像不太对劲儿，心中本来就不怎么高兴，更何况都叫帕拉维契尼上尉看出来了，因此更加感到灰心丧气。这个地下掩体可比不上从前的那个大，还记得当初他带的那一个排，全部都是1899年出生的士兵，刚刚上前线，碰到了进攻之前的炮轰，在掩蔽部队里面吓得发起歇斯底里来，帕拉给他下命令带他们每两个人一组，出洞去走一走，这样好让他们知道不会有什么样的危险，而他呢，拿钢盔紧紧地扣住了下巴，甚至连嘴唇都没有动一动。心中明明知道这样的毛病一发作就别想止得住。明明知道这样的办法压根儿就是胡说八道。如果有人哭闹个没完没了，那么就揍他一个鼻子开花，看他还有没有心思再去哭闹。

我倒是很想枪毙一个，但是如今来不及了。担心他们可能会越闹越凶。所以还是揍他一个鼻子开花吧。进攻的时间已经改在五点二十分了，我们现在只剩下四分钟的时间了。另外还有那个窝囊废，也必须得把他揍一个鼻子开花，揍完之后再往他屁股上踹一脚，直接踢出去。你看这么一来他们会去吗？如果再不肯去，那么就枪毙两个，把其他的人好歹都一块儿哄出去。

班长，你一定要在后边押队哪。你自己一个人走在头里，后边并没有一个人跟上来，那有什么用。你自己一个人走了，要把他们也一起带出去啊。真的是胡闹一气。好了，这样就对了。所以他看了一下表，才以平静的口气——用那种特别有分量的平静口气，说了一声：“真的是萨伏依人。”他没有一点酒喝也只好去了，也来不及弄酒喝了。地洞瞬间就倒塌了，洞的一头全都塌陷了下去了，他自己的酒哪里还找得到呢。所有的一切都是由此而起的。他没有喝酒就朝着山坡上去了，只有这一次他没有喝醉就去了。

回来之后，那医院的架空索道站就着了火，四天之后，有一些伤员就朝着后方撤离了，还有一些没有撤离，但是我们还是攻上去而且又退回来了，退到山下——总是退到山下。嗬，盖蓓·台里斯这时候来了，真是奇怪，为什么浑身都是羽毛啊。一年之前你还称呼我为好宝贝呢……哒哒哒……你还说你特别喜欢我呢……哒哒哒……有羽毛也好，没有羽毛也好，那可永远是我的好盖蓓，而我呢，我就叫作哈利·皮尔塞，我们两人上山一到陡坡，总是要从右边跳下出租汽车。

他几乎每天夜里都会梦到这样一座山，还会梦到圣心堂，晶莹透亮的，就像是一个肥皂泡一样。他的女朋友有时候和他在一块儿，有时候却和别人作伴，他也不知道是什么道理，反正每逢她不在的晚上，河水肯定涨得异样的高，水面上也绝对异样的平静。他总是梦见福萨尔塔镇外面有一所黄漆矮屋，周围柳树环绕，在边上还有一间矮矮的马棚，屋前还有一条大运河。这个地方他已经去过千儿八百次了，但是从来都没看见过那么一间屋子，可是如今每天一到夜里，这间矮屋就会像那座山一样清清楚楚地呈现在眼前，只要看见了这屋子他就会觉得害怕。那似乎比所有的一切都重要，他每天夜里都会见到。他倒也巴不得每天都能看一眼，只是他见了就会觉得害怕，尤其是有时候见到屋前柳下运河岸边还安静地停着一条船，那就害怕得更厉害了，但是那运河的河岸和这儿的河岸可大不一样了。运河的河岸比那里要更加低平，倒和波托格朗台附近的差不多，还记得那时候他们正是在波托格朗台看见那批人的，高高地捧着步枪，在水里面一步一挣扎，终于爬上淹没的河滩上来，到了最后却连人带枪全部都倒在水里。那个命令是谁下的？如果不是脑子里乱得像一锅粥一样，他原本是可以想起来的。他就是因为这个缘故，因此凡事总是要看个周详，弄一个明白，心中有了准谱，临事就能够应付自如，但是偏偏这个脑子时不时就糊涂起来，比如说现在他就糊涂了——他躺到了营部的一张床铺上，帕拉当了一个营长，而他呢，却身着一套倒霉的美军制服。他仰起身来四下张望，只看见大家全都看着他。帕拉这时候出去了，他自己又躺下了。

巴黎的这段经历，论时间还要早一些，对于这段事他倒不怎么觉得害怕，就算偶尔有一些害怕吧，那也都是因为她跟着别人跑了，或者就是担心他们还可能会碰上之前见过面的车夫。他所担心的无非就是这些事情。对前线的事情倒是一点儿也不害怕。他的眼前也不再出现前线的情景了，如今让他觉得心惊胆战、无论如何也摆脱不开的，反倒是那间长长的黄漆矮屋，还有那宽得异乎寻常的河面。他今天又一次来到这儿，来到了河边，也去过了镇上，但就是没有看见那间矮屋子。看到的河也并不是如梦中那样的。那么他每天夜里去的到底是哪里呢？那又有什么让他觉得害怕的呢？为何他一醒过来就要浑身出冷汗，一间屋子，一间长长的马棚以及一条运河，居然会比遭受到炮轰还让他感到更加害怕呢？

他坐起来了，很小心地把腿放下来。这双腿伸直的时间一长，就会发僵。看见副官、信号兵以及门口的两个传令兵都看着他，他也看了他们一眼，接着就把他那顶蒙着布罩的钢盔戴上了。

“十分抱歉，我没有带巧克力来，也没有带明信片以及香烟。”他说道，“但是我还是穿着这身军装来了。”

“营长马上就回来了。”那副官说道。在他们部队里面副官只是个军士，不是官。

“这身军装还不完全符合规格。”尼克跟他们说，“但是也可以让大家心中明白，几百万美国大军不久之后即将到来。”

“你说美国人可能会派到我们这里来吗？”那副官问。

“可不是。这些美国人呀，个子都有我两个那么大，身体十分健壮，而且心地纯洁，夜里睡得很香，从来都没有受过伤，也没有挨过炸，而且也从来没有碰上过地洞倒塌，从来不知道害怕，而且也不喜爱喝酒，对于家乡的姑娘也不会变心，大多数从来没有长过虱子——都是一些十分出色的小伙子，回头你们就会看到的。”

“你是意大利人吗？”那副官问道。

“不是的，亚美利加人。你们看这身军装，是斯帕诺里尼服装公司特制的，但是缝得还并不完全合乎规格。”

“是北美，还是南美呢？”

“北美的。”尼克说。他感觉那股气这时候又上来了。可是他暗示自己，不可以这样，一定要沉住气。

“但是你会说意大利话？”

“那又有什么关系呢？莫非我连意大利话都不能够说吗？”

“你还得了意大利勋章呢。”

“只是拿到了一些勋表和证书而已。勋章还是后来补发的，不知道是托人保管时给人家带去了呢，还是连同行李一块儿都遗失了。反正那些在米兰还可以买到。最要紧的是证书。你们也不要觉得不开心。你们在前线待得时间久了，也会获得几个勋章的。”

“我是一名厄立特里亚战役的老兵。”副官语气生硬地说道，“我以前在的黎波里打过仗。”

“真是幸会了！”尼克把手伸出去，“那一仗肯定打得挺艰难吧。我刚才就注意到你的勋表了，你可能还到过卡索吧？”

“我是最近这段时间才应征入伍参加这次战争的。本来论年纪我早就已经超龄了。”

“我原来倒是适龄的。”尼克说，“但是现在也退役了。”

“那么你今天还来这里做什么呢？”

“我是过来让大家看一看我这身美军制服的。”尼克说，“特别有意思，难道不是吗？领口是稍微紧了些，但是不用多久你们就能看到，穿这样军装的要来好几百万，就好像蝗虫一样都会大群地涌过来。你们要明白，我们平常所说的蚱蜢——我们美国人平常所说的那种蚱蜢，实际上也就是蝗虫一类。那种真正的蚱蜢身子小，而且皮色绿，蹦跶的劲头儿也并没有那么大。但是你们千万不可以弄错，我所说的是蝗虫，而不是蝉——更不是知了。蝉是会连续不断地发出一种十分独特的叫声，真是可惜了那种声音，我现在都记不起来了。无论如何想也想不起来了。刚刚似乎要想起来了，一下子又无影无踪了。真是对不起，请让我歇一会儿吧。”

“快去把营长找过来。”副官对一个传令兵说道。他又转过身对尼克说，“你以前受过伤，我可以看出来。”

“以前受过好几处伤啦。”尼克说，“如果你们对伤痕感兴趣，我倒是有几个特别有趣的伤疤可以给你们看一看，但是，我还是比较喜欢说一说蚱蜢。也就是我们所说的那种蚱蜢，实际上也就是蝗虫一类啦。这种昆虫，在我的生命历史上曾经也起过不小的作用。说起来你们可能会很感兴趣，你们不妨一面听我说，一面看看我的军装。”

副官对另外一个传令兵做了一个手势，那个传令兵也出去了。

“仔细看看这套军装。要知道，这可是斯帕诺里尼服装公司制作的。你们也都一起过来看一看吧。”这句话尼克是冲着那几个信号兵说的。“我真的没有军衔，我不骗你们。我们都是归美国领事管的。你只管请看，不要觉得有什么不好意思。睁大了眼睛看也不要紧。我现在就来给你们讲一讲美国的蝗虫故事。按照我们以往一贯的经验，有种被称作是‘茶色中个儿’的蝗虫，那种是最好的了。浸在水里面不容易泡烂，而且鱼也最喜欢吃。另外还有一种个儿大一些的，飞起来就会发出一种响声，有点像响尾蛇甩响了尾巴一样，很是刺耳，翅膀的色彩都是特别的鲜艳，有一种是鲜红的，还有黄底黑条的，可是这样的虫子只要翅膀一沾水就糊了，做鱼饵还太烂，但是‘茶色中个儿’却是肥肉，汁水足，而且又结实，虽然各位可能永远也不会和这种东西打交道，但是假如能够冒昧推荐一下的话，我倒是觉得还是很值得。

“但是有一点我还应当着重说明一下，正是这种虫子你如果凭空手去捉，或者是拿一个网拍去扑，那一辈子也不够你作一天鱼饵的。那样的捉法真的是在胡闹，简直是白白地浪费时间。我另外再说一遍，各位，那样的捉法是绝对行不通的。正确的捕捉办法，就是使用捕鱼用的拉网，或者是使用普通的蚊帐纱做一张网。如果我可以发表一点意见的话（说不准有一天我真的会提个建议），我觉得军校里上轻武器课时，就应该把这些方法技巧教给那些年轻的军官们。两个军官把如此长短的一张网子对角拉好，或者一人拿一头，把身子躬着，一只手捏住网的上端，另外的一只手捏住网的下端，就这样迎着风快跑。蚱蜢顺着风飞来，一头扎在网上，就全部都给兜住了，并且它们会被粘在网上，很难逃掉的。这样做不费多少工夫就能够捕到好大一堆，因此照我看来，每个军官都应当随身带着一大块蚊帐纱，需要的时候就能做出这么一只捕蚱蜢的拉网。

"各位应该听明白了我说的意思了吧。大家还有什么问题吗？假如对这一课还有什么不明白的地方，那么请你们提出来。难道没有问题吗？那么临了我还想要附带讲一个意见。我想借用那位伟大的军人兼绅士亨利·威尔逊爵士所说过的一句话：'各位，你们如果不做统治者，那么就得被统治。'让我再重复一遍。各位，我想请你们记住一句话，我希望你们走出本讲堂的时候都可以牢牢地记在心里。各位，你们如果不做统治者——那么就得被统治。我要说的已经说完了，各位，再见。"

他把蒙着布罩的钢盔脱下了，接着又重新戴上，一弯腰从掩蔽部的矮门里面走出去了。帕拉维契尼跟着那两个传令兵，正从低洼的公路上远远地走过来。外面的阳光很厉害，尼克脱下了钢盔。

"这儿真应当搞一个冷水设备，好让人家热的时候可以用水冲冲。"他说，"我还是到河里去浸一浸吧。"他举步朝着堤岸走去。

"尼古洛！"帕拉维契尼在后面叫着，"尼古洛，你到哪里去呀？"

"实际上去浸一浸也没有多大的意思。"尼克把钢盔捧着，又从堤岸上走下来了。"干的也罢，湿的也罢，反正戴着总是很讨厌。莫非你们的钢盔从来就不会脱下来吗？"

"我们从来都不脱的。"帕拉说，"我戴得都快要变成秃顶啦。赶快进去吧。”

一到里面，帕拉就让他坐下来。

“你也知道的，这种东西压根儿屁用也没有。”尼克说，“我还记得我们刚刚拿到手的时候，戴在脑袋上倒也壮了胆子，但是到了后来脑浆四溢的场面也见得多了。”

“尼古洛！”帕拉说，“我觉得你应当回去。在我看来如果没有什么慰劳品的话，到前线来反而也是不好的。在这儿你也做不了什么事情。就算你有一些东西能够发发吧，如果到前边一走，弟兄们肯定都要拥到一起，那样一来不招来炮弹才怪呢。这可是不行的哟。”

“我也清楚这都是胡闹。”尼克说，“这本来也不是我的意思。我是听说我们的部队在这边，所以就想趁此来看看你，看看我的一些老相识。否则我就到增宗或者是圣唐那里去了。我真的很想再到圣唐那去看看那一座桥呢。”

“我不能让你毫无意义地在这儿东走西走的。”帕拉维契尼上尉说道。

“那么好吧。”尼克说。他感觉身上的那股气又上来了。

“你能谅解我吧。”

“自然了。”尼克说。他竭尽全力想把气按下去。

“这样的行动是应该在夜里的时候进行的。”

“对啊。”尼克说道。他感觉现在好像已经按捺不住了。

“你看，我现在可是这里的营长了。”帕拉说。

“这又有什么不应该的呢？”尼克说。这下可全都爆发了。“你不是会读书、会写字吗？”

“对啊。”帕拉的口气十分温和。

“只可惜你手下的这个营人马简直太少了。等将来一旦兵员补足了，他们还会让你回去当你的连长。他们为何不把那些尸体埋一埋呢？我刚刚算是真的领教过了。我实在是不想了。他们如果不着急埋那是他们自己的事情，与我没有半毛钱的关系。但是如果早些埋掉的话对你们可是有好处的。如果再这么下去你们都会受不了的。”

“你把自行车停在哪里啦？”

“停在了一幢房子里。”

“你觉得停在那里合适吗？”

“没有关系的。”尼克说，“我过一会儿就去。”

“我觉得你还是躺一会儿吧，尼克。”

“那么好吧。”

他把眼睛闭上了。显现在他眼前的，并不是一个大胡子端起步枪瞄准了他，屏住了气，一扣枪机，一道白光闪过，恍惚一个闷棍打在身上，两膝一软就跪了下去，一股又热又甜的东西堵在喉咙口，呛得他快要喷在石头上，身边涌过千军万马——不，此时呈现在他眼前的是一所黄墙长屋，在边上有一间矮马棚，屋前的河宽阔得很异常，也平静得很异常。“天哪！”他说，“我看我还是走吧。”

他站起来了。

“我就要走了，帕拉。”他说，“现在还不晚，我还是早点儿骑车回去。回去看看如果有什么慰劳品到了，今天晚上我就给你们送过来。如果还没有的话，那么就等到哪天有了东西，天黑之后我就立刻送过来。”

“这时候还热得很呢，你骑车不行吧。”帕拉维契尼上尉说道。

“别担心。”尼克说，“我这会儿好多了。刚才确实有一点儿不对劲，但是并不怎么厉害。现在就算是发作起来也比以前轻多了。一旦发作我自己心中会有数的，只要是看说话一唠叨，就是毛病来了。”

“我派一个传令兵送你。”

“我看这就不需要了吧，我认得路。”

“那么以后再来，好不好？”

“一定的。”

“我看我还是派——”

“不要派了。”尼克说，“就当作是表示对我的信任吧。”

“那么好吧，那就再见了”。

“再见。”尼克说道。他转过身沿着低洼的公路朝着他放自行车的地方走去。下午只要是过了运河，公路上就是一派浓荫了，很是凉爽。在那附近，两旁的树木一点儿没有遭到炮火的破坏。也正是在那一段路上，还记得他们有一次行军路过，刚好碰上了第三萨伏依骑兵团，双手举着长矛，踏雪奔驰而去。在凛冽的空气中战马喷出的鼻息就像是一缕缕白烟。不，不是在那里遇上的吧。那么又是在什么地方遇上的呢?

“我看还是赶快去找我那辆鬼车子吧。”尼克自言自语说，“千万不要迷了路到不了福尔纳齐啊。”

某件事情的结束

霍顿斯湾以前是一个生产木材的镇子。居住在那儿的人没有一个听不到湖边木材厂锯木料的声音的。到了后来有一年，没有一点木料可以用来制作木材的了。运木材的帆船驶进湾来，然后装上堆在场地上厂里锯好的木头。一堆又一堆的木材全都被运走了。厂子里凡是能够搬走的机器全部都搬出来了，那些为厂里干活的人把它们全部都卸下，然后装运到一条帆船上。帆船出湾驶向了开阔的湖上，在船上面载有两把大锯子，朝着旋转圆锯上抛木头的活动车，滚轴，车轮，调带以及铁器，它们全部都堆放在满满一船的木头上边。这上边再罩着帆布，用皮条拴得紧紧的，帆船这时候张满了帆，慢慢地驶进大湖，把属于工厂的、霍顿斯湾的所有东西全部都运走了。

一层楼的集体宿舍、食堂、公司仓库、工厂的办公室以及大厂子本身孤零零地矗立在湾边到处都是木屑的沼泽草地上。

十年之后，尼克跟玛乔丽沿岸划船到这里，工厂就没有剩下什么了，只有残破的白色地基显露在新长出来的沼泽草地上面。他们正顺着峡边垂钓，那一个地方的沙滩骤然下降到十二英尺深处的暗水里面。他们是准备去那个地方垂钓，在那里如果到了晚上可以钓到很多的虹鳟鱼。

“那就是我们总是喜欢来的破地方，尼克。”玛乔丽说道。

尼克一边划船一边瞧绿树之间的白石头。

“就是在这个地方。”尼克说。

“你还记不记得过去有一家工厂？”玛乔丽问。

“我到现在都还记得。”尼克说。

“看起来就像是一座城堡似的。”玛乔丽说。

尼克沉默不语。他们沿岸边朝前划过去，后来就渐渐地看不到工厂了。紧接着尼克划过了河湾。

“鱼没有什么衔饵。”他说。

“没有了。”玛乔丽说道。他们垂钓的时候她一直注意着钓鱼竿，而且在说话的时候也是这样。她特别喜欢钓鱼，尤其喜欢同尼克一块儿钓鱼。

临近船边一条大鳟鱼蹦出了水面。尼克用劲儿划一只桨，使船身慢慢地转方向，这样远垂在后边的鱼饵能够放到鳟鱼正准备要觅食的地方。鳟鱼背脊露出水面的时候，小鱼儿跳得特别厉害。它们弄得水花四溅，就像是一梭子弹射进水里。紧接着又一条鳟鱼蹦出来，它就在船的另外一边觅食。

“它们正在吃。”玛乔丽说。

“可是它们是不会上钩的。”尼克说。

他慢慢划着船，经过了正在觅食的鱼，接着朝小岬划去。玛乔丽等船靠岸的时候才绕进线轴。

他们拖船上岸，尼克这时候把一桶活鲈鱼拎了出来。鲈鱼在水桶里面不断地挣扎着。尼克用手抓了三条，把它们的脑袋砍掉，还剥了皮，玛乔丽用手在桶里乱抓，最后终于逮到了一条，去了头，掀了皮。尼克看了一下她那条鱼。

“你别把腹鳍去掉。”他说，“作鱼饵，去掉也可以，但是留着腹鳍要更好。”

他用钩穿进每一条去了皮的鲈鱼的尾巴上面。每一根钓竿上边有两只小钩。玛乔丽把船划了出去，一直划到了岬边，她用牙咬着钓丝，眼睛就那么盯着尼克，尼克站在岸上，手里拿着钓竿把钓丝从轴里往外放。

“已经差不多了。”他叫道。

“我该放了吧？”玛乔丽答道，手中拿着钓丝。

“可以了，你放吧。”玛乔丽把钓丝抛出了船外，望着鱼饵沉下水去。

她把船划了回来，用相同的办法放出第二条钓丝。每放出一次，尼克就拿一块湖上漂来的厚木头把钓竿的柄压住，这样让它稳住，接着再用小木片把它支成一个角度。他把线轴收紧，把松弛的线拉紧，让饵食低垂到小岬带沙的水底，接着再把转轴卡住。假如有鳟鱼在水下面吃饵食，轴就会开始转动，很快就会放出钓丝来，而且还会发出咔嚓咔嚓的声响。玛乔丽把船划开了一点儿，免得碰着岬边的钓丝。她开始用力地划桨，船慢慢地靠近了沙滩。水面上溅起了小小的波浪。玛乔丽从船里出来，接着尼克就把船拖上了岸。

“做什么？尼克。”玛乔丽问。

“我不知道啊。”尼克一边说着一边去拾柴打算生火。

他们用漂来的木头生起了一堆火。玛乔丽来到船上取过来一条毯子。晚风把烟吹向了小岬，玛乔丽在火堆与湖之间把毯子铺开了。

玛乔丽背朝着静静地坐在那里等尼克。他走过来挨在她身旁坐在毯子上。他们的身后是小岬长起的第二茬树木，前边是霍顿斯河湾口。天还不太黑，火光把水照亮了。他们看到两根钢做的钓竿斜支在黑色的水面上，火光反射在转轴上面。

玛乔丽这时候把晚餐篮子打开了。

“我不想吃。”尼克说。

“赶快吃吧，尼克。”

“那么好吧。”

他们吃饭的时候，沉默不语，望着那两根鱼钩以及从岸边映在水面上的火光。

“今天夜里有月亮。”尼克说道。他望着湾那边轮廓逐渐变得清晰的山丘。他知道，山后边月亮正在缓缓升起。

“我知道的。”玛乔丽开心地说。

“你什么都知道。”尼克说。

“哎哟，尼克，请你不要再说了！请你不要这样！”

“我一定要说。”尼克说，“你就是这个样子，好像什么事情都知道。你的毛病就在这里，你总是这个样子。”

玛乔丽没有再说什么。

“我所有的都教给你。你知道你总是这个样子。你还有什么事情不知道的吗？”

“啊哟，你不要说了。”玛乔丽说，“月亮快要出来了。”

他们在毯子上面坐下来，谁也不挨着谁，就那样安静地等着月亮慢慢地升起。

“你不需要说傻话。”玛乔丽说，“究竟是什么事？”

“我真的不知道。”

“你自然是知道的啦。”

“真的，我一点都不知道。”

“你接着说下去吧。”

尼克看着月亮从山后边升起。

“已经没有意思了。”

他很害怕看玛乔丽。这时他看着玛乔丽。她坐在那里，背对着他。他望着她的背。“已经没有什么意思了，一点儿也没意思。”

她依然没有说话，他接着往下说：“我感觉似乎我心里所有的一切好像都死去了。我真的不明白，玛吉[①]。我不知道我应该说什么好。”

他还看着她的背。

“爱情也没有什么意思？”玛乔丽说。

“没有。”尼克说。玛乔丽站了起来。尼克坐在那儿，头埋在手里。

“我过去取船。”玛乔丽朝他喊道，“你可以绕着岬走回去啊。”

“好的。”尼克说，“我可以帮你推。”

“不需要了。”她说。她划着船走了，月光洒在船上。尼克回

① 玛吉为玛乔丽的爱称。

来了．蒙头躺在火旁的毯子里。他可以听见玛乔丽在水里划桨的声音。

他躺了很长一段时间。他躺着，听到比尔从林间漫步来到了这片空地。他可以感觉到比尔正在慢慢走近火边。

“她走了？”比尔说。

“嗯，走了。”尼克说，脸埋在毯子上躺着。

“你俩吵架了吗？”

“没有，没有吵架。”

“你感觉如何？”

“你走开，比尔！走开一会儿，我想一个人静静。”比尔从饭篮子里面选了一块三明治，走过去望着钓竿。

三天大风

尼克拐入通过果园的路上的时候雨就停下来了，果子早已经被摘光了，秋风轻轻吹拂着光秃秃的果树。尼克停了下来，在路边捡起了一个瓦格纳苹果，那个苹果落在褐色的草地上面，被雨水淋过之后，看起来是那么的光亮。他把苹果放到了短外套的口袋里面。

这条路从果园一直通向山顶。在那里有一幢农舍，门口空阔，烟囱里面冒着烟。后边是车库、鸡圈，另外还堆有一堆木料，看起来像是抵御后边树林的屏障，他注视着大树随风剧烈摇晃。这是第一场秋季狂风。

尼克穿过了果园上面的开阔地，农舍的门这时候已经打开了，比尔从里面走了出来。他站在门口四处观望着。

“嘿，韦姆奇。”他说。

“嘿，比尔。”尼克一边说着一边踏上台阶。

他们站在一块儿，朝着果园的方向，俯视着路边的原野、低洼地以及湖岬的树林，风吹到湖面上。他们能看到十英里岬角附近泛起的涟漪。

“好像要刮风了。”尼克说。

“这种风估计要刮三天。”比尔说。

“你爹在吗？”尼克问。

“他不在，他刚刚带着猎枪出去了。你赶快进屋吧。”

尼克走进了农舍，壁炉里面的火烧得很旺。风助火势，呼呼作响。比尔把门关上。

“喝一杯怎么样？”他说。

他走进了厨房，拿过来两只杯子和一壶水。尼克从壁炉台上把威士忌酒瓶取了下来。

“可以吗？”他说。

“可以的。”比尔说。

他们坐在火炉跟前，喝着掺水的爱尔兰威士忌。

“这种酒有一股特别好的烟熏味儿。”尼克一边说一边透过酒杯望着火炉。

“那种泥炭味儿。”比尔说。

“你们不会把泥炭放到酒里面了吧。”尼克说。

“即使放了也没有关系的。”比尔说。

“你看到泥炭了吗？”尼克问。

“没有。”比尔说。

“我也没有看到。”尼克说。

他把鞋伸到火炉边上，鞋开始在火炉旁边不断地冒着热气。

“你最好还是把鞋脱掉吧。”比尔说。

“那我就没有鞋穿了。”

“把鞋脱掉，烤一烤，我再去给你找一双鞋子。”比尔说道。他到阁楼去了。尼克可以听到他在头顶上的走动声。屋顶下面的楼间特别的宽畅，比尔，他的父亲以及尼克有时候就会在那里睡觉。后边是化妆室。他们把栅栏从雨中拿回来了，并且还盖上了胶毯。

这时候，只见比尔手里拿着一双厚厚的羊毛袜下来了。

“天已经很晚了，不穿袜子可不能走。”他说。

“我最不愿意做的事情就是穿袜子了。”尼克说。他把袜子穿上，一屁股坐在椅子上，然后直接把双脚放在炉火前边的屏风上。

“你这样会把屏风弄坏的。”比尔说。尼克把双脚靠近炉边。

“有什么可以看的吗？”他问。

“仅仅有一些报纸。”

“卡兹队打得如何？”

“他们最后输给巨人队两分。”

“他们应当是没问题的啊。”

“原本应该是这样的。”比尔说，“只要麦克罗把球队的好队员买通，就不会出什么问题了。”

“他能把他们全部都买通吗？”尼克说。

“需要的人他都可以全部买通。”比尔说，“不然他就找他们的麻烦，这样的话，他们就必须和他打交道。”

“就像是海涅·吉姆。”尼克十分赞同。

“那个笨蛋对他们很有用呢。”

比尔站起来了。

“他能得分？”尼克冒出一句。火炉的热气正烤着他的腿。

“他是一个很不错的外场球员。”比尔说，“但是他也一样会输球。”

“很可能是麦克罗让他这样做的。”尼克猜道。

“不一定。”比尔表示赞成。

“事情常常和我们想象中的不太一样。”尼克说。

“自然了，但是正是由于离得远，所以我们才看得十分清楚。”

“就像是尽管看不见那些马，但是你也一样会选得很好。”

“那是当然。”

比尔伸出手拿威士忌酒瓶，他的大手紧紧地抓住酒瓶。他把威士忌倒进了尼克端着的酒杯里。

“加多少水呢？”

“对半儿吧。”

他在尼克椅子边的地板上直接坐下来。

“秋季风暴到来了，很不错，对吧？”尼克说。

“确实是不错。”

“这是一年当中最好的时光。”尼克说。

“城里面有没有可能会遭殃？”比尔说。

“我想要看看世界联赛。”尼克说。

“噢，他们这时候如果不在纽约那么就一定在费城。”比尔说，“它肯定不会为我们带来什么好处的。”

“我怀疑卡兹队能不能赢到锦旗？”

“我们这辈子是看不到他们赢了。”比尔说道。

“哼，他们估计是发疯了。”尼克说。

“你还记得他们坐火车出事之前的那一场比赛吗？”

“真的是一个好家伙！”尼克边想边说。

比尔朝着窗下的桌子伸手过去，拿起了倒扣着的一本书，他进门的时候把书放在那里了。他一只手握酒杯，另外一只手拿着书，靠在尼克的椅子上。

“你在看什么书？”

“我在看《理查德·菲夫莱尔》[①]。”

“可是我看不进去。”

“这书可是很不错的哦。”比尔说，“反正不坏，韦姆奇。”

“你有什么我没有看过的书吗？”尼克问。

“你看过《森林情人》[②]吗？”

“以前看过的。书里说的是两人晚上睡觉中间放着一把不入鞘的剑的故事。”

“那是一本好书，韦姆奇。”

“确实很不错。但是我不明白剑可以派上什么用场。它一直都得剑刃朝上，因为假如放手了，你就算是从剑上滚过去，也不会有什么问题。”

“那是一种象征。”比尔说。

“自然了。”尼克说，“但是有些情节会不切实际。”

“你看过《坚忍不拔》[③]吗？”

“那一本书很好。”尼克说，“那是一本真实的书。书里说的

---

① 全名为《理查德·菲夫莱尔的磨难》，是英国作家乔治·梅瑞狄斯（1828—1909）于1859年发表的长篇小说。

② 英国作家莫里斯·休里特（1861—1923）的长篇小说。

③ 英国作家休·沃尔波尔（1884—1941）的代表作。下文中的《黑森林》也是他的作品。

是她家老头子一直都在追她。你有沃尔波尔写的书吗？”

“有他的《黑森林》。”比尔说，“那本书讲的是俄国的事儿。”

“他很了解俄国吗？”尼克问。

“不知道啊。那些家伙简直没法儿说。可能小时候他在那里待过，了解很多俄国的事情。”

“我想要见一见他。”尼克说。

“我想见一见切斯特顿[①]。”比尔说。

“但愿现在他在这里。”尼克说，“我们明天不如带着他去伏克斯钓鱼吧。”

“我想他是否愿意和我们一起去钓鱼。”比尔说。

“一定会愿意的。”尼克说，“他绝对是钓鱼好手。你还记得《飞翔的客栈》[②]吗？

假如天使离开穹苍
带给你美酒佳酿，
感谢他的用心良苦，
去把它倒进阴沟让它们流淌。

“对！”尼克说，“真是想不到他比沃尔波尔强一些。”

“噢，他是一个很不错的家伙，没错儿。”比尔说。

“但是沃尔波尔是一个很不错的作家。”

“我不清楚！”尼克说，“切斯特顿可是文豪呢。”

“沃尔波尔也一样是文豪啊。”比尔坚决地反驳道。

“但愿他们两个人都在这里。”尼克说，“我们明天把他们两个人都带到伏克斯钓鱼去吧。”

“那么我们就来个一醉方休吧。”比尔说。

“好的。”尼克表示同意。

“我家的老头子是不会管我的。”比尔说。

“这是真的吗？”尼克说。

① 指英国作家吉尔伯特·切斯特顿（1874—1936）。

② 切斯特顿于1914年出版的小说。诗句引自小说正文。

“我很清楚。”比尔说。

“我现在觉得有点儿醉了。”尼克说。

“你没有醉。”比尔回道。

他从地板上面站起来，过去拿威士忌酒瓶，尼克把酒杯伸出来。比尔斟酒的时候，他就一直紧紧地盯着杯子。

比尔倒了大半杯威士忌。

“给自己加些水。”他说，“只剩下一口了。”

“再没有了？”尼克问。

“有的是，但是爹只准许我喝启封的。”

“自然啦。”尼克说。

“他说启封的酒是留给酒鬼喝的。”比尔解释道。

“说得很对。”尼克说。他对这句话印象很深。从前他从来没有想过这个问题。他总是以为独自一个人喝酒会醉的。

“你爹现在怎么样了？”他恭敬地问。

“他挺好的。”比尔说，“他有的时候脾气很暴躁。”

“他可是一个好人。”尼克说。他把水罐里面的水倒进酒杯。水跟威士忌就慢慢地融合了，威士忌比水多。

“你说的倒对。”比尔说。

“我家老头子挺好的。”尼克说。

“那是一定的了，挺好。”比尔说。

“他说这一辈子滴酒不沾。”尼克似乎是在证明一件科学事实。

“噢，他是一位医生。我家老头子是一个画家，他们是不一样的。”

“他错过了很多的机会。”尼克伤感地说。

“不要再说了。”比尔说，“常常都是这边损失那边补。”

“他自己说他以前错过了很多的机会。”尼克说道。

“噢，都有不顺心的时候。”比尔说。

“其实都一样。”尼克说。

他们坐在那里看着火光，想着这个深刻的道理。

“我去后廊搞一些柴火来。”尼克说。他看着炉火的时候，发现火快要灭了。他还想显示自己没有一点的醉意，可以做事。就算他父亲滴酒不沾，比尔自己没有醉，也没有办法把尼克灌倒。

“去抱一大块山毛榉木头来。”比尔说。他也故意表示自己还很清醒。

尼克穿过厨房，在抱着干柴进来的时候，就把厨桌上面的一口锅给撞翻了。他把柴火放下，把锅拾起来。锅里面泡的是干杏。他很小心地拾起地上的杏，有一些杏滚到炉子下边，他把它们重新放回锅中。他从桌子旁边的水桶里舀一些水倒在杏上边。他自己还觉得十分得意，他还是完全清醒的状态。

他把柴火抱进来，这时比尔从椅子上面站起来了，帮他把干柴放进火里。

“这些柴火真的是很不错。”尼克说。

“那是为了对付坏天气，我一直都留着。”比尔说，“这种柴火可以烧一夜的时间。”

“到了早上，还剩下一些木炭就可以再生火。”尼克说。

“说得很对。”比尔点头表示同意。

“我们再喝一杯吧。”尼克说。

“我估计橱柜里面还有一瓶启封的。”比尔说。

他跪在橱柜前面的一角，然后就把一个方形酒瓶取出来了。

“这瓶是苏格兰威士忌。”他说。

“我再去弄一点儿水过来吧。”尼克说。他又走进了厨房，用勺子从水桶里面把冰冷的泉水灌满水罐。当他回到起居室，经过餐间的镜子的时候，就在那里照起镜子来。他的脸色看起来很奇怪。他朝着镜子微微一笑，映出了他那咧嘴笑的样子。他朝着镜子滑稽地挤了挤眼睛就走了。那并不是他的脸，但是也没有什么不一样。

比尔这时候斟起酒来。

“这可是满满的一大杯啊。”尼克说。

“并不是为我们，韦姆奇。”比尔说。

“那我们为什么还要喝呢？”尼克端起酒杯问。

“我们为钓鱼而喝。”比尔说。

“好吧。”尼克说，“先生们，我给你们打鱼。”

“所有的一切都为打鱼。”比尔说，“到处打鱼。”

“为了打鱼。”尼克说，“我们就以这个名义来喝酒。”

“这比垒球要好。”比尔说。

“压根儿就不能相提并论。”尼克说，“我们为什么说起垒球了？”

“真的是很不应该。”比尔说，“垒球是那些蠢人的运动。”

他们一起举杯畅饮。

“让我们一起为切斯特顿干杯。”

“另外还有沃尔波尔。”尼克插了一句话。

尼克斟酒，比尔开始倒水。他们面面相觑，感到特别惬意。

“先生们。”比尔说道，“让我们为切斯特顿和沃尔波尔干杯。”

“好极了，先生们。”尼克说。

他们一起狂饮而进，比尔再次把酒杯斟满。他们坐在炉火前面的大椅子上。

“你十分聪明，韦姆奇。”比尔说。

“这句话是什么意思？”尼克问。

“和玛吉的事情拉倒了。”比尔说[①]。

“我觉得也应该是的。”尼克说。

“只可以这样办了。不然的话这时候你就得回家，干活就是为了结婚。”

尼克这时候开始沉默不语。

“男人如果结婚了，一定会受欺负。”比尔继续说，“他不会获得什么的。是一无所得，什么也得不到。那么他就完蛋了。你看看那些结过婚的家伙。”

尼克依然沉默不语。

“你知道他们的啊。”比尔说，“你看过那些结了婚的人的蠢

---

① 参见海明威另一篇小说《某件事的结束》，这两篇小说可称为姐妹篇。

样。他们就是完蛋了。”

“自然了。”尼克说。

“拉倒吧，或许会很糟糕。”比尔说，“但是你总是会迷上别人，接着感觉很好。迷上了倒是可以，但是千万别让她们把你给毁了。”

“确实是。”尼克说。

“假如你娶了她，那么就得娶她们那一家子。要记住她母亲，以及她嫁的那个家伙。”

尼克点了点头。

“想想看，她们一家子每天都在屋里转，去她们家吃星期天的晚餐，然后又要请她们一起吃饭，她妈又每一天告诉玛吉应该去做些什么，又要怎么干。”

尼克安静地坐着。

“你从那件该死的事情当中脱身了。”比尔说，“她现在能够嫁给和她一类的人，快快乐乐地安家落户了。油跟水是不能混在一起的，就好像我不能和给斯特拉顿斯干活的伊达结婚一样，你绝对不能够把那种事搞混了。她或许也是想结婚。”

尼克依旧沉默不语。他的酒力这时候消失了，一个人孤孤单单的。比尔没有和他在一块儿，他并没有坐在炉前，第二天也不会跟比尔或者是比尔他爹出去钓鱼，或者去做一些其他的事情。他并没有喝醉。所有的一切现在都已经过去了。他所明白的就是他和玛乔丽曾经也相好过，接着又失去了她。她已经走了，是他把她打发走的。这就是全部事情的经过。可能他再也见不到她了。可能他不会再去见她了。所有的一切都过去了，真的已经结束了。

“我们再喝一杯吧。”尼克说。

比尔开始斟酒，尼克往里边掺进一点儿水。

“如果你继续跟她相好，我们这时候就不会在这里了。”比尔说。

这话是真的，他最开始的时候就是准备回家找个工作。随后他打算在查理伏克斯待上一冬天，这样的话他离玛吉就近了。但是现在他却不知道应该怎么办了。

“说不准我们明天就不能去钓鱼了。”比尔说，“你做得很对，好了。”

“我没有一点办法。”尼克说。

“我明白。事情就是这个样子。”比尔说。

“全部的事情一下子都结束了。”尼克说，“我不知道为什么会变成现在这种结局。我实在是没有办法了。就像是现在刮的三天大风，树上的叶子全部都被刮掉了。”

“噢，它早就已经结束了。这才是最关键的。”比尔说。

“是我的不对。”尼克说。

“这和谁的错没有什么关系。”比尔说。

“确实，确实是这个样子的。”尼克说。

一桩大事是玛乔丽走了，或许他再也看不到她了。他对她说过他们一块儿去意大利，说他们会有乐趣的，还准备等着他们一块儿去呢。现在所有的一切都已经过去了。他好像是已经失去了什么东西。

“如果事情已经过去了，那么就不要再想它了，”比尔说，“我跟你说吧，韦姆奇，我那个时候就担心那桩事情还在继续。你做得不错。我知道她母亲很恼火。她对很多人都说你们已经订婚了。”

“可是我们并没有订婚啊。”尼克说。

“大家都说你们订婚了。”

“那我没有办法。”尼克说，“我们确实是没有订婚。”

“你难道没有打算结婚吗？”比尔问。

“确实是有这个打算，但是我们没订婚。”尼克说。

“这有什么不同吗？”比尔评判似的问道。

“我不知道。但是我觉得反正就是不一样。”

“我可是看不出来有什么不一样。”比尔说。

“好吧。”尼克说，“我们喝个痛快吧。”

“好吧。”比尔说，“真的是该要喝个痛快。”

“喝一个痛快，之后我们游泳去。”尼克说。

他举起杯子一饮而尽。

“我真他妈的对不住她，但是我又能够做什么呢？”他说，“你知道她母亲怎么样！”

“她实在是够呛。”比尔说。

“事情一下子就那样过去了。”尼克说，“我不应该再说它了。”

“你没有说什么啊。”比尔说，“那是我说的，现在我已经说完了。我们不要再去说那件事了。你也不要再去想它了，否则又闹得自己不开心了。”

尼克并没有想过那件事，事情好像就是那个样子了。那只是一个想法，这个想法使他感觉很好。

“自然啦！”他说，“是有那一种危险。”

他现在感觉很快活。不能改变的事情是没有的。他很有可能在星期六的晚上进城，今天已经是星期四了。

“总是会有机会的。”他说。

“你自己要留心。”比尔说。

“我一定会留心的。”他说。

他感到很快乐，并没有什么事情结束了，也没有失去什么。他星期六的时候要进城。他感觉更轻松了，跟比尔说起那件事情和以前的感觉是一样的。天无绝人之路。

“我们带上猎枪，到那个地方找你爹去吧。”尼克说。

“好的。”

比尔从墙壁挂架上面把两支猎枪取了下来，他把一盒子弹打开。尼克穿上外套和鞋。他的鞋已经被烤得邦邦硬的了。他现在仍然还是醉意未减，但头脑却是十分清醒。

“你感觉如何？”尼克问。

“我很好，可以说是恰到好处。”比尔把毛衣扣上。

“喝醉了是不好的。”

“确实，我们应该去外边了。”

他们这时候走出了大门，外面的大风依然在怒吼。

“刮风的时候鸟儿都躲在草里。”尼克说。

他们快速朝着果园奔去。

“我早晨看到一只山鹬。”比尔说道。

到了外边，玛吉的事情不再那么让人觉得悲伤了，甚至包括这件事情也并不觉得怎么重要了。大风就这样吹走了一切不开心的事情。

“这风刚好是从大湖上吹过来的。”尼克说。

他们逆风听见了枪声。

“是爹打的。”比尔说，“他正在沼泽地。”

“我们就顺着那条路去吧。”尼克说。

“我们抄过那片低洼草地，顺便看看会不会蹦出什么东西来。”比尔说。

“好的。”尼克说。

眼下再也没有什么重要事情了，大风把他的思绪都刮走了。星期六的晚上，他依旧还是要进城的。这桩好事必须得保留。

登陆前夕

尼克在漆黑的甲板上面转来转去。他从好几位波兰军官面前走过，他们排成一排坐在帆布躺椅上面。有的人在那里弹曼德林。莱恩·朝戚扬诺维茨在黑暗当中把一只脚慢慢地伸了出去。

“喂，尼克，你到哪里去？”他问道。

“哪儿也不去，只是散散步。”

“到这里来坐坐吧，这把椅子空着哪。”

尼克坐到椅子上，借着身后海上传过来的光亮望着过往的行人。这是六月的一个炎热夜晚，尼克就这样靠着椅背上看着过往的行人。

“我们明天就要到达目的地了。”莱恩说，“我是听无线电报务员说的。”

“我是听理发师说的。”尼克说道。

莱恩这时候哈哈大笑起来，和坐在一旁一把椅子上的人用波兰语在互相攀谈着。那人朝前探一下身子，对着尼克笑了一下。

“他不会说英语。”莱恩说，“他说是听盖比说的。”

“盖比在哪里？”

“他在救生艇上，和什么人在一块儿。”

“加林斯基到哪里去了？”

“也许跟盖比在一块儿。”

“应该不会吧。”尼克说道，“她那次对我说和他在一块儿简直受不了。”

盖比是船上唯一的一个姑娘。她总是喜欢把金发披在肩上，笑起来声音显得特别大，身材很好，可是身上却散发出一种臭味。她有一位姑母自从开船以来就待在舱里，始终都没有出现过。她姑母要带着她回到巴黎的家里。由于她父亲和法国轮船公司有点儿关系，因此她和船长在一块儿吃饭。

“为何她不喜欢加林斯基呢？”莱恩问道。

“她说他就像是一只海豚。”

莱恩这时又开始大笑起来。“那么好吧。”他说道，“我们去找他，和他谈谈。”

此时，他们站起身来，来到了甲板栏杆前面。他们头顶上空悬挂着救生艇，看起来就要放下海去了。船体朝着一边倾斜，甲板这时候歪成一面斜坡，悬在半空当中的救生艇也歪了，在水上不停地来回摇摆。海水悄悄地回流，一片又一片磷光闪闪的海藻翻腾起伏，冒出一片白沫。

“这船跑得可真快呀。”尼克低着头看着海水说。

“我们是在比斯开湾里行驶。”莱恩说，“明天应当可以看到陆地了。”

他们在甲板上面踱来踱去，接着走下舷梯到船尾去看磷光闪闪的回波。向远方眺望，只看见波涛汹涌，就像农田里犁起的土壤。他们头上就是炮台，有两位水手在大炮旁来回走着，映着海水泛出来的微弱亮光，就像是黑色的序幕一样。

“船在慢慢前进，行程现出Z字形。”莱恩望着船尾的回波说。

“一天到晚总是这个样子啊。”

“听说这些船只运送德国人的邮件，所以是不会被击沉的。”

“或许真是你说的那样，可是我并不相信。”尼克说。

“我也一样不相信，但是这样想想还是挺好的。不想这个了，不如我们去寻找加林斯基吧。”

他们在舱里把加林斯基找到了。他前面摆着一瓶柯纳克白兰地酒。他在使用一只漱口杯喝酒。

"嘿，安东。"

"嘿，尼克。嘿，莱恩。我们来一杯吧。"

"尼克，你和他说一说吧。"

"你听我说，安东。我们给你带了一个口信，是一位漂亮的小姐让我们跟你说的。"

"我知道你说的那位漂亮小姐是谁，你自己去找她吧，你一个人独占了吧。"

他在下铺躺着，用两只脚抵住上铺的弹簧床垫，使劲儿地蹬了一下。

"卡尔派尔！"他大声叫了起来，"嘿，卡尔派尔，不要再睡了，赶快起来喝酒。"

这时，从上铺床旁边有人把头伸出来俯视着下边。只见那个人脸圆圆的，戴着一副铜边的眼镜。

"我已经喝醉了，不要再让我喝了。"

"赶快下来吧！我们再喝一杯。"加林斯基大声说。

"我不下去。"睡在上铺的人说道，"赶快把酒给我递上来吧。"他翻了一下身，又转过脸朝着墙睡着了。

"他已经醉两个星期了。"加林斯基说道。

"真是对不起。"睡在上铺的人说道，"我十天之前才认识你，因此说你这话不太准确。"

"你是不是醉两个星期了，卡尔派尔？"尼克说道。

"确实是醉了两个星期。"那个吹毛求疵的人说道，他的脸依旧是朝着里边对着墙在说话，"但是加林斯基却没有权利这么说。"

加林斯基还是用两脚抵住上铺，然后一上一下地、不停地簸动着床。

"我把我的话收回来，卡尔派尔。"他说，"我觉得你并没有喝醉。"

“不要再说笑话了。”那个吹毛求疵的人有气无力地说着。

“你这是在做什么呀，安东？”莱恩问道。

“我在想住在尼亚加拉大瀑布城的女朋友。”

“我们走吧，尼克。”莱恩说，“我们还是让海豚睡觉吧。”

“她和你说过我是一只海豚吗？”加林斯基问道，“她和我说过我就像是一只海豚。你可是知道我和她说什么来着。‘盖比小姐，你身上并没有什么东西让我觉得很感兴趣。’来，我们喝一杯，尼克。”

他把酒瓶递了过去，尼克先喝了一点儿白兰地。

“莱恩呢？”

“不，我不要喝，尼克。我们快要走了。”

“今天半夜我要和他们一块儿值勤。”加林斯基说。

“但是不要喝醉了。”尼克说。

“我从来都没有醉过。”

睡在上铺的那个吹毛求疵的人低声咕噜了一声。

“你在说什么呢，卡尔派尔？”

“我刚祈求上帝揍他一顿。”

“我喝酒可是从来都没有醉过的。”加林斯基这时又在说，说着又倒了半口杯科纳克白兰地。

“来吧，上帝。”那个吹毛求疵的人说道，“你揍他一顿。”

“我从来都没有喝醉过，我从来没有跟女人睡过觉。”

“来吧，上帝。你去做你的事情去吧，把他揍一顿吧。”

“快走吧，尼克。我们出去走一走吧。”

加林斯基把酒瓶递给了尼克。他喝了一大口，然后就跟着那个高个子波兰人出去了。

他们听到加林斯基在门外大声叫喊：“我从来都没有喝醉过，我从来都没有跟女人睡过觉。我从来都不会说谎。”

“赶快去揍他一顿。”那个吹毛求疵的人在低声细语地说着，“上帝，不要让他自己闲着，你揍他一顿。”

“他们确实是很好的一对。”尼克说。

“这个吹毛求疵的人如何？他是从哪里来的？”

“他以前在救护队干过两年的时间。后来他们就打发他回家了。他回来是被大学开除了，现在又回去了。”

“他喝得实在是太多了。”

“他好像感觉有点不高兴。”

“我去弄一瓶葡萄酒来吧，让我们到救生艇上去睡觉。”

“赶快走吧。”

他们在吸烟室的酒吧里面停留了一阵。然后尼克购买了一瓶红葡萄酒。莱恩站在酒吧间前面，身上穿着法国军装，显得个子特别高。吸烟室里面有两伙人正在打扑克，赌注下得都很大。尼克本来是想打牌，但是转念之间想到这是最后的一个夜晚，所以就不想打了。吸烟室里面每个人都在玩牌。舷窗全部都关着，而且百叶窗也全部都被拉了下来，因此室内烟雾腾腾，热气袭人，真是又闷又热。尼克看了一下莱恩，说道：“你还想不想打牌了？”

“我不想打，我们还是一边喝酒一边聊聊天吧。”

“那我们去买两瓶。”

他们一起走出了闷热的吸烟室，来到了甲板上，手中提着两瓶酒，很轻松地爬到了一艘救生艇上，但是，尼克爬到了吊艇架上，望着下边的海水，他感觉到有点害怕。他们爬进了救生艇，把救生带系上仰天躺在座板上，很舒服。他们感觉自己置身于海天之间。这和在大船上面饱受颠簸之苦真的是不太一样。

“真是好极了。”尼克说。

“每天晚上我都睡在救生艇上。”

“我特别害怕就是晚上做梦了，突然夜游起来。”尼克说道，接着他把酒瓶的软木塞拔了出来，“我在甲板上睡觉。”

他把酒瓶递给了莱恩。“这瓶你就自己喝吧。另外一瓶给我喝，好不好？”那个波兰人说道。

“你就喝这瓶吧。”尼克说道，说着他就把另外一瓶酒的软木塞拔了出来，在黑暗当中和莱恩碰了一下酒瓶。他们就这样开始喝了起来。

“你在法国一定会弄到比这还好的酒。”莱恩说。

“我是不会到法国去的。”

“我已经忘记了，但愿我们能够永远在一起当兵。”

“我可是不顶用。”尼克说道。他在小船的舷边俯视着黑暗的海水。他从大船跨过了吊艇架，过去之后他觉得真危险，心里猛然间产生了一种后怕。

“不知道我会不会觉得害怕。”他说。

“应该不会的。”莱恩说，“我觉得不会的。”

“去看看那些飞机，还有其他的东西，真有意思哪。”

“确实是有意思。”莱恩说，“如果能调动，我就会去开飞机。”

“但是我不行呀。”

“为什么不行呢。”

“我不明白。”

“你不要光想会吓着你。”

“不是的，我真的没有想过呀。我从来不因为这个而感到厌烦。刚刚我从大船爬到了救生艇上来，感觉有些滑稽，所以才会这样想的。”

莱恩侧着身体卧着，酒瓶就放在他头的旁边。

“我们不用去想，肯定会担惊受怕的。”他说，“我们并不是那样的人。”

“那个吹毛求疵的人可真的是吓坏了。”尼克说。

“对啊，是加林斯基跟我说的。”

“那时候送他回去，就是因为这个。正是这个原因他才一天到晚总是喝得醉醺醺的呀。”

“他和我们不一样。”莱恩说道，“你听我说，尼克。你跟我，我们都是有点胆量的。”

“这我明白，我也有这样的感觉。别人很有可能被打死，可是我肯定是死不了的。我认为这是绝对可以肯定的。”

“很对，你说得很对。我们就是有这样一股劲儿。”

“我想去参加加拿大军队，但是他们不要我。”

“我知道的。你以前就已经跟我说过了。”

他们又都喝了一口酒。尼克朝天躺着，望着从烟囱里面冒出来的烟雾慢慢地升起。天空这时候开始发亮。或许这是月亮就快要升起来了。

“你现在有女朋友吗，莱恩？”

“没有。”

“以前也没有谈过吗？”

“没有。”

“我有一个女朋友。”尼克说。

“那么你俩现在住在一块儿吗？”

“我们早就已经订婚了。”

“我从来没有和女孩子一起睡过觉。”

“我以前嫖过妓女。”

莱恩这时候喝了一口酒。他把酒瓶口朝着嘴，然后把酒瓶竖了起来，看样子这瓶酒已经能够很快就被他喝光了。

“我并不是说这个，我以前也嫖过。我其实并不喜欢这种事情。我的意思是说，和你心爱的人一整夜都睡在一块儿的那种。”

“我的心上人原本就愿意和我睡的。”

“自然了，假如她爱你，她就会愿意和你睡觉。”

“我们就快要结婚了。”